GW00374068

Адрес официального сайта Александры Марининой в Интернете
http://www.marinina.ru

АЛЕКСАНДРА МАРИНИНА

Обратная СИЛА

1965-1982

МОСКВА
2016

УДК 821.161.1-312.4
ББК 84(2Рос=Рус)6-44
М26

Разработка серии *А. Саукова, Ф. Барбышева*

Иллюстрация на обложке *Ивана Хивренко*

Маринина, Александра.

М26   Обратная сила. Роман. В 3 томах. Том 2. 1965—
1982 / Александра Маринина. — Москва : Издательство «Э», 2016. — 352 с. — (А. Маринина. Больше чем детектив).

ISBN 978-5-699-91171-4

Считается, что закон не имеет обратной силы. Да, но только — не закон человеческих отношений. Можно ли заключить в строгие временные рамки родственные чувства, любовь, дружбу, честь, служебный долг? Как определить точку отсчета для этих понятий? Они — вне времени, если речь идет о людях, до конца преданных своему делу.

Между тем всякие психологические задачи труднее решать, нежели физические, потому что деятельность человека не чисто рефлекторная, и как элемент в них входит тот Х, который одними называется свободным произволом, а другими — способностью противопоставлять внешним мотивам те неисчислимые сонмы идей и представлений, которые составляют содержание нашего сознания.

Из защитительной речи В. Д. Спасовича

УДК 821.161.1-312.4
ББК 84(2Рос=Рус)6-44

ISBN 978-5-699-91171-4

ЧАСТЬ ВТОРАЯ

Между тем всякие психологические задачи труднее решать, нежели физические, потому что деятельность человека не чисто рефлекторная, и как элемент в них входит тот Х, который одними называется свободным произволом, а другими — способностью противопоставлять внешним мотивам те неисчислимые сонмы идей и представлений, которые составляют содержание нашего сознания.

Из защитительной речи В. Д. Спасовича в судебном процессе по делу об убийстве Нины Андреевской

Глава 1
1965 год

—Вы верите в Бога?
Светлые глаза в обрамлении сетки мелких морщинок смотрели на Орлова со спокойным любопытством, чуть выжидательным, но нисколько не тревожным.

— Ну что вы, — с облегчением улыбнулся Орлов, — как можно! Мы все атеисты. Бога нет, это общеизвестно.

Женщина вздохнула и легким быстрым движением коснулась кончиками пальцев края маленькой изящной шляпки.

— Вероятно, вы намного образованнее меня, — произнесла она с едва заметной улыбкой, — поэтому и знаете точно, есть Бог или нет. А я вот, изволите ли видеть, как-то привыкла с детства думать, что он есть. Именно поэтому я и пришла к вам.

Орлов озадаченно сдвинул брови.

— Я не понял...

Он действительно не понимал. Эта приятная немолодая дама, представившаяся переводчицей, приехавшей с французской делегацией на Московский кинофестиваль, находилась в его комнате уже двадцать минут, а цель ее визита так и оставалась для Орлова неясной. Именно в комнате, а не в квартире, ибо квартира была коммунальной. Слава богу, малонаселенной, всего три семьи, и у каждой по большой, метров по 35—40, комнате. Но все равно, квартира не была отдельной, и от этого Орлов немного стеснялся перед иностранной гостьей. В коммуналках жили очень многие, в этом не было ничего особенного и постыдного, а Орлов даже гордился их с женой комнатой, такой уютной, обставленной старинной мебелью, с красивыми шторами и светильниками, с массивным деревянным письменным столом и двумя мягкими кожаными креслами — для хозяина и для посетителя. Адвокат Александр Иванович Орлов и его супруга, юрист на предприятии, имели репутацию людей общительных и гостеприимных, и за стоящим в центре комнаты раздвижным овальным столом частенько собирались весьма приятные и оживленные компании коллег и друзей, то и дело восклицавших:

— Как же у вас тут хорошо! Прямо покой на душу нисходит в вашей комнате!

Александр Иванович в этих случаях обычно скромно улыбался и выразительно кивал на жену, хорошенькую, аппетитно-полненькую и необыкновенно живую и энергичную Люсеньку.

— Это не моя заслуга, — говорил он с улыбкой, — это все Люсенька, умеет она уют создать, настоящая хранительница семейного очага.

А Люсенька в ответ на эту реплику весело хохотала, звонко чмокала Орлова в щеку и неслась на кухню за очередным блюдом. Жену Александр Иванович любил искренне, сыном Борькой был более чем доволен, посему семьей своей имел все основания гордиться. И жилищем своим гордился, ведь оно было не просто красивым, но еще и непохожим на подавляющее большинство квартир и комнат того времени: никакой современной полированной мебели на тонких, того и гляди грозящих подломиться ножках, никаких эстампов и чеканок на стенах — только живопись, багеты, фотографии в хороших рамках. И сам он, адвокат Орлов, вполне под стать своему жилищу выглядел — высокий, крупный, даже несколько полноватый, с густыми серебряной седины волосами и ухоженной окладистой бородой, ни дать ни взять — настоящий судебный защитник девятнадцатого века! Борода, однако, была не данью имиджу, а осознанной необходимостью: прошедший всю войну Александр Орлов вернулся с фронта с неизгладимо обезображенным лицом, всю нижнюю часть которого, от крыльев носа до кадыка, покрывали грубые шрамы и ожоги. Из-за бороды его и в милицию не взяли после окончания университета. Сказали, мол, не может советский офицер, носящий форму, быть в бороде, не по уставу это...

Прозвучали три звонка, и, открывая входную дверь, Орлов был уверен, что пришел очередной посетитель, клиент, которого адвокат ждал сегодня, но, правда, только через час... Что ж, бывает, ничего страшного, человек в тревогах и волнениях время перепутал. Или кто-то, узнав у знакомых адрес «хорошего адвоката» и дни, когда он работает не в консультации, а принимает на дому, решил явиться без предварительной договоренности, наудачу. И такое тоже случается.

Увидев незнакомую хорошо одетую немолодую даму, уверился в своих предположениях, доброжелательно улыбнулся и, ничего не спрашивая, проводил в комнату, привычно ожидая, что она, как и все, кто попадал сюда впервые, начнет восхищенно осматриваться и одобрительно кивать. Дама явно «старорежимная», уж кто, как не она, сможет оценить...

Но дама и не думала оглядываться по сторонам и рассматривать обстановку. Взгляд ее был прикован к лицу Орлова.

— Присаживайтесь, — Александр Иванович указал гостье на кресло для посетителей, сам же занял место за письменным столом. — Я внимательно вас слушаю. Что у вас случилось?

Дама тихонько вздохнула. Сидела она очень прямо, на самом краешке кресла. Каким-то неведомым Орлову образом на ее сером костюме —

прямая узкая юбка и короткий элегантный пиджак — не образовалось ни единой складки, словно костюм этот «строили» на сидящей фигуре. «Индпошив, наверное, — мелькнула у него в голове неуместная какая-то мысль. — У хорошего портного шьется».

— Вы — Александр Иванович Орлов, — не то спросила, не то констатировала посетительница.

— Ну, вы же ко мне пришли, — развел руками Орлов. — Стало быть...

— Ваша матушка — Ольга Александровна Орлова, урожденная Раевская, старшая дочь Александра Игнатьевича Раевского, расстрелянного чекистами в девятнадцатом году?

В груди у Орлова мгновенно возникла страшная черная дыра, в которую, как в воронку, стали засасываться спокойствие и способность здраво воспринимать и оценивать окружающую действительность. Надо взять себя в руки, надо... Ничего особенного не происходит, ну подумаешь, дворянские корни, кто их сейчас боится, не тридцатые же годы... Ну и пусть, пусть...

— Да, совершенно верно.

Он сам удивился, насколько спокойно, оказывается, звучит его голос.

— Мама умерла от дифтерии, когда мне было чуть больше годика, — зачем-то добавил он. — Я ее не помню. Меня растил отец.

«Открещивайся, открещивайся, — шептал откуда-то из глубины той страшной черной дыры явственный тревожный шепот, — отказывайся от всего. Может быть, твой дед Александр Раевский, известный криминалист, и оказался контрреволюционером, не зря же его расстреляли, но к тебе это не имеет никакого отношения, ты в то время еще не родился. А твою мать не тронули, значит, к ней у власти претензий не было, Ольга Александровна еще с Первой мировой работала в госпиталях, выхаживала русских солдат. Тебя растил только отец, Иван Степанович Орлов, рабочего происхождения, выбившийся в инженеры, достойный человек, настоящий строитель коммунизма, партиец, имеющий безупречную советскую биографию. На это напирай. А что он женился на дворянке, да еще наполовину немке, так ты, Саша Орлов, ее не помнишь и знать ничего не знаешь. Ты знал всю жизнь только отца и его родню, они тебя воспитывали, про них ты можешь рассказывать бесконечно. А мать уже к моменту замужества была почти совсем одна, все, кроме деда, Александра Раевского, эмигрировали, и про эту ветвь ты ничего не знаешь...»

— Конечно, конечно, — кивнула гостья. — Я знаю. Мне стоило немалых усилий вас найти, в ходе этих изысканий я многое узнала о вашей семье, так что более или менее в курсе. Я представлюсь, с вашего разрешения: Анна Юрьевна Коковницына. Разумеется, в течение жизни по ходу моих замужеств фамилию приходилось менять, но теперь все это в прошлом, и я снова ношу то имя, с которым родилась. Некоторое время назад я поняла, что мне необходимо разыскать потомков рода Гнедичей, поиски были сложными, но в итоге они привели меня к вам.

— Гнедичи? — Изумление адвоката Орлова было совершенно искренним: это имя он слышал впервые в жизни. — А кто это? Какое я имею к ним отношение?

— Самое прямое, — гостья улыбнулась. — Ваша прапрабабка — младшая дочь Гнедичей, вышла замуж за графа Раевского. У нее были два старших брата, но потомства они, увы, не оставили. Посему Раевские — единственные кровные потомки рода Гнедичей. А на сегодняшний день остались только вы. Судьбы остальных Раевских сложились, к сожалению, не так благополучно, по крайней мере, разыскать их мне пока не удалось. Благодаря моему последнему мужу меня хорошо знают в советском посольстве во Франции...

— Во Франции?! — непроизвольно вырвалось у Орлова.

Так она еще и иностранка из эмигрантов! Только этого не хватало...

— В Париже, — кивнула Коковницына. — Моя семья уехала из России в семнадцатом году, после первой революции, но еще до второй. Так вот, как только создали общество советско-французской дружбы, я сразу стала активно там работать, поэтому советское посольство и в особенности атташе по культуре меня хорошо знали. Эти знакомства позволили мне обращаться с просьбами по розыску Раевских. Конечно, дело двигалось не быстро, но, в конце концов, увенчалось успехом. Тот же атташе по культуре помог мне добиться поездки в Москву в качестве переводчицы при французской делегации.

«Зачем? — тут же подумал Орлов, по профессиональной привычке выискивающий нелогичности и несостыковки в том, что ему рассказывают. — Если у тебя такие хорошие связи в советском посольстве во Франции, ты могла бы просто запросить визу как туристка, тебе бы не отказали. Темнишь ты, бабка Коковницына».

Вероятно, тень недоверия все-таки промелькнула по его лицу и от посетительницы не укрылась, потому что Анна Юрьевна едва заметно улыбнулась.

— Вы можете спросить, почему я не попыталась приехать в Советский Союз в качестве обычной туристки. Если у меня столь крепкие связи в посольстве, то в визе мне не отказали бы. Зачем мне нужно было устраиваться переводчицей при делегации?

«Умна, старая карга», — одобрительно хмыкнул Александр Иванович про себя. Почему-то в этот момент ему стало легче.

— И почему же?

— Деньги, голубчик, — ответила Анна Юрьевна с обезоруживающей прямотой. — Для меня такая поездка за свой счет — непозволительная роскошь. Боюсь вас разочаровать, но скажу сразу: я не богата и мы с вами не родственники, поэтому если у вас и мелькала мысль, что объявилась богатая тетушка из Франции, намеревающаяся оставить вам наследство, то вам придется с этой мыслью распроститься.

Орлов пожал плечами.

— Уверяю вас, подобные мысли меня не посетили. Так чем могу быть вам полезен, уважаемая Анна Юрьевна? Для чего вы прилагали столько усилий, чтобы найти меня?

Она помолчала, и Орлов чувствовал, как внутри него снова оживает и начинает вибрировать та самая черная дыра.

— Вы верите в Бога?

* * *

...Дед Анны Юрьевны, граф Михаил Коковницын, женился поздно, до сорока с небольшим лет занимаясь преимущественно тем, что вполне успешно проматывал семейное состояние, без счета тратя деньги на жизнь за границей в обществе многочисленных девиц и не помышляя о семейных узах и продолжении рода. Обнищавшему графу, не сделавшему карьеру на государевой службе и достигшему зрелых лет, не оставалось ничего иного, как жениться на богатом приданом. Девицу из дворянской семьи в этом браке ничто прельстить не могло бы, равно как и ее родителей, а вот межсословные браки во второй половине девятнадцатого века стали распространяться все шире, и теперь дворянину можно было, не нарушая приличий и не вызывая в свете особых пересудов, жениться на дочери заводчика, фабриканта или даже купца, взяв за ней очень неплохие деньги и одарив, в свою очередь, титулом графинюшки. Молодая графиня Коковницына сразу же осчастливила мужа первенцем Юрочкой, и Михаил Аристархович, впервые став отцом в сорок два года, на шестьдесят седьмом году жизни уже с умилением посматривал на беременную невестку, ожидая рождения внука или внучки.

Тяжелая болезнь, как это часто бывает, свалила старика неожиданно, а приближение конца граф почуял как раз в тот день, когда послали за повивальной бабкой: невестке, жене Юрия, подошло время родить. Юрия от женских комнат прогнали, и он сидел у постели умирающего отца, одновременно горюя по родителю и тревожась за роженицу. Именно тогда Михаил Аристархович попросил сына открыть потайную дверцу в книжном шкафу и достать оттуда простую деревянную коробку из-под сигар, которую Юрий ни разу до того времени не видел. Последней просьбой умирающего было передать коробку Раевским, соседям Коковницыных по имению в Калужской губернии. Коробка без замка, самая обыкновенная, со скромной инкрустацией. Внутри Юрий, полюбопытствовав, обнаружил только сложенный вчетверо листок бумаги, старинные часы на цепочке и большого размера кольцо, явно мужское, с черным камнем, по виду не дорогое. Он собрался было спросить, что все это означает и зачем передавать коробку Раевским, но тут отец начал хрипеть и через несколько секунд испустил последний вздох, а еще через минуту со стороны женских комнат послышались душераздирающие крики... Надо ли объяснять, что Юрию Коковницыну стало совсем не до коробки и ее содержимого. О предсмертной просьбе Михаила Аристарховича молодой граф долгое время вообще не вспоминал, очертания того дня, когда умер отец и родилась дочь Анна, утратили четкость и определенность, слившись в единое пятно страшного напряжения и тревоги. Две самые любимые женщины Юрия тяжело и долго болели: мать — после смерти мужа, жена — после трудных родов, и все мысли графа были только о них и о крошечной дочери. А в Бога он не верил, ибо был ярым сторонником материализма и втайне от семьи спонсировал революционную газету и финансово поддерживал революционное движение, посему понятие «последняя просьба умирающего» для него никакой ценности не имело и моральных обязательств не налагало.

С годами граф Коковницын в идеях революции разочаровался. Когда весной 1917 года приняли решение уехать во Францию, во время сборов обнаружилась та самая коробка. Ее упаковали вместе с остальными вещами: не до раздумий было, да и не до поисков Раевских, о которых Коковницыны уже много лет ничего не слышали, ибо имение в Калужской губернии давным-давно было промотано Михаилом Аристарховичем, и ни его супруга, ни тем более сын там никогда не бывали. Да и о каких именно Раевских шла речь, Юрий Михайлович совсем не представлял: этот дворянский род был старинным, имел множество ветвей, потомки которых жили и в Москве, и в Санкт-Петербурге, и в Харькове, и в Нижнем... да где только они не жили! Разумеется, можно было бы тотчас выяснить, чьи имения находились по соседству с имением Коковницыных под Калугой лет примерно пятьдесят назад, но в горячке сборов и предотъездных тревогах и хлопотах кто станет терять время на эдакую безделицу, как коробка с инкрустацией...

Итак, коробка оказалась во Франции, где Юрий Михайлович наконец поведал о ней дочери Анне. Но за давностью лет все это казалось неважным и не имеющим смысла. Просто вещь, коробка, как память о предках. Не выбрасывать же... Пусть стоит. Конечно, лежавший в коробке листок бумаги был прочитан, но ни малейшей ясности не принес: просто отрывочные фразы, словно набросок не то письма, не то монолога, не то дневниковой записи. «На Достоевского похоже», — отметила Анна, аккуратно складывая листок по линиям сгиба и снова закрывая коробку.

Жизнь Коковницыных в эмиграции складывалась трудно, болезни, унижения, нищета и несчастья преследовали их, и только годам к пятидесяти пяти Анна Юрьевна смогла, казалось бы, перевести дух: позади осталось много горя, но впереди ничего плохого уже не ждет. Первый муж умер от сердечного приступа, первый ребенок — от тяжелой пневмонии, второй муж погиб во время войны, участвуя в Сопротивлении, второй сын, подросток, был убит немцами в ходе рядовой облавы, но осталась дочь, здоровая красивая девушка, умненькая, как казалось Анне Юрьевне, и хорошо воспитанная. Глядя на нее, пятидесятипятилетняя Анна Юрьевна думала: «Теперь все будет хорошо, девочка выйдет замуж по большой любви, родит деток, и остаток жизни я проведу в покое».

Встретив хорошего порядочного человека, Анна Юрьевна в пятьдесят шесть лет вышла замуж в третий раз, искренне полагая, что теперь до конца жизни будет вести тихое существование рядом с любимым и радоваться за дочь. Ничего большего она у судьбы не просила. Однако и эти светлые и весьма скромные ожидания не оправдались. Муж бросил ее, влюбившись в совсем молоденькую красавицу. А в дочь словно бес вселился: советов матери и ее увещеваний слушать не хотела, личную жизнь вела совершенно беспорядочную, выскочила замуж за какого-то пьющего подонка, который обобрал Коковницыных до нитки и исчез, оставив молодую жену с неизлечимо больным ребенком на руках. Хуже того: отношения с дочерью испортились окончательно, и теперь Анна Юрьевна осталась совсем одна. Дочь отдала больного сына в приют и исчезла из Парижа, не соизволив сказать матери, куда и надолго ли. Сперва Анна Юрьевна ждала свою девочку каждый день, уверенная, что та вот-вот одумается и вернется, они вместе заберут ребенка домой и станут жить втроем, помогая и поддерживая друг друга. Она обошла все приюты Парижа в надежде самой найти внука и вернуть его, но не преуспела и поняла, что дочь увезла младенца в какой-то другой город и просто подбросила, оставила на ступеньках либо церкви, либо приюта. Естественно, без документов. Так что отыскать малыша, не зная хотя бы приблизительно, в каком он городе, просто невозможно.

Прошел год. За ним другой. Дочь не возвращалась. Не присылала писем. Не звонила. Казалось, она вообще забыла о том, что у нее есть мать и сын. И вот тогда Анне Юрьевне Коковницыной пришла в голову мысль, что все это неспроста. Либо она сама, либо кто-то из ее семьи грубо попрал божеские законы, и до тех пор, пока это не будет исправлено, мир и покой не наступят ни в ее душе, ни в ее жизни.

Много дней и ночей провела Анна Коковницына в воспоминаниях, перебирая по крупицам всю свою жизнь, в попытках понять: что она сделала не так? В чем ошиблась? Где оступилась? Может быть, предала кого-то и не заметила, не поняла этого? Может быть, обидела и не попросила прощения? Возможно, невольно обманула, хотя бы и из самых лучших побуждений? Много чего вспомнила Анна Юрьевна, за что сейчас ей становилось стыдно, но, честно сказать, было все это мелким, сиюминутным и никак не стоящим тех огромных потерь, которые она понесла.

О коробке деда Михаила Аристарховича она вспомнила далеко не сразу. Но когда вспомнила — ощутила болезненный толчок в грудь и мгновенно поняла: вот оно! Оно, то самое. Неисполненная последняя просьба умирающего. Не по-божески это. Ее-то, Анны, вина не так уж велика, ведь о просьбе деда она узнала только в Париже спустя много лет после его смерти. А вот отец... Его вина перед Богом куда значительнее. И в результате разрушена жизнь дочери Юрия Коковницына, умерли двое из троих ее детей, оставшийся в живых ребенок пошел по кривой дороге и пропал невесть где, внук неизлечимо болен и влачит жалкое существование в неизвестно каком приюте... Сыновей не вернуть, что бы Анна Юрьевна ни делала, но, может быть, есть возможность спасти дочь и внука, если исправить ошибку и заслужить прощение и милость Божию...

* * *

Рассказывала Анна Юрьевна кратко, сжато, без лишних подробностей. Ровно столько, сколько необходимо, чтобы объяснить свой визит. В конце рассказа раскрыла сумочку, которую ранее поставила на пол возле кресла, достала маленький пакетик и протянула Орлову.

— Здесь записка, часы и кольцо. Коробку, уж простите, не повезла, она тяжелая, из цельного дерева, да и место в чемодане занимает. При досмотре непременно начали бы спрашивать, для чего я везу в Россию такую коробку, а если бы я заявила, что собираюсь ее кому-то передать... Ну, вы сами все не хуже меня понимаете. Да и ценности в ней никакой нет — самая обыкновенная сигарная коробка.

Орлов с сомнением глядел на аккуратный пакетик, боясь притронуться к нему руками.

— И... Зачем мне это? Что я должен с этим сделать?

— Ровно ничего, — улыбнулась Коковницына. — Он просто должен быть у вас как у последнего представителя рода Раевских. Или у ваших детей. Но это уже на ваше усмотрение. Вы вольны делать с этим все, что пожелаете, хоть на помойку снести. Можно, например, в музей какой-нибудь отдать. Можно в самый дальний угол засунуть. Для меня главное — вернуть это вам. Судя по тому, что мой дед упоминал Раевских как своих соседей по имению, а имение ушло с молотка примерно лет сто назад, часы и кольцо могут представлять определенную ценность для коллекционеров настоящего антиквариата, так что, вполне возможно, вы сможете выручить за них немалые деньги. Да, и еще одно: если станете читать записку, то постарайтесь обращаться с ней аккуратнее, бумага уже хрупкая, может от неосторожного движения рассыпаться.

Она встала и направилась к двери.

— Может быть, чаю? — запоздало спохватился несколько оторопевший Орлов.

Коковницына улыбнулась.

— Благодарю вас, не нужно. Мне пора. Спасибо, что уделили внимание и выслушали. Если я заняла ваше время, предназначенное для приема клиентов, я готова оплатить как консультацию...

— Да бог с вами! — замахал руками Александр Иванович. — Что вы такое говорите?!

Анна Юрьевна смотрела на него спокойно и чуть иронично.

— В Бога не верите, но и не поминать его не можете, — с легкой усмешкой проговорила она. — Это называется диалектикой, да?

Закрыв дверь за гостьей, Орлов вернулся к себе, снова уселся за стол и осторожно раскрыл пакетик. Пальцы подрагивали.

Кольцо. Обыкновенное, ничем не примечательное, ни особой ювелирной работы, ни крупного бриллианта. Слишком массивное и грубоватое для того, чтобы украшать женскую ручку. Да и камень черный, непрозрачный. Значит, мужское. Тщательно начищенное, видно, Анна Юрьевна постаралась. Взяв лупу, Александр Иванович разглядел монограмму в затейливой вязи: «ГГ». Одна «Г» наверняка означает «Гнедич», вторая — инициал имени владельца.

Такая же монограмма обнаружилась и на корпусе часов, столь же тщательно вычищенных.

Теперь записка. Почему-то именно ее Орлов боялся больше всего. Коковницына предупреждала, чтобы был аккуратным. Четкие красивые буквы, ровные строчки. «Про такой почерк криминалисты говорят: выработанный», — некстати подумалось адвокату.

Демоны окружили меня...
Душу мою требуют...
Все мы — рабы своих грехов, и нет у нас будущего...
Петуху голову отрубили...
Я не хочу смотреть...
Но я должен...

Демоны, душа, грехи... «Бред сумасшедшего», — решительно вынес приговор Александр Иванович, сложил записку и вместе с часами и кольцом сунул в ящик стола. Потом снова вспомнил предупреждение французской гостьи, сходил к соседям, выпросил пустую картонную коробочку — пачку из-под папирос, поместил в нее записку, ящик стола запер на ключ.

«Зачем я это делаю? — тоскливо вопрошал он сам себя. — Выбросить — и все. И забыть. И никому не рассказывать. Кольцо и часы можно оценить, чтобы примерно представлять стоимость, мало ли как жизнь повернется, а вдруг деньги срочно понадобятся? От записки же никакого толку».

Он открыл замок, выдвинул ящик, нащупал папиросную коробку и направился в кухню, где стояло ведро для мусора. Но, не дойдя до ведра нескольких шагов, повернул назад. Уже в комнате открыл коробку, прикоснулся кончиками пальцев к сложенному листку. Закрыл крышку...

Вечером с работы придет Люсенька, он ей все расскажет. Люсенька, легкая, веселая, энергичная оптимистка, не склонная к рефлексии, наверняка скажет, что Орлов прав и записку хранить незачем, сама же ее и выбросит. А у него рука не поднимается.

«Я был уверен, что все осталось позади и мне больше не придется об этом вспоминать. Все шло так хорошо, так гладко... И вот явилась эта парижская старуха...»

* * *

Вечером он рассказал Люсе все подробно и показал то, что принесла Коковницына. Реакция жены оказалась для Орлова полной неожиданностью.

— Неужели тебе самому не интересно? — спросила она с горящими от возбуждения глазами.

— Ни капельки не интересно, — признался Александр Иванович.

— Но ты хотя бы знал, что твой дед был известным криминалистом? — допытывалась она. — Ты никогда об этом не рассказывал.

— Понятия не имел. Я знал только, что до революции он служил по полицейскому ведомству, а в девятнадцатом году был расстрелян по подозрению в контрреволюционной деятельности, но через несколько месяцев после его смерти выяснилось, что произошла ошибка, и на судьбе моей матери эта история никак не отразилась, а спустя несколько лет мама и сама умерла. Все. Больше мне ничего не известно.

— Господи! — Люся схватилась за голову. — Ну почему, почему ты не расспросил эту Анну подробнее?! Ведь она же сказала, что собирала сведения о твоих предках, чтобы тебя найти. Она наверняка знает много интересного! И она бы с удовольствием тебе все рассказала, тебе стоило только спросить... Саша, ну как же так? Я тебя не узнаю.

«Я испугался, — мысленно ответил ей Орлов. — Я струсил. Я не хотел об этом вспоминать и уж тем более не хотел говорить об этом с незнакомым человеком. Мне не нужны эти предки, мне не нужна эта чужая жизнь, мне ничего этого не нужно! Оставьте меня в покое и дайте жить своей жизнью».

Но вслух сказал, разумеется, совсем другое.

— Люсенька, она иностранка, пришла в наш дом без предупреждения, без предварительной договоренности, без приглашения. Сейчас, конечно, не сталинские времена, но все равно... У меня на три часа назначена встреча с клиентом, я рассчитывал, что успею к ней подготовиться, а в два часа вдруг она является! Мне нужно было закончить разговор с Анной побыстрее и еще поработать с документами. Нет-нет, милая, мне вся эта история нравится все меньше и меньше. Зачем нам с тобой разговоры о моих дворянских предках, да еще контакты с иностранцами? Сразу найдутся активные доброжелатели, которые начнут звонить во все колокола и писать во все инстанции. В итоге меня выпрут из коллегии, да и из консультации могут запросто уволить. Я-то ладно, не пропаду, а вот на тебе может отразиться очень болезненно, ты же кандидат в члены партии, у тебя кандидатский стаж скоро заканчивается, да и на Борьке потом может сказаться... Кстати, когда мы к нему поедем? А то я соскучился уже!

Орлову казалось, что он весьма ловко перевел разговор на сына, которого на первые два летних месяца отправили на дачу к друзьям, где Борька весело проводил время в компании своих ровесников. На август планировалась поездка на море втроем. Такая хорошая, спокойная, отлаженная жизнь, перспективы, планы... Ну зачем, зачем Орлову это чужое прошлое, скучное и ненужное!

* * *

Людмила Анатольевна Орлова работу свою не особо любила, хотя выполняла ее добросовестно и вполне успешно. Составляла акты, писала претензии, заявляла иски и представляла интересы своего предприятия в арбитражном суде. Будучи студенткой юридического факультета, звезд с неба не хватала, а когда нужно было выбирать специализацию, написала заявление на кафедру уголовного права, ибо именно эта отрасль права казалась ей самой интересной. Однако желающих специализироваться в области уголовного права оказалось намного больше, чем допустимая численность группы, и Люсе отказали, предложив выбрать другую кафедру, менее популярную среди студентов. Она выбрала гражданское право. Что ж, ситуация вполне понятная: высшие учебные заведения должны готовить специалистов для всего народного хозяйства, и что же это получится, если все студенты будут хорошо знать только уголовное право? Стране не нужно такое количество следователей и прокуроров для борьбы с уголовной преступностью, стране нужны юристы на предприятиях и в государственных органах, то есть те, кто владеет знаниями в области гражданского, семейного, трудового, административного, земельного и финансового права.

Неунывающая и энергичная Люсенька, на третьем курсе вышедшая замуж за пятикурсника-фронтовика Саню Орлова, на судьбу жаловаться не собиралась, распределение на должность юрисконсульта завода не оспаривала и честно принялась осваиваться в профессии. Толковая, с хорошей памятью и быстрым, цепким умом, она довольно скоро не только усвоила азы, но и обратила на себя внимание начальства. Ее хвалили, поощряли, ставили в пример. Юриста Орлову любили даже судьи арбитражных судов, потому что она никогда не теряла ни присутствия духа, ни хорошего настроения и, каким бы ни оказывалось судебное решение, никогда не забывала, очаровательно улыбаясь, искренне поблагодарить суд и представителей процессуального противника.

— Не понимаю, — сказала ей как-то начальница — руководитель юридического отдела завода, — почему тебя с твоими мозгами не взяли на кафедру уголовного права? Ты же не могла плохо учиться!

— Я училась хорошо, — весело кивнула Люсенька, — но была плохой студенткой. В общественной работе не участвовала, комсомольские собрания игнорировала, меня в то время больше мальчики интересовали. Ну, сами понимаете, восемнадцать лет, в мягком месте ветер — в поле дым. Замуж вышла рано, надо было семейный очаг строить, гнездо вить, какая тут может быть общественная нагрузка? Недостойной оказалась, вот и не взяли.

Но любви к уголовному праву Люсенька Орлова не утратила и постоянно интересовалась тем, чем занимался ее муж. Самыми удачными она считала те дни, когда за работу в командировке ей предоставляли отгул и именно в этот свободный от работы день Александр выступал в процессе по уголовному делу. Люсенька приходила в суд, садилась в зале заседаний на последний ряд, доставала блокнот и тщательно все записывала, а потом вечером устраивала мужу допрос с пристрастием:

— А почему ты сказал именно так?

— А если бы ты про это не упомянул, судья мог бы изменить квалификацию?

— А почему ты не заявил ходатайство о повторном допросе этого свидетеля?

В ее вопросах не было упреков или желания поддеть. Она действительно хотела понять. Ей было интересно. Александр терпеливо разъяснял ей тонкости квалификации и механизмы действия различных процессуальных норм. Иногда, в особо сложных случаях, при подготовке к процессу он просил жену выступить в роли слушателя и зачитывал ей отрывки из будущей речи.

— Саша, почему ты не читаешь мне всю речь целиком? — спросила однажды Люсенька. — Времени жалко? Или думаешь, что я не пойму и не оценю?

— Ну что ты, милая, — улыбнулся Орлов. — Целиком написанная заранее речь — это нехорошо, это свидетельство низкой квалификации адвоката. В речи нужно не только сказать то, что считает нужным адвокат, но и ответить на аргументы прокурора, если есть что возразить. В конце девятнадцатого века был такой известный адвокат Урусов, так он почти каждое свое выступление начинал словами: «Я в своем возражении пойду шаг за шагом вслед за товарищем прокурора». Кроме того, необходимо проанализировать показания обвиняемого, свидетелей и потерпевших. Допустим, после допроса участников процесса у меня уже есть возможность написать заранее соответствующую часть речи. Но после выступления государственного обвинителя у меня этого времени, как правило, уже нет. И как же будет выглядеть, если адвокат, выслушав неизвестное ему до того момента выступление прокурора, вдруг достанет бумажку и начнет по ней зачитывать, не отрывая глаз? Это же дискредитация профессии! А сидящие в зале заседания люди что подумают?

— Одно из двух, — задумчиво кивнула Люсенька. — Либо адвокат работает по шаблону, лишь бы отбарабанить свое выступление и уйти, а судьба подзащитного ему безразлична. Либо он в сговоре с прокурором и заранее ознакомился с позицией обвинения. И то, и другое адвоката не украшает, но во втором случае еще и прокуратуру порочит. Саня, а раньше как было? Тоже так?

На следующий день Орлов принес домой давно пылившийся на полке в юридической консультации, где он работал, двухтомник «Защитительные речи советских адвокатов», где были опубликованы речи, произнесенные в судах в период с 1948 по 1956 год. Люсенька буквально вырвала книги из рук мужа, разве что победный клич не издала, и поздно вечером, закончив с домашними делами и уложив сына спать, уселась в кресле для посетителей, приготовила, по своему обыкновению, блокнот и ручку и открыла первый том.

В течение ближайшего месяца вечера супругов Орловых так и проходили: Люся читала в кресле, Александр Иванович листал толстые журналы и подремывал, лежа на диване, и сия мирная идиллия то и дело прерывалась Люсиным шепотом:

— С ума сойти! Ой, я не могу! Санечка, ты только послушай!

Она подсаживалась к мужу на краешек дивана и едва слышно, чтобы не разбудить Борьку, зачитывала особо впечатлившие ее фразы или даже целые абзацы.

— Зачем тебе все это? — улыбался Александр Иванович, с любовью глядя на жену.

— Не знаю, — пожимала плечами Люсенька. — Мне почему-то интересно.

— Может, тебе в аспирантуру поступить, пока возраст позволяет? — советовал Орлов. — В очную аспирантуру можно поступать до тридцати шести лет, позже — уже только заочная или соискательство, тебе будет трудно совмещать работу на заводе с работой над диссертацией. Подумай, милая, время еще есть.

— Да ну что ты! — отмахивалась Люсенька. — Что я буду делать в аспирантуре? Снова писать о штрафных санкциях за нарушения сортамента? Бррр! Мне и на заводе этого хватает.

— Но тебе же не обязательно писать диссертацию по гражданскому праву, — возражал Александр Иванович. — Подай документы в Институт прокуратуры, например. Там очень сильный сектор уголовного процесса, там сам Перлов работает! Выбери тему по адвокатуре, коль уж тебе так интересно вникать в речи адвокатов.

— Сам Илья Давыдович Перлов? — удивилась Люся, впервые услышав, что этот известный ученый-процессуалист, работы которого она читала, будучи студенткой, работает в Институте прокуратуры.

— Я тебе больше скажу, — хитро улыбнулся ее муж, — там еще и Строговича можно встретить, он хоть и в Институте государства и права трудится, но в Институте прокуратуры частенько бывает на ученых советах.

— Михаил Соломонович! — ахнула Люся, блестя глазами. — Слушай, мне всегда было жутко интересно, за что его гнобили до самой смерти Сталина? Что он такого сделал?

Орлов вздохнул. Выдающегося специалиста в области уголовно-процессуального права Михаила Соломоновича Строговича отлучили от научной и преподавательской деятельности за то, что он в одной из своих работ назвал английский уголовно-процессуальный кодекс наиболее демократичным. Вообще-то это была цитата из Энгельса, спорить с которым не полагалось, но разбираться не стали, и профессора быстренько обвинили в «космополитизме и низкопоклонстве перед Западом», в то время это была модная тема. Генетика, вейсманизм-морганизм, космополитизм — все из одной кучи. Мало того, прицепились даже к тому, что Михаил Соломонович настаивал: законы и формы мышления — это правила, которым мы должны следовать. Речь шла о возможностях процесса познания истины и, в конечном итоге, о доказывании и доказательствах, то есть о самом главном, что есть в уголовном процессе. Но и здесь усмотрели космополитизм и «формально-логический уклон». Господи, ну что плохого может быть в формальной логике?! Строговича отстранили от руководства кафедрой и даже поставили на партсобрании вопрос об исключении из партии.

К теме аспирантуры супруги в том разговоре больше не возвращались, но Орлов видел, что сама идея зацепила жену и постепенно пускала корни в ее голове. Недавно созданный Всесоюзный научно-исследовательский институт по изучению причин и разработке мер предупреждения преступности при Прокуратуре СССР, для краткости именуемый всеми просто «Институтом прокуратуры», казался привлекательным, как все новое, и опасным, как все неизвестное. С 1949 года существовал ВНИИ криминалистики Прокуратуры СССР, потом к нему присоединили секторы уголовного права и уголовного процесса двух других крупных научно-исследовательских институтов — и родился в 1963 году тот самый Институт прокуратуры, в аспирантуру которого Орлов советовал поступать своей любимой жене.

А Людмила Анатольевна все больше увлекалась историей, от речей первой половины пятидесятых перейдя к выступлениям Спасовича, Урусова, Кони, искала труды Карабчевского и Слиозберга... Теперь улыбчивую любознательную жену адвоката Орлова знали во всех букинистических магазинах Москвы, а сам Орлов, получая от благодарного клиента очередной «микст» сверх оплаченного через кассу юридической консультации гонорара, непременно откладывал небольшую сумму в отдельный конвертик — Люсеньке на книги: букинистическая литература стоила не в пример дороже современной.

1968 год

— Ты представляешь, что я нашла!

Люсенька ураганом ворвалась в комнату. Орлов, сидевший за письменным столом и готовившийся к процессу, недовольно поднял голову: он не любил, когда его отвлекают.

— Я нашла еще одно упоминание о твоем предке Павле Гнедиче! Ты только послушай! Ну послушай же, Санечка, — жена уселась перед Орловым на стул, даже не сняв плащ, только туфельки скинула у самой двери.

Достала из портфельчика папку с завязками, вытащила оттуда несколько мелко исписанных листков.

— Я вообще сегодня так удачно поработала в архиве, дай бог здоровья Раисе Степановне, золотая женщина! Кстати, Саня, надо ее как-то отблагодарить, может, ты бы достал для нее билеты на Таганку или в Большой, а?

— Люсенька, мне нужно работать, — сердито отозвался Орлов. — Давай потом поговорим, а?

— Про билеты — хорошо, поговорим потом, а про Гнедича я тебе сразу прочитаю. Ну неужели тебе совсем-совсем не интересно? Это же твой предок!

— Люся, мы с тобой сто раз говорили об этом! Мои предки — Раевские, а не Гнедич. У Гнедича детей не было, и быть моим предком он никак не может. Я — потомок не Павла, а его родной сестры Варвары.

— Но это же все равно семья, — возразила Люсенька, быстро пробегая глазами по строчкам в поисках нужного места. — Нельзя отрекаться от семьи, Санечка. Вот, нашла. Это из переписки княгини Тверской-Болотиной с одним известным петербургским адвокатом. Судя по тону письма, у них был многолетний затяжной флирт, но это не важно... Вот, слушай: «Вчера на обеде у вас присутствовал молодой товарищ прокурора граф Николай Раевский, а ведь моя сестра Евгения когда-то в юности была увлечена его дядюшкой, князем Павлом Николаевичем Гнедичем. До сих пор улыбаюсь, когда вспоминаю один забавный эпизод из тех давних лет. Эжени неудачно упала с лошади во время верховой прогулки и сильно ушибла руку, настолько сильно, что не могла держать перо, и покуда ушиб не зажил, я писала для нее под ее диктовку. Однажды Эжени попросила меня написать от ее имени своей подруге, которая была близка с Варварой Николаевной Раевской. Впрочем, Варвара Николаевна тогда была еще Варенькой или просто Барбарой, месяца два-три как из-под венца. Эжени диктовала, я записывала, и мы так увлеклись, что не услыхали, как кто-то встал у двери. Представьте, друг мой: Эжени говорит о своем интересе к Гнедичу, и тут вдруг появляется наша маменька! Не стану пересказывать вам все, что она говорила, но вы вполне можете себе это вообразить, ибо правила, касающиеся поведения девиц в конце сороковых годов, наверняка еще не истерлись из вашей памяти. Смею похвалить себя за то, что не растерялась и сумела незаметно от маменьки спрятать письмо, так что когда гроза миновала, Эжени его все-таки отправила адресату. Но чтобы вы могли в полной мере понять степень негодования, охватившего нашу маменьку, приведу лишь одну фразу, ту самую, на которой мы с сестрой оказались застигнуты на месте преступления: «Милая Катрин, не могла ли бы ты спросить у Барбары Раевской касательно ее брата Павла Гнедича? В свете говорят, что он был помолвлен, но помолвка расторгнута. Я пыталась дознаться, отчего, по какой причине, но мне никто не говорит. Не влюблен ли он сейчас? Не болен ли неизлечимо? Не расстроены ли его доходы? Нет ли какой-то тайны, по причине которой он не может вступить в брак? Не стану скрывать, милая Катрин, молодой князь Гнедич занимает мои мысли...» Огромного труда нам с Эжени стоило убедить маменьку, что мы просто дурачились. Но когда первый испуг прошел, мы так долго хохотали с сестрой! И вчера, увидев у вас в доме племянника Павла Николаевича Гнедича, я так явственно вдруг вспомнила эти беззаботные часы веселья, которое свойственно одним лишь юным душам, не отягощенным печальными опытами жизни...» Ну, дальше там про другое, это уже не интересно.

Люся закончила читать и аккуратно сложила листки в папку. Орлов молчал.

— Ну что ты молчишь? — теребила она мужа. — Смотри, что получается: этот Павел Гнедич был помолвлен, потом вдруг разорвал помолвку и больше не женился. Почему? Что случилось?

— Почему ты решила, что он не женился? Он не оставил потомства, но это не значит, что он не был женат.

— Ну ладно, пускай, пускай он потом все-таки женился, но почему расторгнул помолвку? По тем временам это было не так просто, нужны были очень веские причины. Не зря же Эжени Тверская спрашивает, нет ли какой болезни или тайны? Просто так отказаться от помолвки было невозможно, я специально у Раисы Степановны спрашивала. Значит, там что-то произошло. Ну, Саня! Неужели тебе не хочется знать, что именно? А вдруг это связано с той запиской, часами и перстнем?

Орлов посмотрел на жену с ласковым порицанием, с каким обычно взрослые смотрят на излишне шаловливого, но обожаемого ребенка.

— Люсенька, что бы там ни случилось, но завтра я сажусь в большой и сложный процесс. Мне нужно подготовиться.

— Хорошо, — Люся со вздохом сунула папку в портфельчик. — Про билеты не забудешь? Для Раисы Степановны.

— Не забуду, — буркнул Александр Иванович, снова утыкаясь в бумаги.

1970 год

Люсенька так увлеклась историческими изысканиями и получала такое удовольствие от работы, что само написание диссертации прошло незамеченным. Просто вдруг — раз! — и оказалось, что осталось написать только введение и заключение. Завершилась, в конце концов, и долгая череда мытарств с оформлением документов и подготовкой к защите. Уже и дата защиты назначена, и вступительное слово написано, и ответы на замечания оппонентов подготовлены... И у Людмилы Анатольевны, сотни раз выступавшей в судах, вдруг начался мандраж. Одна только мысль о том, что нужно будет выйти, встать за трибуну и говорить в микрофон под устремленными на нее взглядами и членов Ученого совета, и присутствующих в зале, повергала ее в ужас.

— В суде — совсем другое дело, — говорила она мужу, — там я сижу за столом, выступаю с места, просто встаю, и все, никуда не выхожу. И в зале никого нет обычно. Только судья и юристы тяжущихся сторон. Это так кулуарно получается, что-то вроде междусобойчика, не страшно совсем. А тут — прямо театр с публикой.

Александр Иванович успокаивал жену как мог. Он понимал ее как никто.

— Хорошо тебе говорить, — продолжала жаловаться Люся, — ты в зале суда ведешь себя, как заправский актер, будто всю жизнь на сцене провел, и говоришь гладко и связно, не волнуешься совсем. А я от страха двух слов не свяжу. Повезло тебе, ты от природы такой, не боишься публичных выступлений.

От природы! Знала бы она... Сейчас действительно трудно поверить в то, что адвокат Орлов в детстве был весьма косноязычен, и ответ у школьной доски превращался для мальчика в пытку. Однажды бабушка, приятельствовавшая с его классным руководителем, усадила внука перед собой и сказала:

— Сейчас я расскажу тебе одну историю. Это история для взрослых, не детская, но ты уже достаточно большой, чтобы все понять. Было это давно, больше тридцати лет назад...

— Еще до революции? — уточнил он.

— Задолго до революции, — бабушка почему-то усмехнулась. — Но твой папа уже родился в то время. Так вот, жил в Полтаве один человек по фамилии Комаров...

...Комаров, секретарь Полтавской духовной консистории, был человеком жестким, прямолинейным и безжалостным. Реформатор по всему складу характера, он стремился обновить и реорганизовать и жизнь консистории, и в своей деятельности не знал ни снисхождения, ни компромиссов. О Комарове говорили, что он нетерпим к чужому мнению и равнодушен к чужим страданиям.

Надо ли сомневаться в том, что этого человека мало кто любил, зато многие ненавидели?

Была у Комарова еще одна особенность, заметно пополнившая стан его врагов: он был ярым противником разводов. А для получения развода в те времена необходимо было согласие Синода, и на согласие это самым прямым образом влияло мнение консистории, вернее, ее секретаря. Никаким иным способом расторгнуть церковный брак было невозможно, и вот появились в огромном числе особые стряпчие по бракоразводным делам, которые, имея «на прикорме» целую плеяду людей, готовых давать какие угодно показания и выступать свидетелями, довольно успешно доводили дело до официального развода. Для таких стряпчих, кормившихся гонорарами от жаждавших развода супругов, неумолимый и принципиальный секретарь консистории был острой костью в горле. Гонорары-то до пяти, а то и десяти тысяч рублей выходили, а это, по тем временам, было весьма солидно.

И вот в один прекрасный летний день Комаров, закончив к обеденному времени выполнение служебных обязанностей, направился к себе на дачу, благо идти было не так далеко. Он был счастливо женат, и любящая супруга всегда примерно в одно и то же время выходила встречать мужа к мостику через речку. Однако в тот день утром, отправляясь на службу, Комаров предупредил ее, чтобы в этот раз она его не встречала.

Женщина наказ мужа выполнила и мирно ждала его дома с готовым обедом. Когда к пяти часам вечера Комаров не пришел, она отправилась в Полтаву, в консисторию, узнать, не срочные ли дела задержали благоверного и когда ожидать его домой. Однако на службе Комарова не оказалось. Наутро, так и не дождавшись ни супруга, ни записки от него, жена вновь отправилась в консисторию. Там все уже были взбудоражены тем, что пунктуальный и четкий во всех проявлениях служебной деятельности секретарь до сих пор не появился в кабинете. Сообщили в полицию и всем консисторским составом двинулись на поиски.

К середине дня поиски увенчались успехом, но, увы, трагическим. Тело секретаря консистории обнаружили на опушке леса, примыкавшего к той тропинке, по которой Комаров должен был за пять минут дойти от мостика до дачи. Мостик секретарь перешел, тому и свидетели тотчас нашлись. А вот до дачи не дошел. Неуступчивый секретарь был найден с удавкой на шее.

Кто мог убить его? Да кто угодно! Мало ли врагов у такого человека? Убийцей мог быть кто-то из уволенных по инициативе секретаря или пониженных в должности служащих консистории, а было их — ох, как немало. Или кто-то, пострадавший от неудачи в бракоразводном деле. Или даже обыкновенные грабители-разбойники, во множестве появлявшиеся каждый год во время знаменитой Ильинской ярмарки, дабы поживиться тем, что выручат удачливые торговцы. Кроме того, следовало бы призадуматься над тем, что Комаров велел жене, против обыкновения, не встречать его в тот день. Почему? У него была назначена с кем-то встреча, которую он хотел бы сохранить в тайне даже от жены? С кем? Одним словом, поле для деятельности сыскной полиции открывалось самое обширное, но... В тот момент, когда утром в консистории стало известно об исчезновении секретаря Комарова, эконом архиерейского дома пробормотал будто бы себе под нос, дескать, уж не братья ли Скитские к делу причастны... Степан и Петр Скитские были служащими консистории, и Комаров то и дело устраивал им выволочки, впрочем, равно как и всем, кто трудился под его началом.

Однако слово было не только произнесено, но и услышано. К вечеру того же дня, когда нашли труп, о братьях Скитских с уверенностью говорили уже по всему городу, а в речи, произнесенной епископом на похоронах Комарова, намек на виновность братьев прозвучал вполне явственно. Версия оказалась настолько удобной для всех, кроме самих несчастных Степана и Петра, что никого больше и искать не стали. И если в среде городских низов и интеллигенции крепло убеждение в том, что братья Скитские ни в чем не виноваты, то в городских верхах никакого иного мнения даже не рассматривали. Уволенные служащие или разошедшиеся супруги могли же оказаться людьми уважаемыми, нехорошо как-то выйдет, если вдруг выявится надобность их под суд отдавать. А разбойников — их ведь еще искать надо... Братья же Скитские — вот они, простые, незатейливые, оправдаться толком не могут, и виновность их в убийстве ничью репутацию не подрывает. Опять же, искать их не надо.

Арестовали братьев почти сразу, суд же состоялся спустя полгода. За эти полгода один полтавский журналист, писавший для «Губернских ведомостей», свел знакомство с недавно вернувшимся в город господином Ливиным, местным уроженцем, служившим начальником Сахалинской каторжной тюрьмы. Ливин, человек, приятный во всех отношениях, много и охотно рассказывал о Сахалине и об отдельных каторжанах, а также о визитах в те края писателя Чехова и очеркиста Дорошевича, сетовал на то, что в их опубликованных описаниях далеко не все подано так, как было на самом деле... И среди прочего поведал, что его красавица-супруга там, на Сахалине, сошлась с одним богачом, бросила Ливина и вместе с новым избранником приехала в Полтаву, откуда родом ее муж, дабы добиться развода. Развода, само собой разумеется, она не получила: секретарь Комаров твердо стоял на своих позициях, и никакие деньги, даже самые внушительные, предложенные богатым «будущим женихом», не смутили его душевный покой. Комаров лично (хотя это вовсе не входило в его обязанности) передопросил всех заявленных стряпчим свидетелей и нашел их показания ложными. Женщина впала в ярость и заявила Ливину: «Я никому не прощаю посягательств на мое счастье, я ему отомщу, уничтожу его, а другой сговорчивей будет».

Услышав эту печальную повесть, сотрудник газеты немедленно свел нового знакомца с Моисеем Зеленским, взявшим на себя защиту братьев Скитских на суде. И вот настал тот день, когда Ливина вызвали в судебное заседание для дачи показаний. Но, к огорчению защиты, человек, так свободно и красноречиво рассказывавший свою историю, сидя в удобном кресле и видя перед собой лишь одного собеседника, совершенно растерялся при большом скоплении народа и в осознании важности момента. Он мямлил, говорил невнятно и тихо, председательствующий никак не мог взять в толк, зачем вызвали этого свидетеля и какие факты он пытается донести до судей. Одним словом, такая живая и убедительная версия убийства услышана не была.

Выездная сессия Харьковской судебной палаты, слушавшая дело, братьев Скитских оправдала. Но полтавская правоохранительная власть не успокоилась, ведь если Скитские не виновны, стало быть, преступление не раскрыто и надобно искать других убийц. Искать не хотелось. Куда проще было сфальсифицировать новые доказательства, что и было немедленно сделано. Недавно выпущенных на свободу Скитских снова арестовали. Во второй раз несчастных братьев судили уже в Харькове и признали виновными, приговорив к двенадцати годам каторжных работ. Адвокаты подали кассационную жалобу, и Сенат в Петербурге принял решение отменить обвинительный приговор и рассмотреть дело еще раз. В третий раз судила их Киевская судебная палата, выехавшая для проведения заседаний в Полтаву, и Скитских снова оправдали, на этот раз уже окончательно.

Длилось все это три года. Три года жизни отнято у двоих безвинных мелких служащих, обыкновенных полтавских мужиков, за которых некому было заступиться. А ведь если бы Ливин не растерялся на суде, если бы сохранил способность внятно и красочно излагать без волнения и страха, если бы он был услышан судьями, то все могло бы сложиться иначе...

Бабушка рассказывала не торопясь, с яркими подробностями, и мальчику казалось, что он сам присутствует в том переполненном зале суда, своими глазами видит братьев-подсудимых, собственными ушами слышит невнятное бормотание Ливина и всем своим чистым детским сердечком переживает и страдает, потому что нужные и правильные слова никто не слышит, никто не обращает на них внимания.

— Ты, может быть, думаешь, что не собираешься становиться артистом или адвокатом, и умение не теряться и говорить на публике тебе не пригодится, — закончила бабушка. — Но я специально рассказала тебе эту грустную историю, чтобы ты понимал: от этого умения может в один прекрасный день встать в зависимость судьба человека и даже его жизнь. И не имеет значения, какая у тебя профессия. Ты можешь быть крестьянином, врачом, инженером, чиновником, да кем угодно. Но если ты человек великодушный и милосердный, если тебе небезразличны другие люди, ты обязан уметь говорить так, чтобы тебя слушали и слышали...

...— Ничего себе, — протянула Люся. — Вот это история! Откуда твоя бабушка про нее узнала? Разве она из Полтавы?

— Бабушка из Твери, — привычно солгал Орлов, — но об этом деле много писали и тот же Влас Дорошевич, и никому в то время еще не известный Леонид Андреев, он тогда для «Курьера» работал, они присутствовали на третьем суде. Странно, что ты не читала о деле братьев Скитских, ты же столько литературы перелопатила.

— Не мой период, — ответила жена, — я же вокруг реформ шестьдесят первого — шестьдесят четвертого годов крутилась. Про период с начала царствования Александра Второго и до тысяча восемьсот восьмидесятого года, кажется, все, что можно, прочитала. А на рубеж веков не выходила. Саша, а ты долго учился выступать на публике?

— Да я и не учился как-то специально, просто бабушка посоветовалась с моей классной, и они дружно решили, что меня нужно тренировать потихоньку-полегоньку. Я и не вникал особо, просто через пару лет вдруг обнаружил, что выхожу к доске без страха, не волнуюсь ни капельки. Оно как-то само произошло. Ну, конечно, это мне только казалось, что само, на самом деле бабушка и Клавдия Максимовна постарались.

— Два года... — задумчиво повторила Люся. — Не успею. До защиты две недели.

Орлову казалось, что озабоченная предстоящим Ученым советом Люся сразу забыла об этом разговоре, но ночью, уже засыпая, она вдруг повернулась к мужу.

— Саша, а дело-то чем кончилось?

Он, уже успевший задремать, даже не понял в первый момент, о чем речь.

— Ну, с братьями этими, Скитскими. Нашли настоящего убийцу?

— Нет, не нашли.

— Все равно замечательно, что Сенат отменил приговор и вернул дело на новое рассмотрение. Значит, там заседали люди, которым небезразличны интересы правосудия. Саш, а почему нам в школе и в университете все время говорили, что при царизме все было устроено так, чтобы гнобить простой народ и выгораживать правящий класс? Ведь эти братья — простые мелкие служащие, а Сенат за них заступился, хотя мог бы, в интересах корпоративной этики, поддержать решение суда.

В этом была вся Люся. Она искренне верила в советскую власть и полагала, что лгать может только слабый, а сильный правды не боится. Поэтому все предупреждения Орлова об осторожности в высказываниях на нее не действовали. Люся считала, что советской власти — власти сильной и справедливой — ложь не нужна, и всегда ужасно удивлялась, обнаружив в идеологически выверенных постулатах какую-то неправду, которую юрист Орлова, вполне естественно, принимала просто за ошибку.

— Люсенька, милая, ну ты как ребенок, право слово, — рассмеялся Орлов. — Не вздумай где-нибудь публично поделиться своими крамольными мыслями. В твоей диссертации акценты правильно расставлены, ты молодец, а мысли свои держи при себе.

— Что, и даже тебе не говорить? — сердито спросила Люся.

— Мне — можно, но только мне. Больше никому. Если ты пообещаешь не вести нигде таких разговоров, я тебе расскажу, что говорил на этом заседании Сената обер-прокурор Случевский. Обещаешь?

— Ну конечно! — от возбуждения Люсенька даже включила бра над головой и приподнялась.

— Владимир Константинович сказал: «Приговор должен быть не только справедлив и согласен с действительностью по существу, но также должен и казаться справедливым для всех и каждого. Только удовлетворяя этому последнему требованию, судебный приговор в состоянии произвести то благотворное психологическое впечатление, наличностью которого обусловливается сила уголовной репрессии в обществе. Только при наличности приговоров, способных создать в обществе уверенность, что суд осуждает виновных и оправдывает невиновных, устанавливается их высокое уголовно-политическое значение».

— С ума сойти! — выдохнула жена. — Это же нужно во всех учебниках приводить!

— Нельзя, — усмехнулся Орлов, — это было сказано при царизме, а при царизме все были неправы, в том числе и юристы Сената. Правы были только революционеры.

— Вот бы почитать всю речь Случевского, — мечтательно протянула Люся. — А где ты про это прочитал? Может, там и подробности какие-то есть?

— Не помню уже, — уклончиво ответил Александр Иванович, — я еще в школе учился, тогда мне в руки много разных книг попадалось, маме удалось сохранить часть библиотеки деда. Я все глотал, а названия и авторов не запоминал. Да и где теперь эти книги?

Он и сам удивился, что до сих пор помнит текст наизусть. Написанные быстрым острым почерком строчки стояли перед глазами, будто на фотографии. Корреспондент полтавской ежедневной газеты был командирован в Петербург для присутствия на заседании Сената и подготовки репортажей. Свои записи, сделанные на заседании, он бережно хранил в домашнем архиве, и вот эти-то записи и довелось увидеть... Почему они оказались у бабушки — для мальчика так и осталось загадкой, но он многократно тайком открывал заветную папку и перечитывал записи неведомого журналиста. Но нельзя же рассказать об этом Люсе. Нельзя. Люсенька любознательна и пытлива, она непременно начнет задавать вопросы, и, отвечая на них, Орлову придется все глубже и глубже увязать во лжи. Он вообще уже жалел, что так неосмотрительно завел разговоры о деле братьев Скитских. Не читала Люся о нем — и слава богу. Надо было промолчать.

1973 год

Никогда, ни разу за все годы, что Борис учился в школе, Александр Иванович не ходил ни на родительские собрания, ни на беседы с учителями. Собственно, никаких бесед и не было, родителей Бориса Орлова в школу не вызывали, а разговаривать с учителями по собственной инициативе Александру Ивановичу и в голову не приходило. Зачем? Парень нормально учится, нареканий по поведению нет. На родительские собрания ходила Люся, и то не каждый раз.

Когда вчера вечером Борька, пряча глаза, объявил, что родителей вызывают на педсовет, удивлению Александра Ивановича не было предела. Ну что, что мог натворить его сын? Стекло разбить футбольным мячом? Ничего страшного. Подраться? Тоже не катастрофа, все пацаны дерутся. Курил в туалете? Нехорошо, конечно, но кто из мальчишек не пробует в этом возрасте. Если из каждого такого проступка устраивать педсовет и вызывать родителей, то учителям в классы некогда будет приходить.

— И что ж ты такого сделал? — весело, не ожидая ничего особенно неприятного, спросил Александр Иванович.

Он был настроен вполне благодушно, вернувшись домой после судебного заседания, на котором огласили приговор, еще раз подтвердивший отличную репутацию адвоката: подсудимому, хотя и признанному виновным, назначили срок ниже низшего предела, приняв во внимание все представленные и подтвержденные защитой смягчающие обстоятельства.

— Ничего, — Борька с деланым равнодушием пожал плечами.

— Подрался?

— Нет.

— Стекло разбил?

— Ну ты что, пап... Какое стекло?

— Курил и попался?

Смугловатые щеки сына мучительно покраснели, но каким-то чутьем Орлов угадал: да, курил, это само собой, но не попался, и вызывают на педсовет совсем не за это. Что же тогда?

— Я на истории не так ответил.

Сердце Орлова на миг остановилось и тут же забилось болезненно и часто. Ну вот, допрыгалась Люсенька со своими архивными изысканиями. Ведь просил же, просил не говорить ничего сыну, и вообще ничего ни с кем не обсуждать, брать из материалов только то, что нужно для диссертации, более того, не просто «то, что нужно», а то, что можно подать в правильном ключе, все остальное отбрасывать и забывать. И уж ни в коем случае не рассказывать этого подростку, чей ум еще недостаточно окреп, чтобы понимать суровые реалии, в которых они сейчас живут.

Жена в этот момент на кухне готовила ужин. Первым побуждением Орлова было немедленно поговорить с ней, высказать все, что думает, и отругать как следует, но через пару мгновений он принял другое решение: он сам пойдет в школу. И Люсе пока ничего не скажет. По крайней мере, до тех пор, пока не выяснит, какова позиция учителей.

— Маме не говори, — строго велел он сыну. — И пока она на кухне, быстро рассказывай, что произошло.

Оказалось, что Борю Орлова вызвали к доске отвечать параграф о борьбе с неграмотностью и о заслугах советской власти в этой борьбе. И мальчик ответил совсем не то, что написано в учебнике, а то, что ему рассказала мама: к моменту Великой Октябрьской социалистической революции в деревне среди взрослого мужского населения в возрасте трудовой активности было 70 процентов грамотных, а в городах — 84 процента. Те же маленькие цифры, которые фигурируют в учебниках, получены искусственным путем, с учетом стариков, чья юность прошла в дореформенные годы, и малолетних детей. Дотошная и плавающая в цифрах, как рыба в воде, Люсенька даже показала Борьке с карандашом в руках, как и из чего получаются такие показатели. И еще добавила, что если взять данные из последней переписи населения и посчитать уровень грамотности с учетом всех подряд, в том числе новорожденных младенцев, то цифры тоже будут совсем не такими, как в газетах и учебниках, где говорится о стопроцентной грамотности населения страны. Борька и выдал все это на уроке. Даже взял мел и произвел для наглядности несложные математические расчеты. Правда, мать он слушал все-таки внимательно, поэтому ради справедливости и объективности добавил, что речь в данном случае идет только о мужчинах, а женщины до революции, конечно, испытывали трудности с получением образования, и в этом советская власть им очень помогла. Но все равно в учебнике неправильно написано, что велась борьба с неграмотностью, надо было написать «с женской неграмотностью», это было бы точнее.

— Мальчики, мойте руки и за стол! — послышался голос Людмилы Анатольевны.

Орлов кинул на сына предостерегающий взгляд, Борька кивнул. Разрумянившаяся у плиты и ни о чем не подозревающая Люся весело кормила своих мужчин, подкладывала добавку, сетовала на то, что малосольные огурчики в этом году получились не такими вкусными, как в прошлом... Сын быстро поел и ушел в свою комнату делать уроки, отказавшись от чая. Александр Иванович молча пил чай с вареньем и белым хлебом, усиленно изображая погруженность в профессиональные мысли. Ему удалось взять себя в руки, успокоиться и ничего не сказать жене.

На следующий день он в указанное время явился в школу. Он совсем не представлял себе, какие у

Борьки учителя, парень никогда о них не рассказывал, да Орлов и не интересовался. Наметанным глазом, привыкшим с одного взгляда делить присутствующих в зале судебного заседания на «ненавистников» и «сочувствующих», Орлов довольно быстро определил, кто из учителей к какому лагерю относится, и с огорчением констатировал, что «сочувствующих» было меньше. Слово взяла завуч, она же преподаватель русского языка и литературы в старших классах, и с негодованием поведала, как ученик 9-го класса «Б» Борис Орлов пытался на уроке истории опорочить политику советского государства в послереволюционный период. Выслушав ее краткий, но эмоциональный доклад, свое возмущение высказали еще две учительницы, не добавившие к сути сказанного ничего нового, из чего Орлов заключил, что на их уроках Борька ничего эдакого себе не позволял и добавить им «по существу дела» просто нечего. Уже легче. Он собрался было ответить в том духе, что примет меры и благодарен педагогическому коллективу за своевременное указание на недоработки в семейном воспитании, когда неожиданно слово попросил учитель истории, на уроке которого Борька и отличился, высокий, очень смуглый мужчина примерно одних лет с Орловым.

— Хочу сказать, что вина Бориса Орлова не так велика, как здесь подается, — сказал он низким, но каким-то скрипучим неприятным голосом. — Если кто и виноват, то скорее я. В теме, посвященной детским годам Владимира Ильича Ленина, я уделил значительное внимание заслугам его отца,

Ильи Николаевича Ульянова, инспектора гимназий Симбирской губернии. Согласитесь, без описания гуманистической просветительской деятельности Ильи Николаевича представление о детских и гимназических годах жизни вождя было бы неполным. Я говорил ученикам о том, что за годы службы в Симбирске Илья Николаевич открыл по всей губернии двести пятьдесят школ, из них восемьдесят девять — для детей из семей нерусских народностей. Более того, он приложил огромные усилия к тому, чтобы школьное образование получали не только мальчики, но и девочки. При Илье Николаевиче девочки массово садились за школьные парты, а число учительниц женских школ достигло ста пятидесяти, а ведь их было совсем немного, буквально единицы. Борис Орлов творчески осмыслил полученную на уроке информацию и пришел к выводу, что при таких показателях по одной только губернии, к тому же за три десятка лет до Великой Октябрьской социалистической революции, вряд ли справедливо говорить о всеобщей неграмотности населения. Я убедительно прошу членов педсовета отнестись к Орлову снисходительно. Борис отлично успевает по всем предметам, это вдумчивый и старательный юноша, а то, что он неправильно осмыслил данную на уроке информацию и сделал из нее неверные выводы, является виной моей, и только моей.

«Ишь ты! — саркастически подумал Александр Иванович. — Сначала наступал директору на Борьку, а теперь всю вину на себя берет. С чего бы это?»

Орлов бросил выжидательный взгляд на директора — маленькую пожилую даму, очень морщинистую и очень живую.

— Спасибо, Леонид Аркадьевич, за разъяснения, — проговорила директор, и Орлов понял, что она старательно прячет улыбку. — Попрошу вас впредь быть внимательнее к материалу, который вы даете ученикам на уроках, и снабжать фактические данные необходимыми комментариями, чтобы избежать, так сказать, разночтений в неокрепших умах.

— Да как это так можно! — взорвалась завуч. — Я не понимаю вашей либеральной позиции, Алевтина Никитична! Это вопиющее безобразие, а вы считаете, что оно должно сойти с рук?

«Так, все понятно, лагерь «ненавистников» возглавляется завучем, — бесстрастно отметил про себя Александр Иванович, — а лагерем «сочувствующих» руководит эта милая старушонка-директриса. Начинается битва гигантов».

К завучу мгновенно примкнула старшая пионервожатая, которая, к удивлению Орлова, тоже оказалась членом педсовета, и бурная дискуссия быстро переросла в свару, которую зычным голосом прервал учитель физкультуры, здоровенный молодой парень с фигурой тяжелоатлета, одетый в спортивный костюм.

— Уважаемые коллеги! Коллеги! Минуточку внимания!

Все разом притихли, половина учительниц уставилась на него смущенно и с некоторым даже, как показалось Орлову, трепетом, остальные молчали негодующе и сердито. Только директор Алевтина Никитична почему-то весело улыбалась.

— Слушаем вас внимательно, Дмитрий Олегович, — сказала она, подперев рукой подбородок.

— Я тоже хочу заступиться за Орлова, — заявил физкультурник. — Сам недавно был таким же, как он, пацаном и знаю, что в этом возрасте в голове черт знает что творится...

— Дмитрий Олегович! — директор укоризненно покачала головой. — Вы на педсовете, а не в кругу друзей, не забывайтесь.

— Да, извините, — миролюбиво отозвался учитель. — Короче, вы тут все меня поняли, от ошибок юности никто не застрахован, все их совершают, а потом вырастают в достойных членов общества. И я тоже ошибки совершал, но ничего, вон даже учителем стал. Я уверен, что Орлову уже и так понятно, что думать надо лучше, а если что неясно — спросить у тех, кто понимает. Вот пусть его отец пообещает, что будет давать правильные ответы на вопросы парня, и можно спокойно расходиться.

Теперь все уставились на Орлова, как будто до этого вообще не замечали его присутствия. Нужные слова были у Александра Ивановича заготовлены еще накануне, осталось только прочувствованно произнести их, а потом выдержать шквал полагающихся ему упреков.

Педсовет закончился. В коридоре Орлов догнал быстрым шагом идущего историка.

— Леонид Аркадьевич, хочу поблагодарить вас за то, что вступились за Бориса. Я приму меры...

— Да что вы такое говорите, — историк расстроенно махнул рукой. — Борис отлично мыслит, строго, последовательно, логично. Не дай вам бог испортить его. Просто объясните мальчику, что нужно быть осторожнее. Не все одноклассники любят его.

Он выразительно посмотрел на Орлова умными темно-карими глазами, и Орлов понял, что «стукнул» на сына не учитель, а кто-то из учеников. Ему стало неловко за свои недавние подозрения.

— У вас будут неприятности из-за Бориса? — сочувственно спросил Александр Иванович.

— А! — Историк снова махнул рукой, на этот раз беззаботно. — У кого их нет? Мне повезло родиться мужчиной, мужчин-учителей в наших школах берегут, мальчики в пединституты поступают неохотно, так что нас мало. Прежде чем налагать наказание на мужчину-учителя, в РОНО сто раз подумают: а вдруг уволится? Вашего сына любят почти все учителя, если не я — то кто-нибудь другой обязательно заступился бы.

— Почти? — Александр Иванович вопросительно приподнял брови.

— Вы наверняка и сами уже догадались. Русский и литература, наш уважаемый завуч.

— Что, Борька и у нее тоже?.. — с ужасом спросил Орлов.

— Пока нет, — успокоил его Леонид Аркадьевич. — Иначе об этом бы уже знал весь педколлектив. Но самостоятельность мышления вашего сына ее тревожит. Ни одного сочинения он не написал так, как рекомендовано учебником или рассказано на уроке. Борис не говорит ничего... мм'... ничего крамольного, просто говорит не то и не так, и это ее сильно беспокоит.

Они дошли уже до первого этажа и остановились перед входной дверью. За дверью, на улице, должен был ждать Борька.

— Что вы мне посоветуете? — беспомощно спросил Орлов, совершенно не понимающий, как реагировать на слова учителя и как теперь вести себя с сыном. — Поговорить с ним, поставить мозги на место?

— Я бы не стал с этим торопиться, — задумчиво ответил учитель истории. — Самостоятельность и независимость мышления — товар чрезвычайно ценный в наше время. Ценный, редкий, но и небезопасный. Если есть возможность его сохранить без ущерба для биографии... Впрочем, вы — отец, вам и решать. Был рад знакомству.

Мужчины пожали друг другу руки, и Орлов, уже сделав шаг к двери, вдруг снова остановился, чтобы задать мучивший его вопрос:

— Скажите, а вы действительно давали на уроке все эти цифры про деятельность Ульянова-старшего?

Лицо историка оставалось серьезным, но яркие блестящие глаза смеялись.

— А вы сомневаетесь? — весело спросил он и направился к лестнице, чтобы вернуться в учительскую.

Александр Иванович Орлов и в самом деле сомневался.

«В точности как в фильме «Доживем до понедельника», — с сердитым недоумением думал он, выискивая глазами сына, который должен был ждать в близлежащем сквере. — Умный и тонкий учитель истории и прямолинейно-идейная завуч-русичка. Во всех школах, что ли, такой расклад? Или в фильме показаны, как нас учили еще в школе, типические герои в типических обстоятельствах?»

Сына он обнаружил не в сквере, а на лавочке перед автобусной остановкой. Парень увлеченно читал книгу. Заметив, что подошел отец, Борька вскинул голову и с тревогой посмотрел на Орлова.

— Ну что? Исключают? Или из комсомола выгоняют?

— Обошлось на первый раз, — строго произнес Орлов. — Но давай договоримся, сын: не путать форму и содержание. Ты меня понял?

— Нет, — честно признался Борька.

— Думать ты имеешь право так, как хочешь, как считаешь правильным. Но излагать свои мысли нужно стараться так, чтобы к ним невозможно было придраться. Если ты хочешь нормально закончить школу, поступить в институт, получить образование и профессию, тебе придется этому научиться. Содержание остается на твоей совести, но форма должна быть безупречной. Если ты не знаешь, как этого добиться, обратись к маме. Наша мама — большой мастер по данному вопросу, можешь мне поверить. Я сам у нее учился.

Паренек молча кивнул и принялся запихивать книгу в портфель.

— Кстати, а что насчет вашего физрука? — спросил Орлов. — Я заметил, многие учителя к нему прислушиваются.

— Да ну! — рассмеялся Борька. — Он холостой и поэтому перспективный, и все наши училки, кто не замужем, смотрят ему в рот и хотят понравиться. А ты почему спросил?

— Он за тебя заступился, а учителя смотрели на него как на оракула. Теперь понятно, почему. А те, кто замужем, как к нему относятся?

— Эти — по-разному, — очень серьезно прокомментировал паренек. — Кто умный — те уважают Митяя, а кто дуры совсем, те, конечно, не любят. Ну, пап, понятно же все, чего ты спрашиваешь.

Орлов в очередной раз подивился тому, как быстро взрослеет сын. Всего пятнадцать, казалось бы, дитя еще неразумное, а вот, однако же, все замечает и даже анализирует. Впрочем, разве пятнадцать лет — это мало? Дик Сэнд — пятнадцатилетний капитан из любимого в детстве романа Жюля Верна. Да и Гайдар, как учили в школе, в четырнадцать лет командовал полком, хотя на самом деле Аркадий Голиков, впоследствии известный как Гайдар, полком командовал в семнадцать, а в четырнадцать был принят в партию с правом совещательного голоса. Хотя и семнадцать — тоже не возраст... Так что, может, напрасно он все еще считает Бориса ребенком?

«Ничего-то я в педагогике не смыслю», — огорченно вынес себе вердикт адвокат Орлов.

Глава 2
1975 год

> Чувство мщения свойственно немногим людям; оно не так естественно, не так тесно связано с человеческой природой, как страсть, например, ревность, но оно бывает иногда весьма сильно, если человек не употребит благороднейших чувств души на подавление в себе стремления отомстить, если даст этому чувству настолько ослепить себя и подавить, что станет смешивать отомщение с правосудием, забывая, что враждебное настроение — плохое подспорье для справедливости решения.
>
> *Из выступления председательствующего А. Ф. Кони перед присяжными на судебном процессе по обвинению Веры Засулич*

— Вера Леонидовна, Шаров вызывает, — сообщил звонкий девичий голос, доносящийся из телефонной трубки.

Вера вздохнула и встала из-за стола. Начальник Следственного управления Генеральной прокуратуры СССР Шаров снова требует отчет по какому-нибудь делу, находящемуся в производстве у следователя по особо важным делам Потаповой. Хоть бы сказал, по какому именно делу... Не тащить же с собой все. А в голове множество деталей и подробностей не удержишь...

Она быстро оглядела себя в зеркале, прикрепленном на дверце шкафа с внутренней стороны: короткие волосы лежат идеально, косметика не размазалась, кожа на лбу и крыльях носа не блестит. Правда, сегодня Вера не в прокурорской синей форме, а в цивильном костюме, но это не страшно, Шаров в отношении внешнего вида подчиненных всегда был демократом. Нет, что ни говори, а для своих сорока четырех лет Вера Потапова выглядит просто великолепно!

Руководитель Следственного комитета был хмур и чем-то раздражен, его широкое одутловатое лицо, плавно переходящее в толстые складки на шее, лоснилось от пота. Каждый раз, видя Шарова, Вера вспоминала свое первое знакомство с ним и улыбалась про себя: бывает же так! При необыкновенно отталкивающей внешности человек оказывался умным, профессиональным и очень приятным. Редко, но случается. И Евгений Викторович Шаров был именно таким.

— Садись, Вера Леонидовна, — буркнул он, не поднимая головы и не отрываясь от бумаг. — Не трясись, по делам спрашивать не буду. Дела передашь, твой начальник распишет сам, кому.

— Увольняете? — невольно улыбнулась Вера. — Чем я провинилась?

— В командировку едешь. В составе следственной бригады. Завтра утром вылетаешь.

— Куда?

— В Киев.

Сердце замерло на мгновение, потом Вере показалось, что оно стало словно бы пустым. Легким, как воздушный шарик, наполненный газом и оттого беспрепятственно подпрыгивающий прямо к горлу. Ей стало страшно.

— Почему? Что там, в Киеве?

— Там крупные хищения, — коротко ответил Шаров, по-прежнему не поднимая головы.

Все сотрудники знали, что Евгений Викторович обладает способностью одновременно вести беседу и работать с документами, не теряя смысловой нити, не сбиваясь и не путаясь, поэтому никто давно уже не обижался, если Шаров, разговаривая, не поднимал глаз.

— Почему Москва? — продолжала допытываться Потапова.

В самом деле, зачем нужно включать в бригаду следователей из Прокуратуры СССР, если хищения на Украине?

— Взятки, — по-прежнему кратко пояснил Шаров. — В Госплане и в союзных министерствах. Ну и еще кое-где.

При последних словах он все-таки оторвал глаза от бумаг, что у любого другого человека равнозначно было бы «возведению очей к небу». Иными словами — взятки где-то на большом верху, даже выше, чем в Госплане, упоминание о котором никакого подкрепляющего жеста не удостоилось. Ну, примерно понятно, где.

— Оперативная поддержка от КГБ? — спросила она.

— Само собой. Дело большое. Трудное. И есть указание.

— Понятно, — кивнула Вера. — Приказ уже готов? Кто старший?

— Ты.

— Евгений Викторович...

— Ты, — жестко повторил Шаров. — Ты лучший следователь по хозяйственным и финансовым делам.

— Но хищения же на территории Украины... — попыталась протестовать Потапова.

— Хищениями займутся украинские следователи. Наши будут вести только взятки, и только те, которые были получены московскими чиновниками. Ряд эпизодов имел место в Киеве и в Харькове, когда наши деятели наносили туда дружественные визиты, этими эпизодами тоже займутся киевляне, но вместе с нашими ребятами. Твое дело — общее руководство и московские эпизоды. Но придется ехать в Киев. Хотя бы для начала. Потом посмотрим. Взяткополучатели все здесь. Но взяткодатели все там, на Украине.

Документ, изучаемый Шаровым, наконец закончился, Евгений Викторович перелистнул его до первой страницы и в верхнем углу размашисто начертал визу и подпись. Теперь его маленькие серые глазки в обрамлении припухших красноватых век смотрели прямо на следователя Потапову.

— Ты все поняла, Вера Леонидовна?

— Я все поняла, Евгений Викторович. Разрешите идти?

— Иди. Приказ возьми у девочек. Твой начальник уже в курсе.

* * *

Примерно через час ситуация стала более или менее понятной, и выводы Вере Леонидовне Потаповой совсем не понравились. Следственная бригада по делу о хищениях и взяточничестве создана в составе пяти человек: три следователя из Следственного управления Прокуратуры Украинской ССР и двое из Москвы. Второй московский следователь, коллега Веры, как выяснилось, улетел в Киев уже сегодня, а сам приказ о создании группы датирован вообще вчерашним числом. Почему же ее, Веру Потапову, поставили в известность только сейчас, а отправляют в Киев завтра, а не вместе с другим следователем? Она еще раз, склоняясь над плечом сотрудницы секретариата, внимательно посмотрела в текст приказа. Дата вчерашняя, а вот перечисленные в ней имена... Ее фамилии там не было. Вместе с коллегой в бригаду первоначально включили совсем другого следователя, очень опытного и уважаемого профессионала. А вот и второй приказ, уже сегодняшний, и в нем стоит имя Веры Потаповой. Почему произошла замена? Тот опытный следователь не может ехать? Заболел? Но Вера сегодня столкнулась с ним в коридоре, он был жив-здоров и даже улыбался.

Полутора минут размышлений вполне хватило на то, чтобы сопоставить необъяснимую замену следователя со словами Шарова: есть указание. Вера — женщина, а значит, легко управляема. Она сделает так, как надо, и не станет кочевряжиться. Если есть указание — она его выполнит и не поморщится. Целые сутки руководство Следственного управления судило-рядило, как обеспечить выполнение «указания сверху». Дело трудное и тонкое, сперва назначили действительно того, кто справится, у кого есть огромный опыт, потом подумали — и поняли, что насчет выполнения указания с этим следователем могут возникнуть проблемы. Мужчина такого возраста, когда жилье он давно получил, а пенсии уже не боится... Как на него давить? А на Веру Потапову давить легко, и управлять ею легко, ей до пенсии еще далеко, а очередь на квартиру двигается медленно. В доставшейся ей после размена родительской квартиры «однушке» она уже дочь, считай, вырастила и в очереди стоит лет десять, не меньше.

Никто никогда не считал Веру упрямой и строптивой. Она была вспыльчивой, взрывной, по любому вопросу имела собственное мнение, которое непременно высказывала, но при этом легко соглашалась сделать так, как ее просят или «как надо», хотя обязательно говорила при этом:

— Хорошо, я сделаю, но вы должны знать, что я с этим не согласна.

Когда ее спрашивали, почему же она не настаивает на своем, если уверена в своей правоте, она только усмехалась: толку-то настаивать? Лбом стену прошибать? Она высказалась, позицию свою обозначила, дураков назвала дураками — и достаточно, дальше пусть как хотят. Хотят, чтобы было по-дурацки, — пусть делают. Друзья шутливо называли ее «Верка, которая всегда права», а сама Вера мысленно добавляла: «Но которая всегда поступает неправильно». Делай, что велят, и молчи, не сопротивляйся, иначе не выживешь. Эту простую истину она усвоила в детстве очень хорошо. Зато думать ты имеешь право так, как считаешь нужным.

Она всегда готова была уступить в поступках, но не во мнении. А мнение — это ведь ерунда, пустой звук, сотрясание воздуха. Главное — как человек поступает, что делает и каков результат. И поэтому на работе ее считали покладистой и управляемой. Наверное, так было бы и в этот раз, есть указание — готова исполнить, каким бы оно ни было. Но слово «Украина» будто прорвало плотину здравых рассуждений, на которых воспитаны советские люди и члены партии.

На Украине она не была ни разу с тех самых пор... Сколько бы ни звали ее на отдых в Крым — всегда отказывалась, хотя поехать на море и погреться на солнышке очень хотелось. Предпочитала Черноморское побережье Кавказа, автобусные туры по Золотому кольцу, поездки в Ленинград, пребывание на даче у друзей — да что угодно, только бы не ехать на Украину. Вера панически боялась самого этого слова. И еще больше боялась на Украине оказаться. Ей казалось, что как только она ступит на украинскую землю, она сразу умрет.

Так было легче. Легче не думать и не вспоминать. Легче правильно оценивать происходящее. И вообще — легче жить.

Ей нестерпимо захотелось хоть с кем-то поговорить об этом. Но с кем? Правду знает только муж, теперь уже бывший, он поймет ее страх. Не звонить же ему? У него новая семья, и с самого развода так повелось, что если Вера и звонит сама, то только когда что-то срочное, касающееся их дочери. Во всех остальных случаях бывший муж звонил первым. Но и это было редкостью, обычно все контакты осуществлялись через дочь.

Вера посмотрела на часы: половина шестого, он должен быть еще на работе, никогда раньше времени не уходит. Сняла трубку и набрала номер.

— Меня отправляют в командировку завтра утром, — сообщила она, стараясь говорить спокойно.

— Далеко?

— В Киев. Может быть, придется еще и в Харьков ехать.

В трубке зазвенело молчание, потом снова раздался голос мужа, теперь уже глуховатый и более мягкий:

— Сочувствую. Отказаться не можешь?

— Нет. На каком основании? Я же не могу никому ничего объяснить... Ты Танюшку проконтролируешь? Я могу застрять надолго.

— Может, пусть бы она у нас пожила? — неуверенно предложил бывший муж.

— Не нужно, она взрослая, студентка как-никак, у нее своя жизнь. Наверняка обрадуется, что меня не будет какое-то время. Просто чтобы глупостей не наделала... Я, конечно, буду звонить ей каждый день, но ты все-таки поближе.

— Конечно, не волнуйся, я прослежу.

Ничего особенного он не сказал, но после разговора Вере стало почему-то спокойнее. Ей всегда хотелось, чтобы хоть кто-нибудь, хоть одна живая душа знала, что она думает и чувствует на самом деле.

На сегодняшний вечер куплены билеты в театр,

она собиралась пойти с очередным поклонником, которых у красавицы Веры Потаповой всегда было хоть отбавляй. Надо не в театр идти, а домой, закупить продукты хотя бы на первое время, чтобы Танюшка не голодала, приготовить еду дня на три-четыре, собрать чемодан... «Да пошло оно все! — с внезапным ожесточением подумала Вера. — Кого спасут эти продукты на неделю, если меня не будет как минимум месяц? И собраться можно завтра утром. У меня не тысяча нарядов, чтобы долго раздумывать. Два костюма — один на мне, второй в чемодан; пять блузок, пачка стирального порошка, белье, крем для лица — вот и все мои сборы, десяти минут хватит. Кипятильник и чай не забыть. Будильник. Тапочки. Ночная рубашка. Остальное или в гостинице найду, или в магазинах. Если завтра мне будет плохо, то пусть хотя бы сегодня будет хорошо. Татьяна — взрослая девка, сама справится».

Достав из сумки косметику, она ожесточенно навела красоту, сделав поярче глаза и губы, заперла кабинет и отправилась в театр.

* * *

В аэропорту «Борисполь» ее встретил симпатичный крепкий мужчина, назвавшийся Олесем, улыбчивый и любезный. Но эта улыбчивость и демонстративная вежливость Веру не обманули: цепкий взгляд, быстрые и точные движения при кажущейся внешней расслабленности и даже какой-то ленивости выдавали в нем оперативника. «Милицейский или комитетский?» — подумала она.

— Добро пожаловать в вильну Украину, — он легко подхватил ее чемодан. — Сейчас я вас отвезу в нашу гостиницу, вы устроитесь, потом поедем в прокуратуру.

На площади их ждала черная «Волга» с водителем.

— На Иринскую, — бросил оперативник, усаживаясь на переднее пассажирское сиденье.

— Красивое название, — заметила Вера, стараясь хоть какой-то, пусть самой пустяковой болтовней заглушить поднимающийся из середины живота прямо к горлу ужас.

— Это в честь Иринского монастыря назвали, — охотно пояснил пожилой водитель, — улица как раз через его бывшую территорию проходит. Правда, перед войной ее переименовали, сделали Жана Жореса, а потом снова старое название вернули. А то что это такое: улица Жана Жореса! Там рядом Владимирская, Малоподвальная, Золотоворотская, Паторжинского — все честь по чести, голос истории, можно сказать, и вдруг какой-то Жан Жорес! Иринская — зовсим же ж инша справа!

«Совсем же другое дело», — автоматически перевела Вера. Неужели она до сих пор помнит украинский язык? Лежал он себе под спудом столько лет... Оказывается, жив.

Водитель упомянул Владимирскую, а Вера знала, что на этой улице в доме 33 находится здание КГБ Украины. Значит, и гостиница комитетская. И опер этот тоже из комитетчиков. Она поежилась.

Доехали минут за сорок. Вера старалась не смотреть в окно, ей было страшно. И неуютно.

Серое четырехэтажное здание с портиком и колоннами на Владимирской, 33, выглядело неухоженным дворцом, совсем не похожим на мрачное, гладкое, какое-то вылизанное здание на Лубянке. Каменная кладка «рустика» напоминала Ленинград, и Веру чуть-чуть отпустило.

Проехав вдоль здания, свернули на Ирининскую. Девятиэтажная гостиница выглядела непримечательно, впрочем, как и все гостиницы МВД и КГБ, в которых Вере во время командировок довелось немало пожить.

— Ваш коллега, который вчера приехал, живет на одном этаже с вами, — радостно сообщил Олесь. — Вы устраивайтесь, мы подождем внизу, в машине, совещание в прокуратуре начнется через час, тут езды минут десять.

— А если пешком? — спросила Вера, любившая пешие прогулки.

— Отсюда до Резницкой километра четыре будет. Не успеете.

— Хорошо, — вздохнула она, — я постараюсь не задерживаться.

* * *

Вера Леонидовна Потапова вряд ли стала бы следователем по особо важным делам в Следственном управлении Генеральной прокуратуры СССР, если бы привлекала к ответственности и успешно доводила до суда исключительно мелких несунов или халатно исполняющих свои обязанности ночных сторожей. Она была тщательной и усидчивой, умела работать с документами и карьеру сделала на сложных многоэпизодных хозяйственных делах, разбираться с которыми мало у кого из следователей-мужчин хватало терпения. Однако опыт в ведении следствия по таким делам неизбежно повлек за собой и другое — отчетливое понимание реалий. Крупные хозяйственные руководители крайне редко были «сами по себе». Как правило, у них всегда находились заступники и поручители, которым нельзя было отказывать. Не потому, что трудно, а просто потому, что опасно для жизни и карьеры. У этой игры были свои определенные правила, Вера Леонидовна их быстро выучила и старалась не нарушать. «Главное — не привлечь к ответственности невиновного, — думала она, — а уж отпустить и оставить без наказания виновного — бог с ним, грех не велик, вон их сколько по улицам ходит, одним больше — одним меньше, ведь не убийца же, не бандит, не насильник, не грабитель, на чужую жизнь и здоровье не покушается. Ну, украл у государства, ну, живет богаче всех нас, но если я его посажу, моя собственная жизнь лучше и легче не станет». Вера никогда не была завистливой, и чужое благосостояние, равно как и чужая успешность, оставляли ее равнодушной и не вызывали того, что принято называть «классовой ненавистью». Она не жила общественными интересами и думала в основном о своей семье, своей работе, своей жизни и о себе самой.

Через два дня после приезда в Киев и ознакомления с материалами дела ей стало ясно: пресловутое «указание сверху» состоит в том, чтобы привлечь к ответственности крайних, «стрелочников», ни в чем, в сущности, не виноватых. Спустить столь громкое дело на тормозах уже невозможно, кого-то надо посадить. А тех, кто действительно виновен, сажать ну никак нельзя, это ж такие люди, такие посты занимают...

В первый же день вечером, когда она после совещания вернулась в гостиницу, к ней явился гость. С цветами, коньяком, конфетами и фруктами. Привел его к ней в номер тот самый московский коллега, который прилетел накануне. Вера моментально пришла в ярость, однако у нее хватило выдержки не сказать вслух то, что она действительно подумала. Она просто замахала руками и торопливо заговорила о том, что она с дороги, ей нужно принять душ и лечь, она очень устала и плохо себя чувствует, и вообще... Гость ретировался, а через несколько минут Вера в коридоре поймала коллегу, вышедшего из номера, чтобы попросить у дежурной заварочный чайничек.

— Свои вопросы решай по своему усмотрению, — сказала она твердо. — Но не забывай, что я — женщина...

— Причем красивая, — ухмыльнулся коллега, давно уже, хотя и безуспешно, подбивавший клинья к Вере.

— Я — женщина, — повторила она с каменным лицом, — и не смей ни сам приходить ко мне в номер, ни тем более приводить кого-то. Для тебя открыт весь мир, кроме маленького кусочка за моей дверью. Ты меня понял?

Коллега фыркнул, кивнул и резво потрусил к столу дежурной, которая с нескрываемым любопытством наблюдала за ними.

На следующий вечер Вера решила в гостиницу после работы не идти, а прогуляться. Ей хотелось убить одновременно двух зайцев: подумать о материалах дела и избежать попыток вступить в дружеский контакт. Ей по-прежнему было очень страшно от одной только мысли, что она находится всего в нескольких сотнях километров от тех мест. От той жизни. От тех воспоминаний. Но осознание, что из нее пытаются сделать марионетку, которая должна добиться осуждения невиновного, приводило ее в такое бешенство, что страх, казалось бы, отступал. «Врага надо знать в лицо, — твердила себе Вера Потапова, — мои воспоминания и страхи — мои враги, надо ходить по улицам, рассматривать дома и людей, чтобы в голове все улеглось, чтобы пыль воспоминаний осела и оказалось, что это другая жизнь, не та. Это другие люди, не те. Это другая Украина».

Выйдя из здания на Резницкой, она отправилась по улице Суворова до метро «Арсенальная», оттуда — до Крещатика, постояла на площади Октябрьской Революции, по Крещатику дошла до Владимирской. Прогулка заняла почти три часа, ноги гудели, зато уже без малого одиннадцать, и можно было безбоязненно возвращаться в номер без риска быть поставленной в сложную ситуацию.

За первые несколько дней Вера Леонидовна, садясь в метро на «Арсенальной», «Печерской» или «Кловской» и доезжая до какой-нибудь станции, обошла множество мест: от станции метро «Тараса Шевченко» до Почтовой площади и от Бессарабской площади до Тургеневской улицы. Бессарабская площадь снова напомнила ей Ленинград, магазин «Хлеб» на Нижнем Валу поразил ее тем, что круглые буханки черного хлеба были свалены кучей прямо в витрине; храм на улице Академика Зелинского порадовал своей белизной, стоящая на улице очередь в гастроном на Константиновской напомнила Москву, бабушка, идущая по Контрактовой площади с вязанкой из пяти «Киевских» тортов, заставила улыбнуться и с удовольствием подумать о чае с тортиком, а вот двор одного из домов, куда она забрела, просто задумавшись, без всякой цели, навеял воспоминания об одном черноморском городе, почему-то считавшемся «курортом»: и во дворе, и в том городе царили неустроенность и разруха.

Длительные прогулки внесли успокоение в душу, уняли страх и придали уверенность: она не нарушит правил игры, но и обращаться с собой, как с тряпичной куклой, никому не позволит. Да, сегодня она еще плохо представляет, как и что нужно сделать, чтобы не допустить осуждения невиновных, но в том, что она, Вера Потапова, этого не допустит, можно было не сомневаться.

Проведя еще полдня за изучением всех материалов, она вызвала к себе Олеся.

— Что ты можешь рассказать о Загороднем? — спросила она.

— Ничего особенного, — Олесь пожал плечами, туго обтянутыми светлой сорочкой. — Обычная семья: жена, двое детей, живут в «двушке» на Борщаговке, так что сами понимаете. Лишних денег в семье точно нет. Вернее, они есть, деньги-то, только Завгородний их никому не показывает, не тратит... Под матрасом хранит, наверное.

Голос у Олеся, произносившего последние слова, стал напряженным. Слух Веры безошибочно уловил эту перемену: сначала капитан говорил свободно и выразительно, а под конец модуляции исчезли, и речь стала какой-то механической. Он говорил не то, что думал, а то, что должен был сказать. Значит, Вера не ошиблась, спущенное сверху «указание» касалось в том числе и Завгороднего.

— А какая связь между Борщаговкой и отсутствием денег? — не поняла Потапова.

— Район не престижный. Вот если бы он жил на Артема или на Печерске в районе бульвара Леси Украинки, да еще в кооперативном доме, тогда я бы заподозрил неладное. А так... Ничего у них не было до недавнего времени: ни денег, ни связей. Вот Завгородний и ввязался в хищения, чтобы денег собрать и жилищные условия улучшить. А вы почему спросили? Там же все понятно. Начальник цеха, участвовал в создании товарных излишков и в хищениях, по вашим эпизодам — непосредственно передавал взятки помощнику заместителя министра. Все чисто.

И снова — начало фразы произнесено самым обычным тоном, вторая же половина — с напором и деланым спокойствием.

Вера Леонидовна достала из сейфа бланки повесток.

— Хочу допросить жену Завгороднего. Отвезите ей повестку, лично вручите, пусть завтра придет, — сказала она, не глядя на Олеся.

— Зачем?

Вот она, прекрасная правда жизни! В государстве, где во главе всего стоит КГБ, опер-комитетчик смеет задавать следователю прокуратуры подобные вопросы. Что ж, таковы правила игры. Вера, разумеется, постарается сделать все по-своему, однако в нарушении этих самых правил ее никто не должен иметь возможность упрекнуть.

Она аккуратным почерком тщательно заполнила бланк повестки, протянула Олесю, посмотрела на него весело и невинно, словно ничего особенного не происходило.

— Ну как зачем? Посмотрю, как она одета, как выглядит, поговорю о семейном бюджете. Если ее муж участвовал в хищениях, это должно где-то выплыть. Товарищ капитан, вы же прекрасно понимаете, что дело у нас с вами не простое и материалы, которые лягут в основу обвинительного заключения, должны быть безупречны. Дело вызывает пристальное внимание в инстанциях, а обвинений в недостаточном профессионализме мне хотелось бы избежать. Думаю, что и вам тоже.

Олесь молча взял повестку и вышел.

* * *

Жена начальника цеха крупного завода, Мария Станиславовна Завгородняя, пришла намного раньше указанного в повестке времени и терпеливо ждала внизу, когда за ней кто-нибудь спустится и проведёт к следователю Потаповой. Модница Вера с первого же взгляда оценила далеко не новый костюм из джерси, темно-синий с белыми полосками, она и сама такой носила лет восемьдесять назад, да в них пол-Москвы ходило. Туфли тоже были старыми, но видно, что владелица носила их бережно и ухаживала тщательно. Похоже, в семье действительно лишних денег нет, и связей тоже нет, ибо где связи — там блат, без которого хороших вещей не купишь. Или Мария Станиславовна специально достала из закромов старье, которое пожалела в свое время выбросить или отдать? Известная уловка, дабы произвести на следователя нужное впечатление: мол, не воруем, живем скромно, копейки считаем. Были у Потаповой такие дамы-подследственные, были, повидала она их: дома шкафы ломились от шуб и импортных платьев, а на допрос в прокуратуру являлись в специально припасенном дешевеньком и простеньком одеянии. Впрочем, Мария Завгородняя все-таки постаралась «выглядеть» перед столичным следователем и повязала на шею газовую косынку, хорошо сочетавшуюся по цвету и с костюмом, и с оттенком теней, нанесенных на веки. Вере даже показалось, что под косынкой виднеется приколотая к костюму брошь.

На вопросы Завгородняя отвечала коротко и скупо: да, муж участвовал в даче взятки, ей очень стыдно и очень жаль, что он проявил слабость и повел себя не так, как должен вести себя настоящий коммунист и советский человек, она осуждает его поступок. Плечи напряжены, глаза в пол.

«Лжет, — подумала Вера, занося в протокол очередной ответ Марии Станиславовны. — Выдает мне хорошо вызубренное вранье. Поэтому такое напряжение: боится сбиться. И фразы поэтому куцые, она не рассказывает, а повторяет заученное».

— Муж отдавал вам деньги, которые получал за участие в хищениях? Вкладывал их в семейный бюджет?

Завгородняя отрицательно покачала головой.

— Нет.

— Но он сказал, сколько было этих денег?

— Нет. Я вообще не знала о них, пока Славу не арестовали. Мне потом следователь сказал, что он... Ну, что он расхититель и взяточник.

— Что еще вам сказали? — осведомилась Вера, внутренне собираясь.

Она знала, как правильно задавать вопросы. Под безличной формой глагола «вам сказали» подразумевалось: сказал не только следователь. Это могло сработать.

И оно сработало. Мария Завгородняя поведала, как ее муж придумал и осуществил схему создания излишков и как искал потом тех, через кого эти излишки можно реализовать, и как давал взятки московским чиновникам. Теперь Вере стало совершенно понятно: мужа и жену Завгородних вежливо, но аргументированно попросили «взять все на себя». И тщательно проинструктировали, чтобы в их показаниях было все необходимое для нужной квалификации преступления и не было ничего лишнего, что позволило бы привлечь к ответственности не тех, кого нужно и можно.

— Каков метраж жилой площади в вашей квартире? — спросила Потапова.

— Тридцать два метра.

— Проживаете вчетвером?

— Нас пятеро. Мы со Славой, детей двое и еще мама моя. Только она не прописана у нас.

— Почему не улучшаете жилищные условия? В профкоме нам дали сведения, что ваш муж не стоит в очереди на квартиру.

— Как — не стоит?! — ахнула Мария Станиславовна. — Он должен стоять... должен быть в списках очередников... Уже скоро совсем...

— Давно он стоит в этой очереди? Сколько лет? — коварно спросила Вера, получив еще одно подтверждение своей догадке.

Загородняя молчала, не поднимая глаз. Все понятно.

— Что же, Мария Станиславовна, получается, обманули вас, да? — участливо заговорила Вера. — Из профкома завода пришла обстоятельная бумага, в которой следствию объяснили, что первоочередным правом на улучшение жилищных условий пользуются те, кто живет в бараках и в аварийном жилье, подлежащем сносу. И предпочтение отдается именно рабочим, а не служащим, причем желательно — членам партии. Ваш супруг в партию вступил поздно, почти в сорок лет, в жизни парторганизации завода активного участия не принимал, общественной работой не занимался. Жилье у вас тесное, но не аварийное и не в бараках. И вам в постановке в очередь на улучшение жилищных условий отказали. Ведь так?

Снова молчание. Взгляд женщины по-прежнему устремлен в пол, но плечи и спина стали еще более напряженными.

— А потом вам пообещали, что вставят вас в эту очередь, причем поближе к началу, и новую квартиру вы получите уже совсем скоро. Сначала пообещали, а потом и заверили, что все сделано, все бумаги подписаны, вы находитесь в первой «десятке» или «двадцатке» очередников и получите квартиру в первом же новом доме, в котором заводу будет выделена квота. Конечно, и здесь будут определенные трудности, ведь если начальник цеха получает срок и сидит, кто ж ему квартиру даст? Его нужно из очереди немедленно выкинуть. Но можно задействовать связи в горкоме и горсовете и договориться, что предназначенную вашей семье квартиру отдадут кому-то из очередников другого предприятия или другого района, а взамен ваша семья получит новое жилье, только не от завода, а от города. Схема отработанная, ее по всей стране применяют. И вы поверили. Правильно?

Мария Станиславовна вскинула голову, по щекам ее текли быстрые обильные слезы, оставляющие разводы и полосы от растекающейся черной туши и серо-синих теней. Губы в розовой помаде дрожали и некрасиво кривились.

— Этого не может быть, — проговорила она сквозь слезы. — Мы должны быть в очереди... Как же так... Сын в следующем году школу заканчивает, ему в институт поступать... Не может быть!

— Значит, и с институтом помочь обещали, — констатировала Потапова. — Что же получается у нас с вами, Мария Станиславовна? Почему ваш муж пошел на это безобразие? Почему дал себя уговорить? Из-за квартиры? Из-за института для сына? А может быть, обещали и материально помогать вашей семье, пока он будет сидеть за чужие грехи? Или ему чем-то угрожали?

Завгородняя решительно тряхнула головой и машинально промокнула лицо кончиками косынки. Снова мелькнула брошь на лацкане костюма, но рассмотреть ее Вера не успела. Синтетическая ткань косынки ничего в себя не впитала, только размазала черно-синие потеки еще больше. Но женщина, казалось, не думала об этом. Заметив испачканные концы, она просто сдернула косынку с шеи и стала комкать в руках, нимало не озаботившись своим лицом.

— Чем нам можно угрожать? Только тем, что до старости будем ютиться впятером на этих метрах в доме без лифта, и тем, что сын в армию пойдет, — горько произнесла она. — А если сын женится и дочка замуж выйдет, да детки пойдут — вообще непонятно, как мы выживем все вместе. Придется нашим детям не по любви жениться, а по расчету, чтоб жилье какое-то было. И будут всю жизнь несчастными. Что хорошего? Слава всегда старался все для семьи, для детей... Он на все готов пойти, только бы мы уже начали жить, как нормальные люди.

— Не на все, — мягко возразила Потапова. — На хищения же он не пошел. И на взяточничество. Или все-таки пошел?

— Да он не знал ничего! — почти выкрикнула

Мария Станиславовна. — Все за его спиной делали! То есть он догадывался, конечно, начальник цеха же не может не знать, что у него в цеху творится, но он с этого ни копейки не имел! Ни копейки! Ему приказывали — он выполнял. Надеялся, что если будет послушным и промолчит, то квартиру дадут. Ну и понимал, конечно, что если откажется, так и уволить могут, и под статью подвести. Будто вы не понимаете, как это делается! Они сами все эти дела проворачивали. Потом давали ему бутылку водки или коньяка в подарочной коробке и корзинку с фруктами, мол, отвези в гостиницу нашему гостю, он и возил, откуда ему было знать, что в коробке не только бутылка, но и пачка денег! А потом пришли и сказали: возьмешь все на себя — будет и квартира, и институт для сына, и деньгами поможем. Не возьмешь на себя — найдем другого, кто возьмет, но только ты уже ничего и никогда не получишь, и в военкомат команду дадим, чтобы сына твоего в самую страшную дыру служить отправили.

Она опять расплакалась. Вера достала из сумки платок, хотела протянуть его жене Завгороднего через стол, но взгляд ее снова упал на брошку, которую теперь ничто не прикрывало. В груди болезненно кольнуло, Вера прищурилась, но видно все равно было плохо. Близорукость. Красивую оправу нигде не купить, а если попадалось в магазине что-то более или менее пристойное, то обязательно оказывалось, что по расстоянию между центрами зрачков не подходит. Глаза у Веры Леонидовны поставлены близко, и по параметрам ей подходили только детские оправы, смешные и нелепые. Она много раз пыталась договориться с оптиками, но ответ получала один и тот же: мы стекла не центруем, вставляем такими, какие они есть. Однажды Вера рискнула и заказала очки в довольно симпатичной «мужской» оправе, имевшей лишних 6 миллиметров. Через несколько минут ходьбы по квартире в новых очках у нее закружилась голова, затошнило, заломило в висках, потом в затылке. Она потратила месяц на то, чтобы постараться привыкнуть, и поняла, что затея эта бесполезна: кроме жутких головных болей и дискомфорта толку не было. В конце концов, читать и писать близорукость не мешала. А вот номер автобуса можно было определить только тогда, когда он уже останавливался у тротуара.

Плохо понимая истинные движущие мотивы своего поступка, прислушиваясь только к разливающейся боли в груди, Вера Леонидовна встала из-за стола и подошла вплотную к плачущей свидетельнице. Та взяла протянутый следователем платок и принялась отирать щеки и глаза.

Брошь. Точно такая же. Господи, как же больно...

— Красивая брошь, — сказала она, вернувшись на свое место. — Антиквариат?

— Не знаю, наверное. Это Слава подарил мне на рождение сына, сказал, что от его бабушки осталась. Купить такую мы не смогли бы, дорого очень. Единственное украшение у меня. И обручальное кольцо еще. Сережки мама подарила на восемнадцатилетие, золотые, с рубинами, но мы их продали, когда Славе нужно было после операции черную икру кушать, врачи посоветовали. А где ее возьмешь? В магазинах нету, пришлось у спекулянтов брать, с большой переплатой, вот денег за сережки как раз хватило, чтобы Славу выходить.

Вера вспомнила паспортные данные Марии Завгородней, которые сама же час тому назад вписывала в «шапку» протокола допроса: родилась в 1934 году во Львове. А ее муж — уроженец каких мест? Можно, конечно, достать из сейфа дело и посмотреть. А можно просто спросить. Господи, как же страшно...

— Вы сами из Львова. А ваш супруг откуда? Тоже львовский уроженец? Или киевлянин?

— Он из Черниговской области, из Прилук...

Завгородняя говорила что-то еще, но ее слова доносились до Веры как сквозь вату. Слово «Прилуки» накрыло ее плотным колпаком невыносимого отчаяния, поднявшегося из глубины детских воспоминаний.

Брошь. Не «точно такая же». Та же самая.

Вера Леонидовна не могла оторвать взгляд от украшения на костюме Марии Станиславовны. Та расценила этот взгляд по-своему, торопливо расстегнула булавку и протянула брошь следователю.

— Возьмите, пожалуйста, возьмите, только Славу не сажайте, он не виноват ни в чем, — бормотала Завгородняя, протягивая брошь.

«Не прикасайся к ней, — скомандовала сама себе Вера Леонидовна, — не трогай, не смей».

И тут же поняла, что руки сами взяли украшение и поднесли поближе к глазам. Изящная работа — букет маргариток, розовых и фиолетовых, золотые резные листочки, такие миниатюрные, что не верится, будто сделаны человеческими руками. Вот здесь не хватает самого маленького камешка, он выпал, когда бабушка Рахиль выронила из дрожащих рук на пол мешочек с ценностями. Из мешочка выкатилась брошка, десятилетняя Верочка тут же схватила ее и зажала в кулачке. Брошка была самой любимой из всего, что хранилось в бабушкином мешочке, она казалась Верочке такой красивой, такой невероятной, такой «из другого мира»! Девочка могла часами рассматривать ювелирное изделие, она знала каждую царапинку на нем, каждый камешек. И конечно же, знала и могла в любой момент воспроизвести надпись на непонятном языке непонятными буквами. Однажды Вера спросила у бабушки, что означают эти буквы и почему они такие странные, и бабушка Рахиль ответила, что это иврит, а слово означает «На память».

Но бабушка увидела, что девочка взяла брошку, и строго велела положить ее назад в мешочек. Вера тогда успела заметить, что крохотный камешек выпал из одного цветка и закатился в угол, но ничего не сказала бабушке, приняв такое детское и в то же время недетское решение: сейчас надо промолчать, а потом найти камешек и сохранить, потому что это же часть любимой брошки, и можно будет считать, что это вся брошка целиком.

Но найти камешек Верочка уже не успела...

Все царапинки, которые она помнила с детства, были на месте. Правда, и новые прибавились. Видно, что брошку носили все эти годы. И надпись не исчезла, все те же волнистые угловатые буквы. «На память».

— Берите, Вера Леонидовна, — доносился до нее умоляющий голос Завгородней, — только помогите Славе, он же ни в чем не виноват, он ни копейки не взял...

Вере удалось совладать с собой и вынырнуть из-под колпака.

— Вы с ума сошли, — строго проговорила она, положив брошь на край стола. — Вы хоть понимаете, что это взятка? Заберите немедленно. Все, что должно быть сделано по закону, будет сделано. Следствие во всем разберется. Давайте повестку, я подпишу, и можете идти. Но я вызову вас еще не один раз.

Руки Марии Станиславовны тряслись так, что совладать с булавкой она не смогла и после нескольких безуспешных попыток просто сунула брошь в сумку.

Оставшись одна, Вера Потапова заперла дверь кабинета изнутри, открыла сейф, достала материалы дела, нашла протокол «избрания меры пресечения в виде заключения под стражу». Там же лежала и фотография Вячеслава Завгороднего, начальника цеха крупного спиртового завода, арестованного по обвинению в хищениях и взяточничестве в особо крупных размерах. Статья расстрельная.

Он? Или не он? Прошло больше тридцати лет, тогда он был мальчиком лет двенадцати, сейчас это солидный мужчина «за сорок». Как разглядеть в нем черты того пацаненка, бежавшего рядом с колонной евреев из гетто, которых вели на расстрел, и торжествующе кричавшего: «Так вам и надо! Кончилась ваша власть! Чтоб вы сдохли, жиды проклятые!» В смертной колонне шли бабушка Рахиль, ее младшая дочка Розочка, совсем подросток, хотя и приходилась Вере теткой, и трехлетняя Леночка, дочь бабушкиной старшей дочери, тети Сони. Отец Веры, Леонид, был средним сыном бабушки...

Вера многое забыла из того страшного военного времени. Но этот мальчишка из памяти никак не стирался. И простить его она не могла. Потом, на следующий день, она увидела мальчишку еще раз. Он играл во дворе дома, где жила та женщина. Та, которая обманула и предала. Наверное, мальчик был ее сыном.

И вот мальчик вырос. Закончил школу, получил высшее образование, стал начальником цеха. Даже в партию вступил, хотя по всей биографии заметно, что не сильно-то он этого хотел, просто понимал, что дальнейшего продвижения по службе без членства в КПСС не будет, и в очередь на получение нового жилья его, беспартийного, не поставят, будут отказывать под любыми благовидными предлогами. Женился, обзавелся детьми. По случаю рождения сына подарил жене брошь, которую получил от матери. Соврал, что от бабушки. Или это мать его обманула? Сказала, что брошь бабушкина, утаила от сына, откуда на самом деле взялось украшение.

Итак, вопрос: знал ли Вячеслав Завгородний истинную историю броши? Допустим, не знал. Допустим, мать об этом благоразумно умолчала...

А что, если Завгородний вообще не тот мальчик? Что, если та женщина, которая обманула и предала, давным-давно продала брошь кому-то из жителей города, и Завгородний — мальчик из совсем другой семьи, которую, оперируя правовыми категориями, можно назвать добросовестными приобретателями? Брошь оказалась у его родителей законным путем, потом перешла к сыну.

В одном Вера Потапова была уверена твердо: мальчишка, радовавшийся расстрелу евреев и желавший им смерти, был тем же самым, кого она видела во дворе дома той женщины. В этом никаких сомнений не было. Она хорошо его запомнила — и лицо, и волосы, и одежду. Оставалось только выяснить, был ли этот мальчик Славой Завгородним. А выяснить это совсем несложно.

* * *

— Думаете, он мог деньги прятать в доме у матери? Она умерла лет десять назад, — с сомнением переспросил Олесь, получив от следователя Потаповой новое задание.

— Я ничего не думаю, — сухо ответила Вера Леонидовна. — Мне пока думать не над чем, вы мне никакой информации не предоставили. Завгородний уже неделю под стражей, а вы ничего, кроме обыска в его квартире, не сделали. К вам лично у меня претензий нет, — тут же добавила она, — вы не принимаете процессуальных решений, это задача следователя, но уж информацию-то о ближнем круге подозреваемого можно было собрать. А вы даже о его родственниках ничего не выяснили, не говоря уж о друзьях детства, одноклассниках и однокурсниках. Неужели этот Завгородний такой ушлый, что смог сам придумать схему хищений и сам ее реализовать? Если у него не было подельников на заводе, значит, они были среди его друзей, причем друзей старых, давних, проверенных. Возможно, искать следует среди его земляков, выходцев из Прилук. Я специально не допрашиваю пока Завгороднего, его уже допросили ваши киевские следователи, а мне нужно дождаться такой информации, с которой я его расколю с первого раза.

— Да зачем колоть-то его? Он же признался, ничего не отрицает.

— Товарищ капитан, я вам уже объясняла: сейчас не те времена, когда признание считалось царицей доказательств. Если судья начнет интересоваться, каким образом Завгородний в одиночку проворачивал свои махинации, мы получим дело на доследование и по выговору с занесением. Кстати, фотоальбомы при обыске нашли?

— Вроде да, — в голосе Олеся слышалось сомнение. Вероятно, он плохо помнил такие детали.

— Изъяли?

— Нет, а зачем?

— Послушайте, — сердито проговорила Вера Леонидовна, — ну почему я должна объяснять вам такие очевидные вещи? Я сейчас вынесу постановление о выемке, берите его, поезжайте к Завгородним домой, изымайте альбомы, все, какие найдете, и будем смотреть, какие персонажи появляются рядом с фигурантом с детства и до последнего времени. Вот к ним — особое внимание. Они могут оказаться подельниками. Докажем группу — уже полегче будет.

До оперативника наконец дошло, что «указание» можно выполнять не буквально, а толковать расширенно. В самом деле, если есть задача посадить «стрелочника» и вывести из-под удара истинных виновников, то надо сделать это красиво и убедительно, а кто сказал, что ради такой благой цели нельзя пожертвовать еще парой-тройкой обычных граждан? Капитан КГБ отлично понимал, что репутация видных партийных и хозяйственных руководителей есть основа доверия народа к партии и правительству, иными словами — к власти, а как же без доверия и без репутации сделаешь народ управляемым? Никак не сделаешь. И чтобы сохранить управляемость, можно и посадить кого-нибудь попроще или, к примеру, в психушку утолкать, навесив несуществующий диагноз и заколов сильными препаратами. Как говаривал знакомый Олеся, врач-психиатр, «галоперидол в задницу — и привет горячий». Управляемость простого народа — это и есть та самая государственная безопасность, обеспечению и защите которой он, капитан Олесь Огневой, служит.

Вера Леонидовна быстро написала постановление, и Олесь обещал привезти альбомы сегодня же к вечеру, а завтра прямо с утра кто-нибудь из оперов отправится в Прилуки наводить справки о матери Вячеслава Завгороднего и друзьях его детства.

Делая все, что полагалось по службе, Вера старалась не думать о фотографиях, которые увидит уже через несколько часов. Однако то и дело ловила себя на ошибках, которые совершала, как только позволяла мыслям уйти в опасную сторону. Рвала бумаги, начинала все сызнова, злилась...

Фотоальбомы привезли около восьми вечера. Вера Леонидовна не уходила из здания на Резницкой: ждала. Огромным усилием воли сохраняла спокойное лицо, пока оперативники не покинули ее кабинет. И только после этого дрожащими руками открыла первый альбом.

Уже через несколько минут никаких сомнений у нее не осталось: Вячеслав Завгородний тридцать лет тому назад и был тем самым мальчиком. Его лицо и весь облик до сих пор стояли перед глазами Веры столь отчетливо, словно не было всех этих лет. И лицо той женщины она тоже не забыла. Вот она, на детских и юношеских фотографиях — рядом с сыном. Позже — с сыном и невесткой, молодой симпатичной Марией, потом с маленьким внуком, потом с внуком и внучкой. Шли годы, Вячеслав матерел, наливался мужской силой, а мать его с фотографий исчезла. Капитан Огневой сказал, что она умерла около десяти лет назад.

Вера снова вернулась к фотографиям, на которых Славе было лет шестнадцать-семнадцать. Карточки сделаны в ателье, сразу после войны. За годы войны он мало изменился, разве что стал повыше, покрепче, в плечах пошире, но лицо осталось все таким же, каким она его помнила. Те же глаза, злобно прищуренные, тот же полный ненависти взгляд. Кого же он так люто ненавидел после Победы? И точно такая же злоба и ненависть — в лице его матери. Со временем их глаза успокоились, лица смягчились, вот снимок Вячеслава в форме, сделанный во время службы в армии. Вот выпускной институтский альбом. В те годы любительская фотография была большой редкостью, мало у кого имелись свои фотоаппараты, снимки делали чаще всего в ателье, где человек обычно может взять себя в руки и придать лицу выражение спокойной задумчивости и благообразия. Интересно, то успокоение и смягчение, которое увиделось Вере в фотографиях, было настоящим, искренним, или напускным, искусственным, предназначенным для постороннего взгляда? «Чтоб вы сдохли, жиды проклятые!» Если человек так думает в двенадцать лет, то высока ли вероятность, что в двадцать он станет думать иначе? А в тридцать? В сорок?

Сколько раз Вера за тридцать три года вспоминала этого мальчишку — столько раз испытывала омерзение, ненависть и желание убить его. «Я могу его посадить, — билась в голове одна-единственная мысль, пока следователь Потапова запирала кабинет и шла от здания Прокуратуры УССР к метро. — Собственно, именно для этого меня сюда и прислали. Я должна его посадить. И я могу. Но он не виновен, и я это знаю. Он не виновен в хищениях и взятках. Но он виновен в антисемитизме. Он желал смерти бабушке Рахили, Розочке, Леночке. Он дошел с колонной до самого конца и смотрел, как в них стреляют. Смотрел и радовался. Могу я его простить? Нет, не могу. Могу я поверить в то, что он вырос, одумался, стал другим и что ему теперь стыдно за то, что он сделал? Нет, не могу. Я в это не верю. Могу я его посадить? Да, могу. Могу я пойти на поводу у руководства и позволить сделать из себя послушное орудие? Могу, но не хочу. Могу я отправить на скамью подсудимых заведомо невиновного? Наверное, могу, если рассуждать теоретически, и, наверное, должна, учитывая мою ненависть именно к этому человеку. Но если я это сделаю, я потеряю уважение к себе самой. А уж на это я пойти точно не могу».

Она все шла и шла по обсаженным деревьями киевским улицам, выбирая маршрут подлиннее. Отчего-то казалось, что, пока она гуляет, решение можно не принимать, но как только она окажется в своем номере в гостинице, откладывать будет уже нельзя. Ловя на себе заинтересованные и одобрительные взгляды встречных мужчин, Вера то и дело говорила себе: «Я сейчас не следователь, я просто женщина, красивая женщина. Никто из прохожих не знает, что я следователь. И можно делать вид, что я — никто, обычная горожанка-киевлянка. Пока я ни с кем не разговариваю, никто не услышит мой московский говор и не узнает, что я не местная. Никто не вправе требовать сейчас от меня никаких решений».

* * *

...— Что я скажу Гале? — монотонно повторяла бабушка Рахиль, глядя в окно. — Что же я скажу Гале? Она отправила ребенка со мной, а я не уберегла... Отпустила Верочку одну...

Все начиналось так радостно! Летние каникулы, Верочка Малкина закончила третий класс, и ей сказали, что папина мама, бабушка Рахиль, повезет их на отдых в Прилуках, где жили какие-то родственники. Их — это трехлетнюю Леночку, дочку папиной старшей сестры Сони, папину младшую сестричку Розочку и саму Веру. Мужа у Сони не было, но мама объяснила, что Сонечка не мать-одиночка, муж у нее когда-то был, просто они поссорились и расстались, а потом и развелись. Родители этого «когда-то мужа» тоже жили в Прилуках. Миролюбивая и мудрая бабушка Рахиль сумела сохранить с ними хорошие отношения, и сваты, теперь уже бывшие, усиленно приглашали ее с девочками на отдых, обещая помочь устроить жилье и суля самые свежие фрукты, ягоды и овощи. Ведь маленькая Леночка приходилась им как-никак родной внучкой, причем внучкой первой и пока единственной: Сониным мужем был их старший сын, остальные дети еще не стали взрослыми. Однако у семьи Малкиных в Прилуках была и своя родня, кровная, и ехали бабушка и девочки именно к ним: к Батшеве и Михаилу, гостеприимно уступившим им одну из комнат в доме.

И вдруг... Война! В июле сыновья Батшевы ушли на фронт, примерно тогда же пришло письмо от Верочкиной мамы, которая писала, что из Ленинграда началась эвакуация детей: «Рахиль Ароновна, я так рада, что Верочка с вами, а не здесь! Сейчас ее увезли бы неизвестно куда, а когда вы рядом — я спокойна за мою девочку».

Разговоры об эвакуации велись всюду, уезжали, кто мог, но Михаил почему-то ждал, когда будут эвакуировать колхоз, в котором он был председателем. Не мог он бросить на произвол судьбы свое отлаженное хозяйство... Или же были какие-то другие причины, о которых маленькая Вера Малкина не ведала.

В августе все-таки двинулись вслед за отступающей Красной армией. Погрузили скарб на телеги и отправились. Куда? Никто не знал. Надолго ли? Этого тоже никто не знал. Вера не помнила всей картины целиком и последовательно, память сохранила только какие-то обрывки: понукания волов «цоб-цобэ»; проливной дождь ночью, попытку бабушки устроить девочек на ночлег, ее голос, горячо убеждающий хозяев какого-то дома, что «они русские», и испуганно-раздраженные голоса этих хозяев, ответивших отказом; бомбежку, крики «Ложись!» и жуткий вой раненой лошади... Обоз шел вместе с осколком какой-то воинской части, человек 100—150 солдат, растерянных и не умеющих воевать, оставшихся практически без командиров. И еще Вера помнила панический вопль:

— Мы окружены!

Этот вопль, полный ужаса и отчаяния, словно бы поставил точку на всем, что было раньше. Больше не оставалось надежды оказаться среди «своих». Начиналась другая жизнь. Жизнь, в которой для человека переставало существовать понятие «завтра» и даже «через час». Потому что в этой новой действительности тебя могут убить в любую секунду.

Уцелевшие после бомбёжки прятались по подвалам, оврагам и сараям. Но разбежаться далеко не удалось, ведь они действительно были окружены. Очень скоро послышалась команда:

— Жиды и коммунисты, на выход!

Вера плохо помнила, что было сразу после этого. То ли их везли, то ли сами шли... Но понимала, что их гонят назад, в Прилуки, уже занятые немцами.

Немцы, разумеется, тут же развернули антиеврейскую деятельность, обозначили территорию гетто и всем евреям велели пребывать в здании школы. Здесь, в этой школе, жили, спали, болели и умирали. И ждали, когда придут «наши» — советские войска, которые прогонят фашистов и освободят город. Выходить за территорию разрешали один раз в день, в 12 часов. Через час нужно было вернуться. Их даже не охраняли — в этом не было смысла: любого, кто осмелился бы идти по городу в неурочное время или без повязки-«бенделы», тут же сдали бы в комендатуру. Здесь все друг друга знали, а объявления о немедленной казни каждого, кто окажет помощь еврею, пестрели на каждом столбе. Кормить обитателей гетто никто не собирался, а команды «убивать» пока не поступало, потому и разрешили выходить один раз в день, чтобы прокормиться.

И Вера, и Леночка были полукровками. Мать Веры, Галина, была русской, отец Леночки — украинец. То есть по немецким законам Вера считалась еврейкой, а вот Лена — нет. Её можно было попытаться спасти, и как только Малкины и их родственники оказались в гетто, бабушка Рахиль попросила сватов оставить внучку у себя. Те колебались, потом сказали, что должны получить разрешение в комендатуре. На следующий день заявили, что в комендатуре им запретили оставлять у себя дочь еврейки и украинца. Так что в школе они оказались вшестером: бабушка с тремя девочками и Батшева с Михаилом.

Вере повезло: отцовские гены никак не проявились в ее внешности, она пошла в мать, деревенскую девушку из Ленинградской области, в которую влюбился бравый военнослужащий, родом из бессарабской черты оседлости. Курносая, светлоглазая, белокожая девочка с прямыми темными волосами совсем не походила на еврейку, и ее то и дело отправляли на городской рынок хоть что-то съестного купить. Походы эти заканчивались по-разному: иногда Вера приносила несколько картофелин, луковиц и буряков, а иногда возвращалась ни с чем — без продуктов и без денег, которые у нее на рынке просто-напросто отбирали. Соблазн ограбить худенькую десятилетнюю девочку, которая не может дать отпор, оказывался сильнее всего человеческого. Но страх местного населения перед наказанием и непонятная Вере ненависть к евреям делали практически невозможными походы на «базарчик» кого-то из взрослых. И бабушка, и Батшева, и Розочка чаще всего возвращались без покупок: им просто отказывались продавать продукты, ведь это могло быть расценено властями как «помощь евреям».

Немцы в школу почти не заходили, а вот полицаи появлялись регулярно и все время что-то искали. Впрочем, даже Вера, совсем еще ребенок, отлично понимала, что ищут они ценные вещи. Если находили — забирали. Это было катастрофой, потому что ценности обменивались на рынке на продукты, а если менять станет нечего, то наступит голодная смерть. Батшеве каким-то чудом удалось спрятать и сохранить как свои драгоценности, так и вещи своих сыновей (они понадобятся, когда мальчики вернутся с фронта): она нашла укромное место в печке, куда полицаи не заглядывали. В этом же месте бабушка Рахиль хранила заветный мешочек, из которого доставались ценные вещицы для похода на рынок.

Денег нет, есть нечего. Немцы разрешили пойти в поле и накопать картошки. Но это был уже, наверное, декабрь, потому что картошка была мерзлая. Бабушка заставляла Веру есть ее с хреном, но девочку тошнило, и ее оставили в покое. Однажды откуда-то появилась банка с мукой, и бабушка испекла буханку хлеба. Когда Вера съела кусок этого хлеба, то испытала какое-то необыкновенное чувство! Ничего вкуснее она в жизни не ела. Во взгляде девочки было столько мольбы, что бабушка дала ей еще кусочек.

От голода Вера не страдала, у нее с рождения был плохой аппетит, она вообще никогда не хотела есть. Но ей тогда, в гетто, очень хотелось именно хлеба. Она с тоской вспоминала сытую и счастливую довоенную жизнь, в которой хлеб всегда был на столе и мама, озабоченная болезненной худобой дочери, постоянно говорила: «Ешь с хлебом! Возьми хлеб!»

Почему она раньше его не ела? Почему она была такой глупой и не наелась хлебом на всю оставшуюся жизнь, когда была такая возможность?

Вера обладала удивительной способностью фиксироваться только на «здесь и сейчас». Здесь и сейчас нужно было выживать. И она выживала. Воспоминания о хлебе, появившиеся после той изготовленной в школьной печке буханки, были единственным, что связывало ее с жизнью до войны. Она не вспоминала ни родителей, ни подруг, ни школу, ни комнату, в которой они жили в Ленинграде. Она вспоминала только хлеб. И думала только о той жизни, в которой существовала теперь, в гетто. В этой жизни были две главные задачи: достать еду и не поднимать глаза на немцев, которые встречались ей на улицах или изредка заглядывали в школу. Почему-то Вера ужасно боялась посмотреть им в лицо и всегда опускала глаза, утыкаясь взглядом в их начищенные сапоги, поэтому на долгие годы образ этих сверкающих сапог остался связанным со словом «немец». Ей казалось тогда, что если она поднимет глаза, сразу же случится что-то ужасное.

Потом тринадцатилетнюю Розочку «отобрали» для помощи на офицерской кухне. Однажды, вернувшись поздно вечером в школу, Розочка долго и отчаянно рыдала в углу, и по шепоту обитателей Вера поняла, что с ней случилось что-то плохое.

Весной 1942 года периодически стал слышаться звук моторов советских самолетов, и в гетто заговорили о том, что скоро придут наши войска, и бабушка Рахиль начала шить новые нарукавные повязки, которые должны были носить все евреи. Встречать «наших» следовало в чистом и при полном параде!

Но советские войска отходили все дальше, а из других городов доходили вести о массовых расстрелах евреев. И вот, наконец, на всех столбах появились объявления о том, что евреи должны явиться завтра к 6 утра в такое-то место со всеми теплыми и ценными вещами для отправки на работы. Ни у кого из обитателей гетто не было ни малейших иллюзий. Все прекрасно понимали, что это означает.

В оставшиеся часы бабушка Рахиль сделала все, что могла, чтобы спасти внучек.

— Верочка с нами не пойдет, — твердо сказала Рахиль Ароновна. — Она не похожа на еврейку, у нее есть шанс уйти. А Леночка по немецким законам считается русской, я сегодня ее отведу к сватам. Должно же у людей быть сострадание! Она ведь внучка им!

— А я? — горестно спросила Роза. — Меня завтра убьют?

— Нас всех завтра убьют, — странным, каким-то чужим голосом ответила Батшева, медленно раскачиваясь на стуле. — Не думай об этом, деточка. Изменить мы ничего не можем. Надо только попытаться спасти тех, кого можно спасти.

Взяв с собой Лену, бабушка отправилась к сватам. Время было неурочное, вечер, выходить не полагалось, но какое значение это теперь имело? Важно было оставить малышку в безопасности, а уж если полицай поймает, то какая разница? Все равно завтра расстреляют.

В школу она вернулась с Леной на руках. Девочку сваты отказались оставлять у себя: в семье еще трое детей-подростков, которые могут пострадать, если немцам что-то не понравится. Роза начала рыдать, она так любила свою маленькую племянницу, которую завтра поведут на смерть вместе со всеми...

А бабушка принялась собирать Веру. Нужно было одеться так, чтобы не вызывать подозрений. Иными словами, девочка должна выглядеть таким образом, чтобы казалось, будто она просто вышла из дому погулять. Стояло лето, и никаких теплых вещей при ней быть не могло. Платьице, сандалики с носочками, в волосах бант. Только так можно спастись.

— Выйдешь, как стемнеет, и пойдешь на кладбище, — говорила она внучке. — Там можно спрятаться, никто тебя не найдет. Будет холодно, ты замерзнешь, но ты уж потерпи. И рано утром начинай выбираться из города. Здесь тебе оставаться нельзя, здесь многие знают, что ты — еврейка из гетто, иди в любой большой город, где тебя никто не знает и где ты сможешь сойти за русскую. Если попадешь к нашим, не забудь свой домашний адрес: Ленинград, улица Боровая, двадцать четыре, квартира шесть. А бабушка твоя, мамина мама, живет в деревне Пельгора под Ленинградом, запомнила?

— Пельгора, — послушно повторяла Вера, не сводя глаз с бабушки, Розочки и Леночки. Ведь совсем скоро ей придется уйти, и она больше никогда их не увидит. Как бы ни сложилась жизнь, она их не увидит, потому что завтра их всех расстреляют.

Больше никогда... Она так и не сумела до конца осознать весь холодный безысходный ужас этих слов. Просто смотрела на своих любимых, бывших ее единственными близкими «здесь и сейчас».

Сгустились сумерки, скоро нужно уходить... И вдруг в школе появилась женщина, которую Вера смутно помнила: в ту неделю, что они прожили в Прилуках до начала войны, эта крупная, всегда веселая тетка то и дело появлялась в доме Батшевы и Михаила. И как она не побоялась прийти вечером в гетто!

— Бася, — торопливо заговорила она, обращаясь к Батшеве, — вас завтра увезут... на работы... все равно у вас все отберут, а вот мальчики твои с войны вернутся, и ничего ведь нету... Оставляй мне, я сохраню и им отдам, когда все закончится.

Батшева тут же вытащила из укромного угла печки узел с вещами сыновей и заветную тряпицу с оставшимися драгоценностями. Потом показала на Верочку.

— Вера с нами не пойдет, — сказала она, — у нее внешность несемитская, она может попробовать спастись. Возьми ее теплые вещи, завтра она к тебе зайдет, отдай ей, хорошо?

— Конечно, конечно, — согласно закивала женщина. — Давайте, я все отдам, и девочке, и мальчикам твоим, когда вернутся.

Бабушка Рахиль решительно протянула ей мешочек. Тот самый, содержимое которого так любила в счастливые довоенные времена разглядывать Вера.

— Возьми, сохрани, пожалуйста. Завтра Верочка придет за вещами, отдай ей. Конечно, кто-нибудь найдет и отберет, но, может быть, хоть на первое время хватит. Хотя бы на несколько дней... На хлеб... И на ночлег...

Из бабушкиных глаз беспрерывно текли слезы, руки тряслись, мешочек выпал, несколько вещиц оказалось на полу. Пришедшая к Батшеве женщина молниеносно наклонилась, чтобы подобрать драгоценности, но Вера успела схватить свою любимую брошку.

— Отдай, деточка, — строго произнесла бабушка. — Тебе сейчас ничего нельзя с собой носить. Пока мы живы, пока немцы не будут уверены, что всех евреев уже расстреляли, они будут обыскивать на улице каждого, кто покажется им подозрительным. Завтра, когда нас не станет, они успокоятся и будут уже не так внимательны.

Вера заметила выпавший от удара об пол камешек, хотела поднять его и спрятать, но не успела. Женщина ушла, а бабушка, крепко прижимая к себе уже одетую и готовую к выходу Веру, встала у окна и заговорила:

— Что я скажу Гале? Боже, боже, что я скажу Гале? Она доверила мне ребенка, она так радовалась, что ты со мной, она надеялась на меня, а я не оправдала... Что я скажу Гале? Как я могла отпустить тебя одну?

Вера не помнила, как уходила. И не помнила, куда пошла. Ей было слишком больно и страшно осознавать и чувствовать происходящее. И она заставила себя думать только о том, как выжить. Бабушка и Розочка знают, что завтра их расстреляют, и их поддерживает только мысль о том, что она, Вера, спасется. Значит, она должна спастись. Они надеются на нее, и она должна оправдать их надежды.

На кладбище, как было велено, Вера отчего-то не пошла. Всю ночь просидела на какой-то лавочке, а когда рассвело, побежала к баракам — тому месту, которое было указано в объявлении и куда должны были явиться евреи «с теплыми и ценными вещами для отправки на работы». Она не думала об опасности, она вообще не думала ни о чем, кроме одного: нужно увидеть бабушку, Розочку и Леночку в последний раз. Побыть с ними хотя бы на расстоянии. Пусть не попрощаться, но хоть как-то дотянуться, прикоснуться взглядом, душой...

У бараков уже толпились местные жители. «Наверное, все они тоже хотят попрощаться со своими знакомыми», — наивно подумала Вера, смешиваясь с толпой.

Из школы начали выходить приговоренные, и Вера вдруг впервые за целый год увидела, что в гетто находились в основном старики и дети. Колонну повели, толпа двинулась следом с криками:

— Кончилась ваша власть!

Сначала Вера даже не поняла, что это означает. Ведь эти люди пришли попрощаться... Наверное, они кричат это немцам! Ну конечно, именно немцам! Чтобы подбодрить тех, кого ведут на смерть.

Толпа шла сзади, а Вера бежала сбоку, совсем рядом с бабушкой, Розочкой и Леночкой. Казалось, протяни руку — и можно дотронуться до них. Чуть впереди нее бежал какой-то мальчишка лет двенадцати-тринадцати, размахивал руками и с остервенением орал:

— Так вам и надо! Сдохните, жиды проклятые! Кончилась ваша власть! Так вам и надо!

Вера слышала его голос, но в душе ее в тот момент не было ни гнева, ни удивления, ни возмущения. Не было ничего, кроме одной-единственной мысли: вот они, они еще живы, я еще могу их видеть.

Внезапно полицаи стали останавливать толпу: дальше идти не полагалось, дальше идут только те, кого ждет расстрел. Все внимание было приковано к этим двум полицаям, и Вера, не задумываясь, рванулась к маленькой Леночке, схватила ее и упала вместе с ней в высохшую, поросшую высокой травой канаву. От неожиданности девчушка даже не пискнула. И никто ничего не заметил.

Колонну провели дальше, горожане стали расходиться по домам, Вера выждала некоторое время, потом осторожно подняла голову и с облегчением узнала улицу: дом бабушкиных сватов находится совсем близко. Схватив сестренку за руку, она быстро побежала к знакомому дому, подергала калитку — заперто, кричать и звать хозяев побоялась, чтобы не привлекать внимания, подняла малышку и перебросила ее через невысокий штакетник прямо в огород.

Вера прошла уже почти полдороги до кладбища, когда услышала выстрелы. Она споткнулась и остановилась, по всему телу мгновенно разлилась какая-то ледянящая боль. Вот и все. Больше нет бабушки Рахили. Больше нет Розочки. Нет тети Батшевы и дяди Миши. Она осталась совсем одна.

Она понимала, что надо уходить из города, но куда? Накануне, омертвевшие от горя, они так и не поговорили о том, в каком направлении уходить. Сказали только адрес той женщины, которой отдали теплые вещи и которая пообещала вернуть их Верочке, если та сумеет уцелеть.

И у нее совсем не осталось сил... Вторую после ухода из гетто ночь девочка провела на кладбище, дрожа от холода. Конец мая, днем тепло, а ночью температуры еще низкие.

Утром отправилась узнать, все ли в порядке с Леночкой. А вдруг ее до сих пор не нашли? Вдруг трехлетний ребенок плачет где-то среди огородных грядок? Бабушка говорила, что после расстрела полицаи уже не будут присматриваться к прохожим на улицах... Надо скорее убедиться, что с Леной все в порядке, и уходить. А вдруг и самой Вере повезет, эти люди сжалятся над ней и оставят у себя? Она ведь не похожа на еврейку.

— Нет, мы не можем тебя взять, — ответили ей. — У тебя отец еврей, значит, по немецким законам ты еврейка. А у Леночки отец украинец, нам комендатура разрешила ее оставить.

Вера была слишком мала, чтобы сопоставлять происходящее с ранее сказанным, ей и в голову не пришло в тот момент задаться вопросом, почему еще позавчера оставлять Лену было нельзя, а сегодня уже можно. То, что было позавчера, — это прошлое. Это воспоминания. Позавчера еще были живы и бабушка, и Розочка, и тетя Батшева, и ее муж. Позавчера была другая жизнь, совсем другая, и ее больше нет и не будет. И незачем о ней думать. Она, Вера, — здесь и сейчас. Здесь и сейчас Леночка в безопасности, а ей, Вере, нужно раздобыть теплую одежду, забрать бабушкин мешочек, чтобы покупать еду, и выяснить, куда идти.

Родственники подробно объяснили ей, на какой улице и в каком доме найти «ту женщину» и как потом добраться до Нежина, находящегося в 60 километрах от Прилук. Вера не думала о том, много это или мало, она просто запомнила направление и знала: она должна дойти, чтобы спастись.

Опустив голову и не поднимая глаз, чтобы ни с кем не встретиться взглядом, она добрела до улицы, которую ей назвали, и нашла нужный дом. Среди деревьев в саду играл какой-то парнишка. Вера поднялась на крыльцо и постучала в дверь.

Женщина, приходившая к ним в гетто вечером накануне расстрела, встретила Веру неприветливо и даже почему-то злобно.

— У нас ничего твоего нет! — решительно отрезала она. — Иди-иди отсюда, иди, а то полицаев позову.

Вера попыталась настаивать:

— Я замерзла ночью. Бабушка дала вам кофту и теплые штаны... Отдайте, пожалуйста.

— Вот что ты привязалась! — в раздражении воскликнула «та женщина». — Я же сказала: у нас ничего твоего нет. Иди отсюда.

Игравший в саду мальчик подбежал к ним, взобрался на крыльцо, встал рядом с матерью и с насмешливым вызовом посмотрел на Веру.

— Ну, чего стоишь? Сказано тебе: вали отсюда. Щас полицая кликну, если не отвалишь, жидовка.

Вера с трудом оторвала от него взгляд. Это был тот самый пацан, который вчера бежал рядом с колонной смертников и кричал: «Сдохните, жиды проклятые!»

Больше просить она не стала. Просто повернулась и ушла.

То, что происходило дальше, было мучительно и страшно, но ничто и никто больше не вызывал в Вере такого чувства, как этот пацан. Она никого потом не простила, но с годами забыла почти всех. Забыла тех, чьи поступки, пусть и некрасивые, но поддавались объяснению. Помнила только тех людей, поступки которых не понимала. Вот этого мальчишку, сына «той женщины». И еще немца, адъютанта нежинского коменданта, который — единственный за всю скорбную эпопею ее пребывания в оккупации — пожалел ее... Только эти два человека, только эти два лица остались в ее памяти.

* * *

Не было во взрослой жизни Веры Леонидовны Потаповой ночи тяжелее этой. Ни смерть близких, ни развод с мужем не заставляли ее плакать так, как плакала она в душном маленьком номере ведомственной гостиницы в Киеве. Вся боль, все отчаяние и ужас одиннадцатилетнего ребенка, брошенного на произвол судьбы, ребенка, до которого никому не было дела и которого никто не собирался ни поддерживать, ни защищать, вернулись к ней той ночью.

* * *

На следующее утро Вера Леонидовна Потапова проснулась с мутной гудящей головой, разбитая и раздраженная. Выпив в гостиничном буфете тепловатой бурды, носящей гордое название «какао», и сжевав пару бутербродов с варено-копченой колбасой, она отправилась в прокуратуру, уже точно зная, что собирается делать. До начала рабочего дня времени более чем достаточно, звонить в Москву из кабинета в прокуратуре она не хотела — не верила в то, что телефонная связь такого уровня не контролируется, и Вера отправилась на переговорный пункт. Междугородных автоматов оказалось целых пять, однако позвонить в Москву можно было только с двух, да и из них один радовал посетителей вывешенной на кабинке табличкой «Не работает», ко второму же выстроилась огромная очередь. Если заказать, то получится наверняка быстрее, решила Вера и заказала три разговора, два из них — с дочерью и с бывшим мужем. Если кто поинтересуется — она звонила, чтобы проверить, как дела дома. А третий разговор есть хороший шанс «замылить».

Татьяна сидела дома, вернее, еще лежала и сладко спала, судя по голосу, которым она ответила на звонок матери. Разгар летней сессии, вчера дочь сдала очередной экзамен, получив вполне заслуженную оценку «хорошо», и наверняка пригласила одногруппников в свободную от присутствия матери квартиру. Ну ладно, жива-здорова — это главное. Служебный телефон бывшего мужа, разумеется, не отвечал, поскольку еще не было девяти, звонить ему домой тоже бессмысленно: он в пути, наверное, как раз из метро выходит и направляется к остановке автобуса. Но если кому-то вздумается проверить следователя Потапову, то пусть лучше будет заказ на номер, который можно оправдать.

Третий звонок был Саше Орлову, опытному адвокату, с которым Вера познакомилась давным-давно, еще когда была студенткой юрфака Ленинградского университета и приезжала в Ярославль на Всесоюзную конференцию научного студенческого общества. Работавший в Москве, в юридической консультации, Саня Орлов в качестве молодого юриста и активиста парторганизации Министерства юстиции тогда был руководителем секции уголовно-процессуального права. Они быстро подружились, однако ничего романтического в их отношениях даже близко не просматривалось: Орлов уже был женат и приключений на свою голову не искал, Вера же, по уши влюбленная в своего будущего мужа Геннадия Потапова, видела в Орлове не молодого интересного мужчину, а человека, прочитавшего за свою пока еще недолгую жизнь бездну книг и умеющего потрясающе рассказывать о них. Выросшая в Ленинграде, Вера Малкина в то время еще не подозревала, что пройдет всего несколько лет, и она переедет в Москву. Номерами телефонов она с Орловым тогда обменялась, но была уверена, что «не пригодится».

Однако, оказавшись в столице, она довольно быстро нашла Орлова, и с тех пор они периодически перезванивались и даже какое-то время дружили семьями, пока Вера не развелась с мужем. Занимаясь расследованием хозяйственных дел, Потапова иногда прибегала к помощи Люсеньки Орловой, хорошо разбиравшейся в правовых аспектах финансово-хозяйственной деятельности предприятий, просила объяснить, растолковать, прокомментировать то, что находила в приобщенной к материалам дела документации. После развода с Геннадием походы в гости стали реже, а со временем и вовсе прекратились: Вера много работала, активно занималась своей профессиональной карьерой и, если выдавался свободный вечер, предпочитала провести его с кем-нибудь из поклонников или просто дома на диване с книгой. Иногда Вера Потапова и Александр Орлов сталкивались в прокуратуре, куда адвокат приходил знакомиться с материалами уголовного дела после вынесения обвинительного заключения, и тогда буквально вцеплялись друг в друга, непременно проводя остаток дня в расположенном неподалеку ресторане, где Орлова хорошо знали и куда вход для него был открыт всегда, и свободный столик волшебным образом находился.

— Верунчик, что стряслось? — зарокотал в

трубке бас Александра Ивановича. — Рабочий день еще не начался, а ты уже звонишь. С Танькой что-то?

— Не волнуйся, с ней все в порядке, — поспешила заверить его Потапова. — Саня, я в командировке в Киеве, мне нужна твоя консультация.

— Всегда пожалуйста. Излагай.

— У тебя в Киеве есть хорошо знакомые адвокаты?

— Навалом. А что нужно-то? Защиту принять? Или исковое составить?

— Нужен такой адвокат, с которым суд побоится связываться. Ты меня понимаешь?

— Само собой, — хмыкнул Орлов. — Но надо подумать, чтобы бить точно в цель и не промазать. Тебе как срочно нужно?

— Имя — срочно, день-два. А сам адвокат — можно подождать. Но он должен быть предупрежден.

— Я тебя понял. Позвони мне завтра в это же время.

Александр Иванович слово сдержал, и на следующее утро Вера Леонидовна Потапова вошла в выделенный ей кабинет с ясным пониманием того, что и кому собирается сказать. Усевшись за стол, она сняла трубку телефона и набрала номер Евгения Викторовича Шарова, своего начальника. Голос нужно сделать испуганным и виноватым, но напор должен ощущаться. Где ты, великий Малый театр или МХАТ! Почему до сих пор не призвал на свои священные подмостки следователя Потапову?

— У нас не все просто с фигурантом, — она старалась выбирать выражения аккуратно. — Боюсь, не сумею сделать так, как хотелось бы.

— В чем проблема? — деловито осведомился Шаров.

— Мне стало известно, что его жена собирается пригласить Терновского.

— Кто такой? Впервые слышу.

— Я тоже впервые услышала сегодня утром, — Вера быстро улыбнулась, сказав чистую правду. — У него отец. И мать тоже. И еще тесть. Семья очень сильная. Он за восемь лет не проиграл ни одного процесса. И не потому, что гениальный. Понимаете, Евгений Викторович?

— Твою мать! — в сердцах бросил начальник Следственного управления и с грохотом швырнул трубку на рычаг.

«Ну что ж, я предупредила, — насмешливо подумала Вера, глядя на зажатую в ладони трубку, из которой доносились истерически-надрывные короткие гудки отбоя. — Теперь попробуйте мне вменить хоть какое-то нарушение правил игры. Доказательственную базу я пыталась обеспечить? Пыталась. Все комитетские опера это подтвердят. Личные симпатии по отношению к обвиняемому? Не прокатит, я его ни разу не допросила, общалась исключительно с женой. Хотя только один Бог знает, чего мне стоило удержаться и не поехать в следственный изолятор, чтобы посмотреть в его бесстыжие мерзкие глаза. А вот сегодня, когда я озвучила Шарову имя опасного для дела адвоката, уже можно и поехать».

* * *

Ожидая, когда в помещение для допросов приведут арестованного, Вера Леонидовна больше всего боялась не справиться с собой и выказать волнение и растерянность. Однако как только ввели Вячеслава Завгороднего, она с удивлением обнаружила в себе не просто полное спокойствие, а даже какое-то равнодушие. Всякий раз, когда Вера вспоминала о мальчишке, бегущем рядом с расстрельной колонной, ей казалось, что она с наслаждением убила бы его, удавила собственными руками. А теперь не чувствовала ничего, кроме омерзения. И еще любопытства: изменился ли он? Стал ли другим?

— Гражданин Завгородний, — она говорила, глядя куда-то в середину щеки человека, сидящего перед ней. — Я — следователь по особо важным делам Потапова Вера Леонидовна. Сегодня я вас допрашивать не буду, это пустая трата времени. Вы лжете следствию, и мне это не интересно. Должна вас проинформировать, что ваши благодетели вас обманули, в очереди на получение жилья ваша семья не стоит и помогать вашему сыну с поступлением в институт никто не собирается. Тратить свое время на то, чтобы выслушивать и записывать вашу ложь, я не намерена. Даю вам время до завтра. Завтра я допрошу вас, как полагается, и очень хочется надеяться, что при завтрашнем допросе мое время не окажется потраченным впустую. Вы меня поняли?

И только после этих слов она посмотрела ему прямо в глаза. Завгородний, приготовившийся, по-видимому, снова повторять хорошо выученные показания о том, как он осуществлял хищения и давал взятки высоким чиновникам из Москвы, растерянно молчал.

— Но я говорю правду... — выдавил он наконец.

— Вы говорите неправду, и для меня это очевидно. Кроме того, это подтверждено показаниями вашей жены, которая все мне рассказала.

В глазах арестованного плеснулось отчаяние.

— Мария!.. Черт, ну зачем? Зачем?

Он помолчал, зажмурившись, потом устремил на Потапову горящие ненавистью глаза. Точно такие же глаза, наполненные точно такой же ненавистью, она уже видела в мае сорок второго.

— Что вам нужно? Зачем вы лезете в мою жизнь? Зачем вы ее разрушаете? Вы видели, в каких условиях живет моя семья? И я ничего, совсем ничего не могу сделать для своих родных, только вот это... Я сам согласился сесть, я сам выбрал свой путь, потому что другого у меня нет. Уйдите с моей дороги и дайте мне ее пройти! Не мешайте мне! Я буду все отрицать, я буду настаивать на том, что во всем виноват я один, но у моей семьи будет нормальная жизнь. Так и знайте!

Вера вздохнула.

— Гражданин Завгородний, вы хоть понимаете, что говорите? Вы сами себя слышите? Какая нормальная жизнь может быть у семьи человека, отбывающего длительный срок по тяжкой статье уголовного кодекса? А ведь статья расстрельная, так что речь может идти и о высшей мере наказания. Неужели вы всерьез полагаете, что кто-то из вашей семьи будет счастлив, получив лишние метры и зная, что вы расстреляны? Неужели вы думаете, что сей не украшающий вас факт можно будет скрыть? О нем будут знать все. И вряд ли найдется много желающих соединить свои жизни с жизнями ваших детей. А ваша жена, если все закончится более или менее благополучно и вы отделаетесь всего лишь пятнадцатью годами усиленного режима, будет обречена на мучительные поездки к вам в колонию на свидания, и то не сразу, потому что свидания разрешены только через определенный срок после начала отбывания наказания. Вы действительно верите в то, что сделаете жизнь своей семьи счастливой? Не обольщайтесь. Это полная глупость, и потворствовать вам в этой глупости я не собираюсь.

— Дети за отцов не отвечают, не те времена, — уверенно заявил Завгородний.

— Да ну? — усмехнулась Потапова. — А когда же, интересно, были «те»? Испокон веку все твердят, что дети за отцов не отвечают, однако почему-то каждый раз оказывается, что отвечают, причем не разово, а всей своей жизнью и жизнью своих супругов, детей и даже внуков. В общем, подумайте до завтра. Предупреждаю вас: на вашу ложь я в любом случае не поведусь. Вопрос только в том, в какую именно сторону вы завтра измените свои показания. Но вы их измените.

— Нет, — твердо ответил он.

Вера слегка улыбнулась.

— Посмотрим. А теперь, поскольку уж вас все равно доставили в допросную, задам вам вопрос: вы выросли там же, где родились?

— Да, в Прилуках. А какое это имеет...

— И долго вы там жили?

— До армии. После армии уехал в Киев поступать в институт, здесь и остался. А почему...

— Значит, во время оккупации вы жили под немцами?

Завгородний пожал плечами.

— Ну да. Я не понимаю...

— Я объясню.

Вера помолчала.

— Видите ли, во время войны мне тоже пришлось жить на оккупированной территории. Я была маленькой, но все равно кое-что замечала и понимала. Местное население не хотело прихода Красной армии, оно не хотело нашей победы. По крайней мере, так было в том городе, где я оказалась в те годы. А у вас в Прилуках было так же? Или иначе?

Ей не нужен был ответ на вопрос, Вера его и без того знала. Ей нужна была реакция Завгороднего.

И снова на его лице отразилась уже знакомая смесь злобы и ненависти, которая, впрочем, через мгновение исчезла, сменившись выражением даже некоторой укоризны.

— Как можно? Что вы такое говорите, гражданка следователь? У нас в Прилуках все ждали прихода наших войск, мы же все были за советскую власть... А вы в каком городе оккупацию пережили?

— В Белоруссии, почти у самой границы с Литвой, — солгала Вера не моргнув глазом. — Там всех евреев согнали в гетто и потом расстреляли. В Прилуках не было такого?

— Почем мне знать, я малой был совсем, мне такие подробности не говорили, — быстро ответил арестованный.

Все, что угодно, можно было бы увидеть на его лице, только не стыд и раскаяние. Значит, ни на грамм Вячеслав Завгородний не изменился за все эти годы. Как был антисемитом — так и остался. Только научился соображать, при какой власти это можно показывать, а при какой лучше держать при себе.

На нее снова накатили штормовой волной воспоминания, и Вера Леонидовна Потапова поняла, что если пробудет с этим человеком в одном помещении еще хотя бы три минуты, то в самом лучшем случае ей будет грозить увольнение из органов прокуратуры, а в самом худшем — тюремный срок.

Она нажала кнопку вызова конвоя.

— До завтра, гражданин Завгородний, — сказала она, стараясь не смотреть на него. — Подумайте как следует, чтобы завтра у нас с вами не возникло никаких неприятных неожиданностей. Свидания с женой вам не разрешают, поэтому скажу: для вашей защиты на суде, если до него дойдет дело, Мария Станиславовна намерена пригласить адвоката Терновского. Слышали о таком?

— Да бросьте, — вяло мотнул головой Завгородний, — какой Терновский? Про него весь Киев знает. Он такие деньги дерет... У нас таких сроду не было.

— Думаю, что до суда дело не дойдет, если до завтрашнего дня вы примете правильное решение.

Так что про адвоката я вам сообщила просто для информации. Чтобы для вас не было неожиданностью, если кто-то вам об этом скажет. И еще одно: если дело все-таки дойдет до суда, Терновский не допустит признания вас виновным, он очень сильный адвокат. И гонорар возьмет. Так что вы выйдете из зала суда свободным и абсолютно нищим, по уши в долгах на всю оставшуюся жизнь. Это к тому, что вы намерены сделать свою семью счастливой. До завтра, гражданин Завгородний.

* * *

— Ты понимаешь, что это провал? — кричал начальник Следственного управления Евгений Викторович Шаров. — Я отправил тебя руководить следственной группой, я на тебя понадеялся, а ты что мне привезла? Почему обвиняемый изменил показания? Что я скажу Генеральному теперь? А он сам что должен говорить там?

Последовало быстрое движение веками, обозначающее взгляд вверх, на потолок.

— Ну, увольте меня, — вяло ответила Вера.

Ей было все равно. И очень хотелось спать. Разумеется, как только Завгородний отказался от данных ранее показаний, следователя Потапову немедленно отозвали в Москву, прислав на ее место другого руководителя. Именно этого она и добивалась. Если Завгородний будет твердо стоять на своем и даст показания на тех, кто уговорил его подставиться, дело против начальника цеха развалится. Будут искать другого стрелочника. И заниматься этим будут другие следователи. Если же

Завгородний даст слабину и вернется к прежней позиции, то пусть это будет его собственное решение, а осуждение невиновного — грехом чьим угодно, только не ее, Веры Потаповой. Не станет она терять уважение к себе ради того, чтобы наказать эту мразь и успокоить свою ненависть.

Перед отъездом из Киева Вера встретилась с Марией Завгородней.

— Меня сняли с этого дела, — сказала Потапова, — потому что я убедила вашего мужа дать правдивые показания. В Киеве есть адвокат по фамилии Терновский, его тесть — председатель КГБ Украины, а отец — заведующий административным отделом ЦК партии Украины. Этот адвокат очень бережет свою безупречную репутацию и нажимает на все доступные ему рычаги, чтобы не проиграть ни одного дела. А рычаги у него, как вы можете догадаться, весьма и весьма мощные. Я всем сказала, что вы собираетесь пригласить его для защиты мужа, если дело будет передано в суд. Это подействовало. Войны с комитетом и адмотделом ЦК никто не хочет. Конечно, рано или поздно они договорятся, но теперь у вашего мужа хотя бы появился шанс остаться на свободе. Больше я ничего не могу для вас сделать.

Завгородняя заплакала.

— Спасибо вам, — прошептала она сквозь слезы.

...И вот теперь Вера Леонидовна сидела в кабинете руководства и выслушивала все упреки и претензии, полагающиеся ей за невыполнение «указания». Она прекрасно понимала, что просто так с рук ей это не сойдет, и была готова к любому решению руководства — и к строгому выговору с занесением в личное дело, и к понижению в должности. Уволить-то ее, конечно, не уволят, такие мастера по ведению хозяйственных дел на дороге не валяются, но переведут куда-нибудь в районную прокуратуру простым следователем, и хорошо еще, если в Москве оставят, а не пошлют на периферию.

— И что ты молчишь? — гневно вопрошал Шаров. — Вот скажи мне, Потапова, что ты молчишь? Давай, раз ты такая умная, скажи мне, что я должен отвечать, когда меня спросят, как я отреагировал на твою самодеятельность?

Вера подняла голову.

— Скажите, что я больше не работаю в системе прокуратуры. Им хватит.

— Смелая какая! И где ж ты работаешь?

— Я найду себе работу, вы за меня не волнуйтесь. Юристы не только в прокуратуре нужны, есть и Минюст, и МВД, и народное хозяйство, в конце концов. Или преподавание, юридических вузов тоже много.

— Для преподавания ученая степень нужна, — проворчал Шаров, — а без степени быть простым преподавателем в твоем возрасте уже стыдно, не девочка, чай. Поверить не могу, что ты, Вера Леонидовна, так бездарно провалила дело! Как ты вообще допустила, что арестованный начал менять показания?

— А это надо со следственным изолятором разбираться, пусть выясняют, кто с фигурантом в одной камере сидит, кто какую информацию с воли мог ему притащить. Пусть опера работают, а не штаны просиживают. Не мне вам объяснять, что следователь только проводит допрос, но к допросу фигуранта нужно готовить, и это — прямая задача тюремных оперов. Вот они и прохлопали все, что могли, а те, кто пошустрее, вовремя подсуетились и подготовили человека. Что я могла сделать в этих условиях?

— Ох, Потапова, — вздохнул начальник. — Неделю тебе сроку даю, придумай сама что-нибудь, если хочешь уйти красиво и на равноценную должность, а не по статье и с понижением. Иначе мне самому придется придумывать. Иди уж.

Вернувшись в свой кабинет, Вера Леонидовна поняла, что все изменилось. Еще два часа назад она смотрела на эти шкафы, стулья, стол, сейф, на горшки с цветами, уставившими подоконник, как на свое личное пространство, в котором все знакомое, родное, привычное и удобное. Теперь придется привыкать к мысли, что это пространство очень скоро станет чужим. Какое неуютное, холодное ощущение... Кто будет поливать цветы так же заботливо, как следователь Потапова? И вообще: будут ли, или просто дождутся, когда растения зачахнут, и выбросят горшки на помойку?

От этой мысли на глаза навернулись слезы.

Вера решительно тряхнула головой и позвонила Орлову.

* * *

Занятий в этот день у Людмилы Анатольевны Орловой по расписанию не было, на кафедре можно не появляться, и к приходу Веры Потаповой домовитая и расторопная хозяйка успела поставить в духовку пирог с капустой и напечь изрядную стопку тонких кружевных блинов.

— Веруня, на тебе лица нет, — Люсенька с заботливым вниманием оглядела гостью. — Случилось что-то? Саня говорил, ты в командировке надолго, а ты, оказывается, в Москве. Ты не заболела?

Вера кивнула, пряча кривую улыбку.

— Ага. Заболела. Непроходимой глупостью. Вот пришла советоваться с вами, как выбираться из того, что я наворотила.

— Ой, тогда сначала блинков поедим! — всплеснула руками Люсенька. — Блинки — первое средство от всех невзгод, это я тебе гарантирую. Проходи на кухню, Веруня, располагайся, Орлов сейчас придет, я его за сметаной отправила. Вопросов не задаю, Саня вернется — все расскажешь, чтобы два раза не повторять. Как Танюшка? У нее сейчас сессия?

— Все в порядке, сдает, пока без троек, так что на стипендию можно рассчитывать. А у Борьки как успехи? У него ведь тоже сессия сейчас?

— Сдал сегодня историю КПСС, так что явится только поздно вечером, — улыбнулась хозяйка дома. — Отметить сдачу очередного экзамена — святое дело.

Вера устало опустилась на табурет и привалилась спиной к стене. Доносящийся из духовки аромат поднимающегося пирога казался оглушительным, и от этого почему-то спать хотелось еще сильнее. Странная ситуация: Саня и Люся

Орловы — далеко не самые близкие ее друзья, и видится Вера с ними в последние годы совсем редко, но со своей проблемой она пришла именно к ним. Почему? Может быть, потому, что придется слишком многое объяснять, а когда самые близкие друзья вдруг обнаруживают, что в твоей жизни есть огромный пласт, о котором ты упорно молчала, они начинают удивляться и обижаться. Дескать, почему скрывала, почему никогда не рассказывала... Да и совет эти самые близкие вряд ли дадут толковый, дельный, потому что далеки от системы правосудия и от юриспруденции. Так уж вышло, что тесную дружбу Вера сохранила лишь с двумя одноклассницами, имевшими совсем другие профессии, а вот с однокурсниками отношения сложились только приятельские, весьма далекие от полной доверительности.

Пришел Орлов — большой, шумный, мгновенно заполнивший собой все маленькое пространство кухни. В светлых летних брюках и яркой цветной рубашке с короткими рукавами, он совсем не походил на солидного адвоката, несмотря на ослепительное серебро седины.

— Ну, удивила, мать, вот уж удивила! — зароко́тал Александр Иванович, расцеловав Веру. — То звонишь мне ни свет ни заря аж из самого Киева и говоришь, что ты в длительной командировке, а то спустя несколько дней звонишь уже с работы и просишься в гости. Тебя из командировки, что ли, отозвали? Или вообще с работы выгнали?

— Угадал. Хотят выгнать, если сама не уйду.

Орлов уселся напротив, заслонив мощными плечами окно почти целиком. Внимательно посмотрел на Потапову.

— Я сейчас и все остальное угадаю. Терновский оказался не той фигурой... Так? Я дал тебе плохой совет?

— Совет твой, Санечка, был отличным. Все сработало так, как и должно было сработать. Просто я в тот момент была слишком озабочена судьбой подследственного, а о собственной судьбе подумать забыла. Да ты не подумай, я не жалуюсь, сама виновата. Все понимаю. Злиться не на кого, кроме себя самой. Теперь нужно красиво уйти.

Люся водрузила в центр небольшого стола тарелку с блинами, поставила сметану, мед и варенье двух видов.

— Налетайте! — скомандовала она. — Веруня, а почему ты так близко к сердцу приняла судьбу этого подследственного? Он твой знакомый? У тебя к нему есть какое-то личное отношение? Ты же могла по этому основанию попросить отвод...

— Не могла. Тут так совпало все... В общем, я сейчас расскажу, только это будет долго. Ничего?

— А мы никуда не торопимся, — заметил Орлов. — Рассказывай.

* * *

...— Вали отсюда, не то полицаю кликну, — угрожающе повторил мальчик, ненавидевший евреев.

Вера молча повернулась и ушла. Направилась по дороге, которая должна была привести ее в Нежин. Сможет ли она пройти 60 километров —

не представляла, думала только о том, что нужно дойти.

Ее обгоняли телеги, заполненные людьми, и по обрывкам разговоров, которые удавалось услышать, девочка поняла, что это беженцы из Донбасса. Два раза начинались бомбежки, несколько человек из числа беженцев погибли, а Вера все шла, шла... Шла до тех пор, пока не рухнула поздним вечером прямо в траву рядом с дорогой.

Утром очнулась от того, что кто-то тряс ее изо всех сил. Вера открыла глаза и увидела мужчину в форме полицая.

— Кто такая? Как звать? Откуда идешь и куда? — требовательно спрашивал полицай.

— Вера...

Она запнулась. Вспомнила бесчисленные объявления на всех столбах о том, чтобы обо всех подозрительных лицах, похожих на евреев, сообщать в полицию, иначе расстреляют. И назвала фамилию бабушки, маминой мамы, простой русской крестьянки.

— Банщикова. Вера Банщикова.

— Откуда будешь?

В памяти возник вчерашний день, и Вера, не задумываясь, соврала:

— Из Донбасса, мы беженцы. Под бомбежку попали, маму убило, я отстала...

— Из Донбасса, значит, — задумчиво повторил полицай. — Ну, пошли, я тебя к тетке своей сведу, ей в хозяйстве помощница нужна.

У тетки полицая Вера прожила больше двух месяцев. Трудилась на огороде, полола сорняки, выполняла еще какую-то несложную, но тяжелую работу. Тетка была не вредной, кормила хорошо, но постоянно расспрашивала Веру обо всем, и девочке приходилось врать напропалую. В один из дней хозяйка вдруг сообразила, что если Вера с матерью ехали на телеге, то должна же быть лошадь. И Вера, лгавшая до этого момента практически безупречно, вдруг допустила ошибку: вместо того, чтобы сказать, что лошадь тоже погибла при бомбежке, она сказала, что лошадь увели какие-то люди из ближайшего к месту бомбежки дома.

— Завтра пойдем, покажешь дом, — строго заявила хозяйка. — Лошадь в хозяйстве нужна, с какой такой радости ее чужим людям оставлять?

Вера запаниковала. Она никак не могла представить себе, что будет, если раскроется ее ложь. Как ей выкручиваться? А вдруг, не обнаружив в том доме лошади, хозяйка и ее племянник-полицай поймут, что она говорит неправду и обо всем остальном?

Надо уходить. Надо спасаться, пока обман не стал очевидным.

Она выскользнула на крыльцо, едва хозяйка заснула и по всему дому разнесся ее зычный храп. Шла в полной темноте, спотыкаясь и падая, не чуя под собой ног.

Начало светать, идти стало легче. Впереди на холме показался храм — небольшая сельская церквушка, перед которой толпился народ. Вера вспомнила, что хозяйка строго-настрого запрещала ей рвать и есть плоды с растущих в саду яблонь и говорила: «До Яблочного Спаса нельзя, это грех большой. Вот будет скоро праздник, тогда можно и яблочек попробовать».

Конечно же, Вера тогда все-таки сорвала яблоко и съела, оно было кислым, у нее началась рвота. Хозяйка обо всем догадалась, сильно ругала девочку и называла воровкой.

Значит, как раз сегодня и наступил этот праздник, вон народу сколько на церковную службу собралось...

Приблизившись к храму, Вера смешалась с толпой, вошла внутрь, отстояла всю службу, потом, как и все, подошла к батюшке, который дал ей отпить из красивого бокала и осенил крестным знамением, и, убедившись, что никто за ней не гонится и никто ее не ищет, отправилась дальше в сторону Нежина. Иногда, видя в огороде перед каким-нибудь домом женщину, Вера останавливалась и просила воды. Воду ей давали. Один раз предложили и поесть, но девочка отказалась: почему-то она была уверена, что попросить попить — допустимо, а попросить поесть — стыдно. Да она и не чувствовала голода. И усталости не чувствовала. В ней жило только одно: нужно дойти, нужно выжить.

Сколько времени она добиралась до Нежина? Вера не помнила. Но она добралась. Дошла до центра города, села на скамейку в парке, размышляя, что делать дальше. На этой скамейке ее и обнаружил местный полицай. Вера, успевшая увидеть в городе все те же многочисленные объявления, касающиеся евреев, выдала ему прежнюю легенду: ее фамилия Банщикова, она из Донбасса, маму убило при бомбежке, никого не осталось, не знает, куда идти, шла-шла и дошла до города. Ей казалось, что она была очень убедительной, и сейчас полицай ее определит куда-нибудь жить, и все как-то образуется... Но ее повели в полицию, где двое немцев в белых халатах посадили Веру на стул и стали осматривать ее голову и нос.

Она понимала, что ни в коем случае нельзя показывать страх и неуверенность. Русской девочке из Донбасса бояться нечего, она не еврейка, и ей ничего не грозит. Когда полицай вел ее по лестнице на второй этаж, Вера даже провела пальцем по перилам и показала ему: мол, пыль тут у вас, плохо убираются. А увидев на стене портрет Гитлера, спросила:

— Кто это?

Она прекрасно знала, кто это, ведь портреты фюрера висели в Прилуках повсюду. Но ей казалось, что таким образом она лишний раз подчеркнет свое спокойствие.

Внутри у нее все замерло от ужаса, пока немцы изучали строение ее черепа. Наконец вердикт был вынесен:

— Руссише швайн.

«Русская свинья». Значит, они ни о чем не догадались. Вера почти год провела в гетто, где евреи разговаривали между собой в основном на идише, который так похож на немецкий, поэтому немецкую речь она хоть и через два слова на третье, но понимала.

Ее отправили работать в колхоз, которым командовал местный староста. Но Вера, городская девочка из Ленинграда, никогда не жившая в сельской местности, ничего не умела делать, трудодни не вырабатывала, и очень скоро бригадир отвел ее к старосте с просьбой убрать ни на что не годную неумеху из бригады.

— Ладно, — кивнул староста, — к себе возьму, по дому работы много, семья большая, пусть помогает.

* * *

Дом старосты находился по соседству с немецкой комендатурой Нежина, поэтому именно в этом доме и расположился на постой комендант вместе со своим адъютантом, заняв одну из трех комнат, самую лучшую, светлую и имевшую отдельный выход на крыльцо. Вере отвели место на лавке у входа в кухню. Семья старосты — жена и две дочери, одна из которых была ровесницей Веры, вторая — постарше, уже имевшая жениха, — стали задавать вопросы, и девочка снова и снова повторяла свою версию про Донбасс. Ей даже в голову не приходило, что спасла ее чистая случайность. Донбасс хоть и находится на Украине, но населен был в те годы преимущественно русскими, поэтому русскоговорящая девочка легко сошла за жительницу этого региона. Украинский язык Вера знала достаточно хорошо, чтобы понимать все сказанное, но никогда на нем не говорила, и ни малейшего акцента, свойственного обитателям этих краев, в ее речи не слышалось. Разумеется, ничего этого Вера Малкина не знала, когда придумывала свою ложь, она просто спасала собственную жизнь. А вот и немцы, и нежинцы знали, по-видимому, очень даже неплохо, потому и легенда не оказалась разоблачена в первые же минуты.

Время, прожитое в «наймычках» у старосты, слилось в единый серый ком, тоскливый, беспросветный и страшный. Спустя годы Вера даже не могла вспомнить, что она ела и как была одета. Только несколько эпизодов, словно яркие картины, стояли перед ее глазами и не забывались.

...Вот она стоит под окном комнаты, где староста разговаривает с Прокофьевной — противной злобной бабой, которая всегда с какой-то гадливостью смотрела на худенькую Веру, тащившую на плечах коромысло с двумя полными ведрами воды, и шипела ей вслед: «От глиста-то сопливая, прости господи!»

И вот теперь эта Прокофьевна, понизив голос, доносила старосте:

— Любка Ковач жидов у себя в подвале прячет, я те точно говорю, вот истинный хрест. Надо бы облаву там устроить да повывести их всех, и Любку заодно как пособницу жидовскую.

— Устроим, — пообещал староста.

Вера замерла. Перед глазами встали лица бабушки Рахили и Розочки... Надо что-то делать!

Она примерно представляла себе, о каком именно доме шла речь, он находился неподалеку. Вера помчалась туда, заметила в огороде хозяйку, быстро проговорила: «Вас выдали старосте, будет облава» — и убежала, надеясь, что никто не заметил ни ее вояжа, ни ее отсутствия. Она ужасно волновалась, не зная точно, правильно ли определила дом. А вдруг та, кого назвали «Любкой Ковач», живет совсем по другому адресу? И та женщина, которой Вера передала свое сообщение, простонапросто выдаст девочку старосте?

Весь вечер она напряженно прислушивалась к каждому произнесенному хозяевами слову и успокоилась только тогда, когда услышала, как староста сказал жене:

— Набрехала все эта Прокофьевна, будь она неладна, вот же ж неймется бабе.

Значит, евреев успели вывезти. Ту ночь Вера помнила необыкновенно ярко: до самого утра она не спала, представляя себе в красках и подробностях, как прятавшиеся в подвале люди спаслись и как она, Вера, отомстит той противной сволочи, которая их выдала...

...Вот она в огороде, рубит ботву большим острым ножом. Нож соскакивает и режет руку, льется кровь, но Вера не обращает на это внимания: работу надо доделать, иначе хозяйка поколотит — она на расправу скорая, и рука у нее тяжелая. На крыльцо выходит адъютант коменданта, Вера видит только его сапоги, выше, по старой привычке, глаз не поднимает. Офицер несколько секунд смотрит на Веру, возвращается в дом и выходит с бинтом и какой-то мазью. Молча обрабатывает рану, накладывает повязку и уходит.

За все время от бегства из гетто и до возвращения домой это было единственное проявление заботы и тепла, которое Вере Малкиной довелось испытать. Почему немецкий офицер отнесся к ней с сочувствием? Может быть, видел, как измываются над наймычкой хозяева, и просто пожалел ребенка, а может быть, был сам по себе добрым человеком.

Этого офицера Вера тоже никогда не забывала...

...Солнечный теплый день, рядом пасется корова, Вера лежит в траве и, закрыв глаза, пытается вспомнить свою ленинградскую жизнь. И с удивлением осознает, что ничего не помнит — ни лиц родителей, ни подруг, ни соседей. Не помнит ничего, кроме стоящей посреди стола тарелки с хлебом. Как ей хотелось этого хлеба! Хоть кусочек, хоть крошечку! Что такое счастливая жизнь? Это когда не бьют каждый день и на столе стоит тарелка с хлебом. Больше ничего не нужно...

...Вера что-то делает на кухне, дверь в комнату коменданта открыта, оттуда доносятся возбужденные голоса старосты, самого коменданта, его адъютанта, и еще что-то говорят по радио. Из обрывочных русских и немецких слов Вера понимает, что немцы потерпели сокрушительное поражение под Сталинградом. Она, конечно же, не может себе представить, какое значение это имеет для хода войны, но к вечеру начинает догадываться: для немецких войск это плохо, очень плохо. А для наших — наоборот, хорошо. Догадка пришла, когда она увидела, что комендант стоит на крыльце, весь двор дома старосты заполнен народом, все крестятся, а батюшка служит молебен.

За победу немецкой армии.

Думала ли Вера Малкина в то время о победе Красной армии? Нет. Победа казалась ей невозможной, невероятной, просто потому, что никто из окружающих этой победы не хотел. Так, по крайней мере, ей казалось. Именно желание оставаться «под немцем» слышалось ей во всех разговорах, которые вели даже те, у кого мужья и сыновья воевали на фронте...

Осенью 1943 года начались бомбежки, Вера отчетливо помнила полный ужаса шепот старосты: «Красные наступают!» В огороде соорудили окоп, в нем прятались от бомбежек. В Нежин начали наведываться партизаны, комендант переехал в здание комендатуры, сам же староста, на всякий случай, по ночам скрывался где-то, дома не оставался. Однажды среди ночи в дверь постучали, на пороге стояли какие-то мужчины, и Вера сразу догадалась, что это партизаны. Но почему-то они требовали сказать, где прячут серебро, перерыли весь дом, что-то находили и запихивали за пазухи. Вера просила забрать ее с собой, но от девочки только отмахнулись, пренебрежительно и грубо. В эту ночь Вера отчетливо поняла, что помощи ей ждать неоткуда. Немцы-то, понятное дело, враги, но и «наши» защищать ее не собираются.

Колонна советских войск прошла через город очень быстро. Никакого ликования со стороны населения не ощущалось, жители молча стояли вдоль улиц и наблюдали. И Вера стояла среди них. Ей было тяжело, особенно после отказа партизан забрать ее из дома старосты: она не понимала, что и как будет дальше, если «наши» своих не защищают.

Староста попытался сбежать из города в преддверии неминуемой расправы, однако пуля нашла его раньше, чем он сумел достичь лесной опушки. На следующий день снова появились партизаны, на этот раз с конкретной целью: раздобыть провиант. Делалось это просто: заходили и расстреливали весь скот, туши забирали с собой, погреба опустошали. Во дворе у старосты, теперь уже покойного, перестреляли всех свиней и вывели из хлева корову. Вера смотрела ей вслед, глотая слезы. Эта корова была «здесь и сейчас» единственным близким ей существом, часы, проведенные на выпасе, были часами блаженного покоя, без побоев, криков и унижений. Корова, будто почуяв, что ее ведут на смерть, вдруг обернулась к Вере и жалобно замычала, словно просила о помощи или прощалась. Этот звук, похожий на стон, еще долгие годы помнился Вере и даже порой снился. Ей хотелось зарыдать в голос, броситься к людям, уводившим корову, отнять ее, вернуть в хлев. Но она боялась сделать лишнее движение, потому что перестала понимать, кто враг, а кто друг. Вот партизаны же, казалось бы, наши, защитники, воюют против немцев, но отбирают пропитание у своих же, советских людей, городских жителей, обрекая их на голодную смерть.

Еще через несколько дней пришла какая-то женщина, собиравшая сирот и бездомных детей, и отвезла Веру в детский дом. Там девочка и пробыла до того дня, когда ее забрал отец, который долго искал дочь, используя любую возможность получить краткосрочный отпуск для поездок в Черниговскую область на поиски Верочки.

По иронии судьбы, в тот же детский дом через некоторое время привезли младшую дочку старосты, Майку, девчонку зловредную и лживую, постоянно старавшуюся устроить наймычке какую-нибудь пакость. Что стало с женой старосты и его старшей дочерью, Вера не знала, но теперь Майка была тише воды ниже травы, смотрела на Веру со страхом и старалась не попадаться ей на глаза. От воспитательницы Вера узнала, что Майку считают дочерью погибшего партизана. Ну и ладно. Вера решила никому ничего не говорить о Майкином отце. Пусть живет. Ей, Вере, теперь все равно.

Ее жизнь здесь и сейчас — это жизнь в детском доме. Другой жизни у нее не было и не будет. Она пыталась найти родителей, написала письмо в Ленинград, но получила ответ: по указанному адресу дом разбомблен, жители эвакуированы. Куда — не указали. Где теперь искать маму и папу? Она написала бабушке, маминой маме, в деревню, но и оттуда ничего обнадеживающего не ответили: все жители деревни угнаны на работы в Латвию. Когда после освобождения Нежина прошел год, Вера перестала надеяться, она полагала, что если бы родители были живы, ее давно уже нашли бы. Она ведь совсем не представляла себе, как трудно во время войны найти человека, потому что документы пропадают при переездах и эвакуациях, архивы и списки уничтожаются при взрывах и пожарах, кругом царит паника и неразбериха. И, разумеется, ей даже в голову не могло тогда прийти, что искать друг друга люди будут спустя и двадцать, и тридцать, и сорок лет после окончания войны.

Но ее все-таки нашли. Приехал отец и забрал ее в Молотов, где в эвакуации жила мама. Да, было голодно, неустроено, тяжело, но все равно в свои тринадцать лет Вера Малкина была уверена, что все самое страшное осталось позади. Хуже, чем то, что она пережила, ничего быть не может, а раз она выжила, значит, все остальное, каким бы оно ни было, она тоже переживет.

Вера умела забывать. Умела не помнить. Во время войны эта способность помогла ей выжить и не сломаться. Помогала и потом, уже во взрослой жизни. Но вот того мальчишку, бегущего рядом с колонной евреев, которых вели на расстрел, она забыть так и не смогла...

* * *

Когда Вера Потапова закончила рассказывать, за окном начало смеркаться. Люся плакала, не пряча слез, Орлов сидел с видом мрачным и расстроенным.

— Господи. Верочка, милая, как же ты все это вынесла! — всхлипывала Люся.

— Да не в том вопрос, как я вынесла, а в том, почему мне придется уходить и куда уходить, — ответила Вера.

Люся тут же принялась перечислять варианты: Институт государства и права Академии наук, Институт советского законодательства, Институт прокуратуры...

— Милая, Вера у нас неостепененная, — остановил жену Александр Иванович. — Для очной аспирантуры возраст не проходит, а для того, чтобы человека в сорок четыре года взяли на научную работу без ученой степени, нужны совсем особенные условия: либо этот человек прикрепляется соискателем и пишет диссертацию в свободное от основной работы время, либо он должен обладать какими-то выдающимися знаниями или способностями. Кстати...

Он внезапно оживился, словно ему в голову пришла какая-то плодотворная мысль.

— А что, если подумать об Академии МВД? Твое начальство поможет тебе с переводом? Не будет палки в колеса вставлять?

— И кому я нужна в этой Академии? — грустно усмехнулась Вера. — Я в милиции ни дня не служила. Да и не возьмут меня, возраст, ты же сам говоришь...

— Вот именно в Академию и возьмут! — горячо убеждал ее Орлов. — Там совершенно потрясающий начальник, он раньше Штабом МВД командовал, у министра в фаворе, он Академию и придумал, и пробил, и организовал. И у него лозунг: брать самых лучших, самых профессиональных, если надо — не то что из прокуратуры или из Минюста, а вообще с гражданки, — но чтобы научно-педагогический процесс был организован на самом высоком уровне. В Академии кто только не работает: и математики, и физики, и психологи, и медики, и историки — да все! Про юристов я уж вообще молчу. Если тебя захочет взять сам начальник Академии — тебя переведут без единого звука и молниеносно. И кстати, на наличие или отсутствие ученой степени там смотреть не будут. Главное — знания и опыт. И того, и другого у тебя выше крыши.

Вера растерялась от такого напора.

— Но я никогда не преподавала и не уверена, что у меня получится...

— Там есть Научный центр, — ответил Орлов, — никакого преподавания, только научные исследования и изучение передового опыта. Вер, ну хорошая же идея!

Она с сомнением покачала головой.

— Идея-то, может, и хорошая, но как ты собираешься устроить, чтобы сам начальник Академии захотел меня взять?

— Захочет, не сомневайся, — заверил ее Александр Иванович. — Ты — специалист высочайшего класса, как только он в этом убедится — так сразу и захочет. Я знаю, кому нужно позвонить, чтобы устроить тебе собеседование.

Он посмотрел на часы и огорченно вздохнул:

— Вот черт, почти одиннадцать, уже неприлично людей беспокоить. Ладно, попробую набрать его завтра прямо с самого утра, расскажу о тебе.

— А вдруг я медкомиссию не пройду? — испугалась Вера. — В сорок четыре года каких только болячек скрытых не найдут.

— Значит, будешь работать вольнонаемным сотрудником, без погон и без звания, — успокоил ее Орлов. — В Академии такой вариант предусмотрен. Верочка, поверь мне, это самый лучший выход, если получится. Академия — единственное место, где твои знания действительно будут востребованы. Ну, кроме следствия, конечно. Но на следствии, как я понял, тебе уже не работать. Верно?

— Верно, — кивнула Вера Леонидовна, немного подумала и добавила решительно: — Даже если предложат — не останусь. Не хочу. Больше не хочу.

* * *

Вера долго ловила такси, стоя у края тротуара с поднятой рукой и не замечая времени. Она не вспоминала свою работу, не оценивала успешность карьеры и не сожалела об утраченных служебных перспективах. «Здесь и сейчас» она находилась в исходной точке нового пути. Решение принято: она больше не хочет быть следователем и играть в игры, делающие из нее послушную марионетку. Здесь и сейчас она должна смотреть вперед, а не оглядываться назад.

Вера Леонидовна плохо помнила, как добралась до дома и что делала до утра. На рассвете она обнаружила себя сидящей в халате на кухне с большой кружкой остывшего невкусного чая в руках. Круговерть ночных мыслей оставила в голове неприятный осадок тревоги перед новой работой. В Академии ли или где-то еще, но, так или иначе, Вере придется заниматься чем-то другим, в другом месте и с другими коллегами.

Неизвестно, сколько времени она бы еще просидела в оцепенении, если бы из комнаты не выползла Татьяна, заспанная и растрепанная.

— Мам, привет. Ты что, вообще не ложилась? Я проснулась, смотрю — твой диван не разложен, постели нет... Или ты пришла только сейчас?

Вера встряхнулась, поставила чашку на стол, заставила себя улыбнуться.

— Все в порядке, заяц. Просто нужно было подумать кое о чем. А ты чего так рано подскочила? Экзамен же только послезавтра. Или я путаю?

— Не, не путаешь. Сегодня консультация в девять. А ты где была вчера? Со своим кадром?

— У моего кадра есть имя, причем вполне приличное — Константин Кириллович, если ты забыла, — засмеялась Вера. — Но вчера я была у Орловых.

— О как! — удивилась дочь. — А чего вдруг? У кого-то день рождения?

— Нет, просто соскучилась по старым друзьям, вот решила навестить. Иди умывайся, я завтрак приготовлю.

— Ой, да ладно, я сама, — девушка потянулась и сладко зевнула. — Сиди уж. На тебя без слез не взглянешь, как приехала из этой своей командировки, так сама на себя не похожа. Ты что, с Кирилычем своим поцапалась, что ли? Ты у Орловых с ним вместе была?

— Оставь Костю в покое, — отмахнулась Вера Леонидовна. — Он хороший человек. Просто у меня проблемы на работе.

— А-а, — протянула Таня, — понятно.

Открыла дверцу холодильника, заглянула внутрь, задумчиво оценила то, что лежало на полках. Продукты в подобных количествах и подобной степени свежести в нормальных семьях именовались «остатками».

— Есть кефир позавчерашний и одно яйцо, могу оладушки пожарить. А можно гренки с сыром и колбасой забацать, хочешь? Тут всего мало, но если тоненько нарезать, то как раз на четыре гренки хватит.

— Давай гренки, — согласилась Вера. — Но для начала все-таки умыться не мешало бы.

— Ага! — Таня направилась в ванную. — Только ты ничего не делай, я сама!

«Что-то заботлива она не в меру, — скептически подумала Вера. — Или нашкодила, или собирается о чем-то попросить».

Подозрения ее оправдались, когда девушка, доедая завтрак, сказала с наигранной беззаботностью:

— Мам, я переночую сегодня у Ленки, ладно? Вместе готовиться к экзамену эффективнее, мы друг друга проверяем. И физику она лучше меня сечет, объясняет, если у меня затык.

Потапова насмешливо посмотрела на дочь.

— Твою Ленку Виктором зовут?

— Ну мам!

— Что — «мам»? Ты дуру-то из меня не делай. Танюша, тебе уже исполнилось восемнадцать, ты совершеннолетняя, имеешь полное право ночевать с мальчиками. Просто не забывай о возможных последствиях. И старайся по мере сил, чтобы они все-таки не наступили.

— Мам, ну ты вообще... — возмущенно протянула Татьяна.

— Я не «вообще», девочка моя. Я женщина, которая была замужем, родила и вырастила ребенка, и много чего в жизни повидала. Я ничего не имею против твоих отношений с Виктором, он славный парень. Но имей в виду: если что — сидеть с твоим ребенком я не буду, мне до пенсии еще очень далеко, так что рассчитывай только на себя. Мое дело — предупредить.

Ровно в девять утра Вера Леонидовна вошла в свой служебный кабинет и достала из сейфа материалы, которые следовало привести в порядок перед сдачей дел. В начале двенадцатого позвонил Орлов: его знакомый из министерства все устроил и обо всем договорился; начальник Академии МВД генерал-лейтенант Крылов Сергей Михайлович примет Веру Потапову для личного собеседования сегодня в 15.30.

— Будь умницей, — напутствовал ее Александр Иванович. — Не стесняйся показывать свои знания и интересы. Сергей Михайлович — человек широко образованный и нестандартно мыслящий, эти же качества он ценит и в других людях. Произведешь хорошее впечатление — считай, что дело сделано.

— Спасибо, Саня, — упавшим голосом ответила Потапова.

Ей стало страшно. Но только на одну секунду. Позади остается налаженная и понятная работа, которую Вера Леонидовна научилась делать не просто хорошо — отлично. Впереди — непонятно что. Но она, Вера, здесь и сейчас. А здесь и сейчас нужно подготовиться к достойной передаче дел, потому что, каким бы ни получился итог собеседования у генерала Крылова, на прежней должности ей все равно больше не работать — не в Академию, так в другое место, но уходить придется.

Глава 3
1979 год, апрель

Войдя в помещение кафедры, Людмила Анатольевна Орлова с облегчением поставила портфель на стул и потрясла замерзшими на неожиданном апрельском морозе руками. Она уже почти две недели не надевала перчаток и сегодня, увидев через окно голубеющее в разрывах сероватых облаков небо, решила, что день будет таким же теплым, как все предыдущие. Если бы она взглянула не только вверх, на небо, но и вниз, на землю, то заметила бы седину заморозков. Но смотреть вниз, под ноги, Людмила Анатольевна не любила.

Портфель сегодня был особенно тяжелым, потому что помимо папки с диссертацией, при обсуждении которой ей нужно выступать рецензентом на заседании кафедры, в нем лежала написанная от руки дипломная работа сына, которую Людмила Анатольевна собиралась «пристроить» кафедральной лаборантке, а также пачка бумаги. Лаборантка Галина Семеновна была машинисткой опытной, печатающей быстро и аккуратно и умеющей разбирать почти любой почерк, брала, как и все, по 20 копеек за машинописную страницу, и сотрудники кафедры гражданского процесса с удовольствием прибегали к ее услугам, если нужно было напечатать материал, не относящийся непосредственно к работе кафедры. Кафедральные материалы Галина Семеновна печатала, естественно, только за зарплату.

Достав новенькую, еще не распакованную пачку бумаги, папку с исписанными Борисом листами и присовокупив сверху шоколадку «Слава», Людмила Анатольевна подошла к столу лаборантки, печатающей, не глядя на руки, какую-то очередную методичку.

— Галочка, халтурку возьмете?

Та улыбнулась и кивнула, не отрывая глаз от текста, написанного размашистым округлым почерком.

— Конечно, Людмила Анатольевна, к майским как раз пригодится, надо будет рассаду на дачу вывозить, так я насчет машины договорюсь, если деньги будут. Большой объем?

— Да диплом Борькин.

— А-а, ну тогда это я быстро сделаю. Сейчас методичку закончу и посмотрю почерк, пробегу пару страниц, пока вы здесь. Если чего-то не пойму, у вас спрошу. Вы же почерк сына хорошо читаете?

— Вполне, — рассмеялась доцент Орлова. — Я сегодня допоздна здесь, у вечерников две пары.

— А тема диплома какая?

— «Становление и развитие этических начал защиты по уголовным делам в период после судебной реформы 1864 года».

— Это хорошо, — Галина Семеновна снова кивнула, — печатать не скучно будет, а то мне от вашего гражданского процесса иногда удавиться хочется. Я его уже наизусть знаю, хоть экзамен сдавай. Подумать только: уже диплом! Кажется, совсем недавно вступительные сдавал, а вы так волновались, мы вас всей кафедрой валокордином отпаивали... И все удивлялись, что он не к нам поступает, а в университет. Обычно родители стараются, чтобы ребенок поближе был, да и поступление у нас уж точно обеспечили бы.

— Борька хотел учиться там же, где его отец, — объяснила Людмила Анатольевна. — Вбил себе в голову университет, и хоть тресни! Конечно, у нас было бы спокойнее.

— Распределение уже было?

— Да, на следственную работу пойдет, сам так захотел.

Это был самый обычный кафедральный день с привычными истерическими выкриками перед началом каждой пары:

— Где фондовая лекция по двадцать второй теме?

— Галина Семеновна, почему в двадцать первой теме нет слайдов? Куда подевался весь дидактический материал?

— Кто взял мой Сборник постановлений Верховного суда?

Эти несколько минут перед каждым звонком становились для немолодой Галины Семеновны сущим адом, она металась от столов к полкам, вытаскивая потребные материалы вовсе не из тех папок, в которых им надлежало находиться. Природу этого феномена она за много лет работы на кафедре так и не постигла, но знала, что и на других кафедрах все происходит точно так же: кто-нибудь из преподавателей обязательно положит материалы «не в ту тему» или забудет после занятий забрать слайды из аудитории.

После звонка все стихало, и можно было полтора часа спокойно работать, печатая либо кафедральные материалы, либо что-то из «левой подработки».

* * *

Когда Людмила Анатольевна вернулась после занятий у вечерников, лаборантка все еще работала. У нее и дома имелась своя машинка, но на кафедре стояла новенькая электрическая «Ятрань», печатать на которой было намного легче. Справа от машинки лежали отпечатанные страницы — Галина Семеновна успела сделать уже довольно много.

— Людмила Анатольевна, я пробежала глазами рукопись, все вроде бы читается без проблем, только в одном месте правка сделана неаккуратно, боюсь, что я не разберу. Посмотрите?

— Конечно.

Галина Семеновна перебрала лежащую слева стопку еще не отпечатанных рукописных листов, вытащила нужные страницы и протянула Орловой.

— «Александр Иванович Герцен с гневным осуждением отнесся к тактике защиты, избранной адвокатом Евгением Утиным по делу Гончарова, и призывал все русское общество...» — читала Людмила Анатольевна, — «...предать позору...» нет, тут зачеркнуто и сноска на обороте... Сейчас, минуточку.

Она перевернула страницу, посмотрела сделанную на обороте вставку, нахмурилась, потом прочитала вслух:

— «...призывал все русское общество выставить таких, как присяжный поверенный Евгений Утин, к позорному столбу во всей наготе, во всем холуйстве и наглости, в невежестве и трусости, в воровстве и в доносничестве. Утина и ему подобных Герцен называл «гноем русского общества». Да уж, культуры рукописной правки у моего сына еще нет, — Людмила Анатольевна выдавила натужную улыбку.

Галина Семеновна, по-своему истолковав явно расстроенный голос доцента Орловой, тут же бросилась утешать ее:

— Ой, ну что вы, он же молодой совсем, вы бы видели, в каком виде наш профессор Правоторов рукописи сдает! Слава богу, я за много лет научилась разбирать все эти его стрелочки, вставочки и вклейки. Не переживайте, Людмилочка Анатольевна, научится ваш сынок, это дело наживное. Вот, хотите шоколадку? Угощайтесь!

Она выдвинула ящик стола, достала подаренную ей днем плитку пористого шоколада «Слава» и проворными движениями вскрыла упаковку.

— Спасибо вам, Галочка. — Людмила Анатольевна машинально отломила кусочек, сунула в рот и поняла, что от злости даже не чувствует вкуса.

До дома она добралась только около одиннадцати часов вечера. В прихожей бросила взгляд на висящую на вешалке одежду: Борькина куртка на месте, значит, сын дома. Вот и славно. Сняв пальто и сапожки, Людмила Анатольевна ворвалась в комнату, где муж и сын, устроившись на диване, мирно играли в шахматы под бормотание радиоприемника.

— Привет! — с обманчивой веселостью заговорила она. — Все поужинали?

— Привет! — отозвались одновременно Александр Иванович и Борис.

— Ужин съеден, посуда вымыта, — доложил Борис. — Папа принес кассету с новым концертом Жванецкого, без тебя не слушали, а пока что великий адвокат Орлов мечется в бесплодных попытках убежать от неминуемого мата.

— А ты? — спросила Людмила Анатольевна.

Вопрос прозвучал неожиданно и непонятно.

— Я? — переспросил Борис, слегка сдвинув брови. — А что — я?

— Ты не мечешься?

— А должен?

— Будь любезен, принеси свою зачетку, — металлическим голосом потребовала мать.

— Зачем?

Александр Иванович оторвал взгляд от доски с фигурами и пристально посмотрел на жену. Но ничего не спросил.

— Принеси зачетку, — повторила Людмила Анатольевна.

Юноша пожал плечами и направился в свою комнату.

— Люсенька, что случилось? — тихо спросил Орлов, когда они остались вдвоем.

— Случилось то, что наш сын — идиот, — зло

148

ответила жена. — Он, видите ли, хочет быть следователем! Как, ну как, скажи мне, он может быть следователем с таким убогим мышлением? Мы с тобой считали его умным мальчиком, а он...

Она не успела договорить, потому что вернулся Борис и, не говоря ни слова, протянул матери синюю зачетную книжку.

— Так, — Людмила Анатольевна принялась перелистывать страницы, — посмотрим. Ну, разумеется: история государства и права — «отлично», история политических учений — «отлично», философия — «отлично». И насколько я помню, в школе у тебя по истории и обществоведению тоже были сплошные пятерки.

— И что? — В голосе Бориса зазвучал вызов. — Тебя что-то не устраивает?

— Меня не устраивает уровень твоих знаний, — заговорила Людмила Анатольевна неожиданно спокойным тоном. — Меня не устраивает твой подход к работе, которую ты берешься выполнять. Меня не устраивает, когда мой сын откровенно халтурит и отказывается пользоваться мозгами. И меня не устраивает, когда мой сын с готовностью идет на поводу у чужой глупости и необразованности, потому что это намного легче, чем думать и вникать самому. Мне стыдно за тебя.

— Да что случилось-то, мам? — в полном недоумении воскликнул Борис. — Откуда такой пафос? Третья мировая война началась, что ли?

— Хорошо, я объясню, — голос Людмилы Анатольевны стал еще более мирным, и Орлов-старший понял, что ничего хорошего это не предвещает. Он знал свою жену слишком давно, чтобы «купиться» на эти мягкие интонации.

— Я отдала твой диплом машинистке. Она не во всех местах смогла разобрать твои каракули, мне пришлось ей помочь. Если бы не это прискорбное для тебя обстоятельство, я бы, наверное, никогда не узнала, какой омерзительный бред ты написал. Мы с отцом привыкли доверять тебе, мы не проверяли тебя никогда и, видимо, совершили большую ошибку. С сожалением вынуждена констатировать, что в нашей семье вырос бездельник и невежда. Скажи мне, Борис, в каком году умер Герцен?

Юноша недоуменно повел бровями.

— А фиг знает... Не помню. А что?

— Понятно. А где он умер?

— Вроде где-то за границей. Ты что, решила устроить мне экзамен по истории?

— Вот именно, — кивнула Людмила Анатольевна. — Значит, насчет времени и места смерти Герцена ты не в курсе. А когда было дело Гончарова?

— В тысяча восемьсот семьдесят каком-то... Не то первом, не то втором.

— И что же Герцен?

— Ну, он ненавидел Утина, который был адвокатом Гончарова, и так и написал. Чего ты цепляешься-то?

— Ненавидел, значит, — недобрым голосом повторила Людмила Анатольевна. — А за что?

— Так там же все написано. Ну мам! Ты уже или объясни, в чем претензии, или дай нам с папой доиграть.

— Там написано, что Герцен с гневным осуждением воспринял тактику защиты, выбранную адвокатом Утиным по делу Гончарова. Я правильно прочитала твой корявый почерк?

— Ну да.

— И как, объясни мне, пожалуйста, Герцен мог узнать об этой тактике защиты, если он к моменту слушания дела уже два года как умер? Он тебе прямо из гроба лично письмо написал? Как он вообще мог ненавидеть Евгения Утина, если они никогда не встречались и Герцен десятки лет не появлялся в России, а Утин не ездил в Ниццу отдыхать? Откуда ты выкопал всю эту лживую мерзость?

— Да из книги! Ты, между прочим, сама мне ее подарила.

— Покажи.

Борис снова ушел в свою комнату. Орлов встал с дивана, подошел к стоящей посреди комнаты жене, обнял ее.

— Люсенька, ну что ты, право слово! Обычное дело, все студенты халтурят и на курсовиках, и на дипломах. У них возраст такой сейчас, им хочется в компаниях время проводить, с девушками гулять, пластинки слушать, на дискотеках танцевать, а ты требуешь от двадцатидвухлетнего парня строгого научного подхода к работе. Чудес не бывает, милая. У нас хороший парень, но он точно такой же, как другие, не лучше и не хуже.

Людмила Анатольевна с раздражением оттолкнула мужа.

— Ты всегда ему потакал и покрывал его. Через месяц защита диплома, потом госэкзамены, и с первого августа Борька начнет работать на следствии. Как он будет работать? Как?! С таким отношением к делу...

Орлов не стал настаивать, снова уселся на диван и принялся ждать, что будет дальше. Ах, Люсенька, Люсенька! Ну как можно дожить почти до пятидесяти лет и сохранить такой восторженный идеализм! Отношение к делу... Да кто сегодня вообще думает об этом? Все думают только о том, чтобы в парткоме и профкоме к тебе не было претензий, чтобы можно было встать в очередь на ковер, цветной телевизор, машину, квартиру... Чтобы путевку выделили в санаторий или хороший дом отдыха, а если очень повезет — то в Болгарию. Чтобы ребенка в приличный пионерлагерь отправить. Чтобы в конце недели дали талон на продуктовый «заказ», а в конце квартала — премию. А это означает, что нужно просто выполнить план, желательно — перевыполнить. Качество же выполненного никого не волнует. Откуда же взяться добросовестному отношению к делу?

Борис принес толстую книгу в переплете цвета бордо, «Из старой шкатулки», Людмила Анатольевна узнала в ней свой подарок сыну на Новый год.

— Вот, — юноша открыл книгу в том месте, где торчала закладка, — можешь убедиться, черным по белому все написано. Почему я должен не доверять тому, что написано в книге?

Людмила Анатольевна быстро пробежала глазами последние строки, отчеркнутые на полях карандашом:

«Герцен ненавидел этого человека!

В конце 60-х годов, ознакомясь с Утиным и другими «утятами», как он их называл, Герцен заклинал русское общество: «Их надобно выставить к позорному столбу во всей наготе, во всем холуйстве и наглости, в невежестве и трусости, в воровстве и в доносничестве». Всю эту компанию «утят», вкравшихся в доверие русского общества, Герцен определил одним убивающим словом: гной!»

— Мало того, что ты не знаешь истории, ты еще и думать не умеешь, — холодно произнесла мать Бориса. — Ты перепутал присяжного поверенного Евгения Утина, которого Герцен отродясь не знал, с его старшим братом Николаем Утиным, революционером, уехавшим за границу и принявшим активное участие в создании организации «Молодая эмиграция». У Николая Утина и его товарищей действительно возникли серьезные разногласия с Герценом, это правда. И Герцен довольно злобно писал о членах «Молодой эмиграции» в письмах к Огареву. И «утятами» называл именно их. Если бы ты взял на себя труд проверить хоть одно слово из этой беллетристики, — Людмила Анатольевна брезгливым жестом указала на раскрытую книгу, — ты бы увидел, что цитата взята из письма, написанного в апреле тысяча восемьсот шестьдесят восьмого года, когда до дела Гончарова было еще четыре года. Целых четыре года! И написано оно не об адвокатах, которые, как ты изволил выразиться, «втерлись в доверие к русскому обществу», а исключительно о членах «Молодой эмиграции», которые хотели сделать из герценовского «Колокола» общеэмигрантский орган, чтобы с его помощью руководить революционным движением в России. К присяжному поверенному Евгению Утину эти слова не имели и не могли иметь никакого отношения. Если бы ты потрудился найти первоисточник или хотя бы спросил у меня, я бы показала тебе то самое письмо Герцена к Огареву, из которого взята эта цитата. И словом «гной» Герцен назвал уж никак не Евгения Утина. И даже не его брата Николая.

— А кого? — с любопытством встрял Александр Иванович.

— Серно-Соловьевича.

Кто такой Серно-Соловьевич, Александр Иванович не знал и в очередной раз подивился тому, как много, оказывается, сведений из области истории хранится в голове его жены.

Смуглые щеки Бориса стали пунцовыми.

— И как ты собираешься расследовать уголовные дела? — безжалостно продолжала Людмила Анатольевна. — Так же, как состряпал свой диплом, опираясь на непроверенные показания и ни во что не вдумываясь? Если бы ты хоть на секунду вспомнил, когда умер Герцен, ты бы засомневался и не допустил такого позора.

— Что ты предлагаешь? — зло спросил сын. — Переписать работу?

— Решай сам. Но ты должен быть готов к тому, что эту глупость заметит еще кто-нибудь, кроме меня.

— Да ладно, мам, — Борис внезапно улыбнулся, — кто их читает-то, эти дипломы? А на защите я просто не буду этого говорить, вот и все. Ошибку учту, в следующий раз буду внимательнее. Ну что, пап, ты сдаешься? Если да и если вы не собираетесь слушать Жванецкого, то я пошел к себе.

Все-таки Борис Орлов обладал удивительной врожденной способностью вовремя брать себя в руки и уходить от конфликта...

Чувствуя в себе все еще кипящее негодование, Людмила Анатольевна даже ужинать не стала. Переоделась и с сердитым лицом уселась рядом с мужем на диван, открыв свежий номер журнала «Иностранная литература».

— Люсенька, дело к полуночи, — заметил Александр Иванович через некоторое время. — Спать-то не пора?

— Не могу, — каким-то жалобным голосом ответила она, — я такая злая, что сна ни в одном глазу. Нет, ну ты только подумай: вот так, с бухты-барахты, ничего не проверив, взять и оболгать человека, оклеветать. И ладно бы кто другой, но наш сын!

— Милая, но это всего лишь диплом, — попытался успокоить жену Орлов. — Борька совершенно прав, дипломы действительно никто не читает, оценку ставят, только исходя из доклада дипломника на защите. Уж тебе ли не знать! Ты столько лет на кафедре работаешь!

— Да не в этом же дело, — Людмила Анатольевна вяло махнула рукой и привалилась к плечу мужа. — Дело в Борьке.

— Я понимаю. А в чем суть вопроса? Из-за чего весь сыр-бор?

Если нужно успокоить и отвлечь жену, то самое лучшее средство — дать ей возможность рассказывать. Уж эту-то простую истину Александр Иванович усвоил давно и накрепко.

1979 год, весна

Перед вами может стоять человек, на котором крупными чертами написано, что он тронутый... Тогда трудный вопрос ложится на вас, господа, камнем; у вас вышибают из-под ног правильное третье и вас принуждают решать по одному из двух предположений: либо этот человек совершенно здоров и отвечает за свои дела, как и всякий другой здоровый; либо он помешанный, для которого не существует ни суд, ни закон. Мы бы его, не колеблясь, отнесли к людям, обладающим уменьшенной вменяемостью.

Из защитительной речи В. Д. Спасовича в судебном процессе по делу Островлевой и Худина

С гостиницами всегда было сложно. Иногда начальник местного УВД, к которому группа командированных научных сотрудников из Москвы приходила представляться, организовывал что-то более или менее приличное — маленькие, но зато одноместные номера. Иногда сотрудников Академии селили в общежитиях или в гостиницах по два-три человека в комнате. Неизменным оставалось одно — им нигде не были рады. Это и понятно: толку от приехавших никакого, а забот добавляется. Ладно бы еще приезжали какие-нибудь крутые специалисты по раскрытию и расследованию преступлений, может, и правда что-нибудь дельное подсказали бы, все-таки в Москве, в Штабе МВД и в Академии, сосредоточена вся информация о передовом опыте и новейших разработках. А эти... Криминологи. Даже не криминалисты, а всего лишь криминологи. Преступность изучают. Чего ее изучать-то? С ней бороться надо, а не изучать. Ученые, мать их так...

Но в этом городе начальник УВД сам закончил Академию МВД, был слушателем первого набора, поэтому к прибывшим научным сотрудникам отнесся тепло, тем более в группе был профессор, который читал на их потоке лекции по этой самой криминологии и потом принимал экзамен. Правда, профессор приехал со своими коллегами только в самый первый раз, он вообще выезжал в такие командировки нечасто: не барское это дело — по колониям сиживать и с осужденными разговоры разговаривать. Но зато во второй и в третий раз научным сотрудникам здесь оказывали самый радушный прием, селили в хорошей гостинице и предоставляли транспорт, на котором командированные из столицы каждое утро отправлялись в исправительно-трудовые учреждения и вечером возвращались назад.

Работали в таких командировках вчетвером: два криминолога, психолог и психиатр. Тема была комплексной, возглавляли исследование двое известных ученых, один — доктор юридических наук, другой — медицинских, оба — заметные величины в своей отрасли науки. За ними в «табели о рангах» авторского коллектива следовали доктора и кандидаты наук, а в самом низу находились простые исполнители, как правило, без ученых степеней. Именно они, эти простые исполнители, и должны были собирать и анализировать весь эмпирический материал. Вышестоящие же чины надзирали, консультировали, руководили и иногда проходились «рукой мэтра» по уже написанным аналитическим справкам и статьям.

Когда Веру Леонидовну Потапову приняли на работу в Академию, ее зачислили в Научный центр, в отдел профилактики. На самом деле название у отдела было длинным и сложным — Отдел управления профилактической деятельностью органов внутренних дел. Слово «управление» вошло в моду в середине 1970-х годов, Научный центр именовался «Научным центром исследования проблем управления», а все его отделы имели в своем названии соответствующий термин. Управлением в Академии занимались действительно серьезно и всесторонне, но сей факт никак не отменял необходимости изучать не только само управление, но также и его объект. Посему в отделе, где теперь работала Вера Потапова, занимались и традиционной криминологией, ибо нельзя же управлять деятельностью по предупреждению преступлений, не имея ясного и полного представления о том, каковы они, эти самые преступления.

Веру Леонидовну, с учетом возраста и профессионального опыта, назначили на должность старшего научного сотрудника, пообещали через полгода присвоить специальное звание «майор милиции», но предупредили, что старший научный сотрудник должен иметь ученую степень, поэтому Потаповой необходимо серьезно подумать о написании диссертации, ибо должность ей дали, так сказать, авансом. Вере было неловко и казалось, что, когда она придет в новый коллектив, на нее начнут коситься как на человека, занявшего не положенное ему место. Однако опасения оказались напрасными: в отделе профилактики среди старших научных сотрудников ученые степени имели далеко не все. И эти «не все» даже не пытались делать вид, что стараются написать диссертацию или хотя бы собираются это делать.

Веру сразу же включили в авторский коллектив темы по изучению суицидов: у следователя Потаповой еще в Генпрокуратуре был оформлен допуск по форме № 2, а без этого допуска в Госкомстате информацию по самоубийствам не давали. Оказалось, что людей со «вторым» допуском в отделе почти нет: кроме самой Веры — еще один сотрудник, молодой парень, только-только закончивший адъюнктуру и готовящийся к защите. Вдвоем они целыми днями просиживали в Госкомстате, выписывая данные из бесконечных толстых учетных книг, заполненных вручную. Цифры были пятизначные, ошибиться легко, поэтому один диктовал, держа палец на нужной строке или графе, второй записывал. Потом менялись. Вера никак не могла взять в толк, почему так мало сотрудников с нужным допуском. Будь их больше, работа шла бы намного быстрее. Но ей объяснили, что оформление допуска автоматически влечет за собой невозможность выехать за границу, а ведь МВД ведет активное международное сотрудничество по обмену опытом, и не только профессора Академии, но и кандидаты наук имеют возможность попасть в такую загранкомандировку. Не говоря уж о вполне реальных шансах получить путевку в Болгарию или Чехословакию или попасть в туристическую группу, выезжающую за рубеж. «Дураков нет «вторую форму» получать», — с усмешкой сказал всезнающий коллега.

Когда исследование было закончено, из его результатов сделали определенные выводы, на основании которых в план научно-исследовательских работ включили тему об изучении психических аномалий среди тех, кто совершает преступления. Собирать материал приходилось в колониях, где теперь Вера проводила по полторы-две недели каждый месяц. Схему работы отладили быстро: сначала в спецчасти колонии брали нужное количество личных дел осужденных, прочитывали каждое от корки до корки, заполняя специально разработанную многостраничную анкету, потом шли в зону, где проводили групповое психодиагностическое тестирование и индивидуальные беседы с каждым человеком, отобранным для исследования. Применяли метод случайной выборки: например, если в задании на командировку было указано, что нужно собрать материал на двести человек, осужденных за убийство, просили работников спецчасти дать дела «по семь убийц на каждую букву алфавита». Любые попытки выбрать дело поинтереснее пресекались на корню. Анкет заполняли больше, чем указывалось в задании на командировку, с запасом, ведь кто-то из отобранных мог оказаться в санчасти, на долгосрочном свидании или сорвать тестирование, а неполным материалом пользоваться нельзя.

На индивидуальные беседы осужденные приходили охотно, особенно если для этого их снимали с работы и приводили из цеха: все-таки какое-никакое — а развлечение в монотонной и отнюдь не легкой повседневной жизни. С тестированием было намного труднее. Осужденных приводили по 10—15 человек в класс школы, раздавали им книжки с тестами и бланки ответов, подробно разъясняли, что нужно сделать, и всегда в каждой группе находился хотя бы один человек, который громогласно заявлял, что ничего делать он не будет, потому что «вдруг он этим смертный приговор себе подписывает». Понятно, что на самом деле никто так не думал, просто нужно проявить несогласие и непослушание, а заодно и привлечь к себе внимание, заставить поуговаривать. Инструкция на такой случай была совершенно четкая: не хочет — сразу отпускать, чтобы все остальные видели, что ни скандала, ни особого внимания, вообще никакой развлекухи из выходки не получается. Чаще всего бузотер оставался и выполнял тест, но случалось, что и уходил.

Оставаться один на один с группой осужденных научным сотрудникам не полагалось, но работники колонии не могли забросить свои служебные обязанности и сидеть в классах, пока ведется тестирование, занимающее в среднем два часа с каждой группой, поэтому для охраны и поддержания порядка выделялись особо доверенные люди, находящиеся на хорошем счету у администрации и, как правило, активно участвующие в секции внутреннего порядка. В этой колонии строгого режима Вера работала уже в четвертый раз, и когда привели осужденного за разбойное нападение Володю Давыдова, двадцатисемилетнего широкоплечего красавца, он кинулся к ней, как к родной:

— Вера Леонидовна! А я вас заждался! Думаю: что это вы не едете, ведь обещали же! Я и кума попросил, если вы приедете, чтобы меня опять к вам приставили.

Она улыбнулась тепло, протянула ему руку.

— Здравствуй, Володя. Ну, как ты тут? Какие успехи?

— О, успехи грандиозные, я теперь хлеборез, представляете?

Вера, поездив по местам лишения свободы, хорошо представляла себе разницу между заведующим ларьком (а именно эту работу выполнял Давыдов, когда она приезжала в прошлый раз) и хлеборезом.

— Ежемесячно сдаю государству тонну хлеба экономии, — похвастался Володя. — Ну и себе, соответственно, имею до ста рублей. На ларьке о таких доходах только мечтать приходилось.

— Да ты мастер! — рассмеялась Вера. — Смотрю я на тебя и понять не могу: как ты с такими мозгами во все это вляпался, а? Ты на себя посмотри: плечи широченные, кулаки убойные, ну вот зачем ты ножом потерпевшему угрожал? Не было бы ножа — пошел бы за грабеж, уже и вышел бы давно. А с ножом — за разбойное сел. Да тебе и так все отдали бы!

— Ох, дурной я, Вера Леонидовна, — усмехнулся в ответ Давыдов. — А вы кого в этот раз изучать будете? Опять убийц и насильников?

— Нет, в этот раз у меня грабители-разбойники.

— А меня тоже будете изучать?

— Если хочешь. Поскольку я к тебе хорошо относусь, то у тебя есть право выбора, поэтому если тебе не хочется, то и не надо. Я не обижусь.

— Нее, — протянул Давыдов, качая головой, — давайте и меня тоже, мне же интересно, а то я все сижу рядом с вами, пока вы работу свою делаете, а чего вы делаете — не понимаю. Охота понять.

Все десять дней, прошедшие с начала командировки, Володя Давыдов был рядом с Верой, охраняя ее и в буквальном смысле слова опекая. Каждые полтора-два часа, как только очередная группа осужденных приступала к выполнению тестов, он выглядывал из класса, подзывал дневального и приказывал ему принести чаю для «гражданки начальника». Когда чай ставили перед ней на стол, Володя с видом мецената доставал из кармана две-три конфетки, причем такие, которые и в московском магазине-то не каждый день купишь: «Белочку», «Каракум», а то и «Птичье молоко».

— Балуешь ты меня, — говорила Вера. — Откуда такое роскошество?

— Места знать надо, — хитро улыбался Давыдов. — Если вам надо, я вам адресок магазина дам, это в центре, недалеко от вашей гостиницы, вы только скажите, что вы от меня, и вам все сделают. Кстати, если что — там и сигареты хорошие, а то я смотрю, ваши товарищи уже на «Беломор» перешли, глядеть больно.

Действительно, второй криминолог и психолог в их группе были курящими, но оба как-то просчитались с запасом сигарет в поездку, а в киосках города нашелся только «Беломор». Интересно, сколько денег «отстегивает» Давыдов сотрудникам колонии, чтобы они покупали ему и проносили в зону то, что он попросит? «Ладно, это не мое дело, — говорила она себе каждый раз, когда задумывалась над тем, откуда у осужденного-рецидивиста Володи такой дефицит. — Здесь свои порядки, своя жизнь, а моя задача состоит вовсе не в том, чтобы изучать систему взаимоотношений работников ИТК с контингентом».

С криминологией как наукой Вера никогда прежде дела не имела, курс судебной психиатрии прослушала в университете вполуха, поэтому сейчас, оставив следственную работу и превратившись в научного сотрудника, принялась активно наверстывать упущенное. Член авторского коллектива, врач-психиатр, подробно и довольно доходчиво объяснил ей разницу между «большой» и «малой» психиатрией, а также между психопатологией и патопсихологией. Вера читала учебники, монографии, пособия, статьи и с удивлением узнавала, что, оказывается, в уголовных кодексах ряда стран, в том числе и принадлежащих к социалистическому лагерю, существует понятие «ограниченной вменяемости». Иными словами, законом этих стран предусмотрена возможность учитывать аномалии психики при оценке личности подсудимого, даже если эти аномалии относятся к «малой психиатрии» и не лишают преступника вменяемости.

Сама тема исследования, несмотря на наличие маститых руководителей, у многих вызывала недоверие и открытый скепсис. В головах людей укоренилось твердое представление о том, что если человек «болен на всю голову», то место ему в психушке, а если не на всю голову, а только на половину или на треть, то это не болезнь, а просто дурной характер. Посему первые могут, так и быть, признаваться невменяемыми, хотя, по-хорошему, их расстреливать надо, а вторые уж пусть будут так любезны отсидеть свое. С тем, что преступники с аномалиями психики должны отбывать срок, никто спорить не собирался. Исследование ставило перед собой две цели: научно-познавательную и практическую. Нужно было понять, насколько распространено само явление и каковы его характеристики и внутренние механизмы, и на основе этого понимания разработать рекомендации как для предупреждения преступлений, так и для работы с такими осужденными в местах лишения свободы.

Вторым камнем преткновения в понимании проблемы были алкоголизм и наркомания, которые Всемирной организацией здравоохранения были признаны самостоятельными нозологическими единицами, попросту говоря — заболеваниями. Очень непросто оказалось соединить в голове обычное представление о болезни как о свалившемся на человека несчастье с образом синюхи-алкаша с трясущимися руками, ворующего у собственной семьи последние копейки на выпивку. Считалось, что пьянство и алкоголизм —

результат добровольных сознательных действий самого человека, и поэтому никакое понимание и сочувствие таким людям не положено. Наверное, это было правильным, но не отменяло вопрос о том, как снизить вероятность повторного совершения преступления теми, кто попадает на зону с диагнозом «хронический алкоголизм». Да, законом предусмотрено принудительное лечение от алкоголизма, но достаточно ли этого? Может быть, существуют еще какие-то моменты, которые имеет смысл учитывать во время пребывания осужденного в колонии, чтобы после освобождения риск рецидива был хотя бы чуть-чуть пониже?

Поскольку Вера пообещала своему бессменному Санчо Пансе — Володе Давыдову — включить его в выборку, ей пришлось попросить в спецчасти его личное дело и внимательно изучить. Во время первой командировки она умышленно не спрашивала Володю, за что именно его посадили, ограничившись только информацией на нагрудной бирке, нашитой на карман: фамилия, отряд, статья 146 УК. Раз уж колония строгого режима, то и судимость у парня не первая, это понятно. Но во время второй командировки в эту ИТК Давыдов сам рассказал, что произошло: его жена рожала, а он решил нарвать в ближайшем от роддома парке сирени для нее. Дело было поздним вечером. Наломал пахучих веток и двинулся к выходу из парка, как вдруг повстречал пару: мужчина в обнимку с женщиной. Давыдов достал нож и тут же получил все желаемое: часы, цепочку, деньги. Схватили его практически сразу же, едва он прошел полпути от парка до роддома. Володя не нанес потерпевшим ни одной царапины, ни одного удара, но демонстрация холодного оружия определила квалификацию содеянного. Теперь Вера читала приговор и, сравнивая то, что там написано, с тем, что рассказывал сам Давыдов, приходила к убеждению, что имеет дело с тем редчайшим случаем, когда осужденный никого не кормит мифами о своей невиновности, о предвзятости следствия и необъективности суда. Все совпадало до деталей. Все происходило именно так, как описал Володя.

Она включила его в последнюю группу для тестирования. Один из двух тестов требовал для обработки и интерпретации значительного времени и участия психолога или психиатра, по второму же результат определялся за минуту, и когда Давыдов сдал ей заполненные бланки ответов, не утерпела, сразу же наложила на бланк шаблон-«ключ» и быстро подсчитала итог: 45. Для среднестатистического осужденного это был великолепный результат: обычно показатели, за редким исключением, варьировались от 8 до 20. Максимально возможный результат — 60, но такой показатель под силу только очень неординарным личностям. Значит, у парня в ситуации ограниченного времени мозги не отказывают, он умеет сосредоточиться и работать четко, внимательно, не отвлекаясь и не впадая в панику. Почему же, ну почему этот неглупый молодой человек так по-дурацки распорядился своей жизнью? Первая судимость — еще по малолетке, теперь вот вторая... Дома жена с недавно родившимся ребенком, а он отбывает срок, используя имеющийся интеллект для зарабатывания денег на маленькие радости.

— Ну, что скажете, Вера Леонидовна? — спросил Давыдов, когда Вера закончила подсчитывать результат. — Жить буду?

— Голова у тебя хорошая, — вздохнула она. — Жалко ведь, пропадает без пользы. Травмы головы были?

— В смысле?

— Падал с высоты, головой ударялся? Сотрясения мозга? Ушибы?

Давыдов пожал плечами, словно она спросила какую-то несусветную чушь.

— Само собой. Как без драк-то? А там и мордой об асфальт приложишься, и с кулаком встретишься, всякое бывало. А вы почему спросили?

— По результату теста заметно, что у тебя не все в порядке со зрительным анализатором. Чаще всего это бывает следствием травм черепа, особенно если их не лечить. Ты ведь после драк к врачам не ходил?

— Само собой, — повторил он. — Что я, больной — по врачам таскаться?

— Да здоровый ты, здоровый, — засмеялась Вера. — Завтра наш психиатр с тобой побеседует, он тоже об этом будет спрашивать.

Давыдов молча подождал, пока она соберет и сложит в папки все бумаги, но было видно, что он хочет что-то сказать и не решается.

— Что, Володя? — спросила Вера, закрыв портфель. — Говори, не мучайся.

— Вера Леонидовна, а как вы думаете, может, мне на заочный юридический поступить?

Она опешила и снова поставила портфель на стул.

— Зачем?

— Адвокатом стану. А что? Хорошая профессия.

— Но ты же в ПТУ учился, у тебя строительная специальность. Чем плохо?

— Ох, Вера Леонидовна, ну как же вы не понимаете? Я ж не могу просто рабочим быть, мне карьера нужна, должность. Значит, я стану прорабом, никак не меньше. А как только я стану прорабом, я ж не удержусь, начну воровать и в итоге на «вышак» наворую.

Она не знала, плакать ей или хохотать. Что это у парня? Нелепая бравада? Или умение абсолютно трезво оценивать собственный характер?

Так и не решив, как правильно отреагировать на заявление Давыдова, она ограничилась улыбкой и напоминанием о том, что завтра ему предстоят индивидуальные беседы с ней самой, а также с психологом и психиатром.

— Сколько вы еще пробудете здесь? — спросил Володя, когда они прощались у проходной.

— Завтра последний день работаем.

— А еще приедете?

— Не знаю. Как руководство решит. Могут сюда отправить, а могут и в другой регион.

— Я понял, — очень серьезно кивнул Володя.

На следующий день, ответив на все вопросы научных сотрудников, осужденный Давыдов достал из кармана четыре выкидных кнопочных ножа с разноцветными наборными ручками и торжественно положил их на стол.

— Вот, это вам сувениры на память, а то вдруг больше не увидимся.

Вера бросила взгляд за окно, мимо которого как раз в этот момент проходил кто-то из офицеров, и быстро накрыла подарки папкой с материалами.

— Ты с ума сошел! — зашипела она. — А если кто-нибудь увидит?

Заметь тот офицер, что осужденный вынимает из кармана ножи, — штрафного изолятора Володе было бы не избежать.

Коллеги ее оказались куда более бесстрашными и тут же кинулись рассматривать красивые «игрушки». «Мальчики! — мысленно вздохнула Вера. — До седых волос мальчики. Ну что с ними сделаешь?»

Давыдов снова полез в карман и вытащил ручное зеркальце с такой же разноцветной ручкой.

— А это персонально вам, Вера Леонидовна.

Такие сувениры, изготавливаемые осужденными, им дарили в каждой колонии, но дарителями обычно выступала администрация. Подарок непосредственно от лица, отбывающего наказание, они получили в первый раз. Все привезенные из поездок ножи, шариковые ручки, брелоки для ключей и прочие мелочи Вера тут же раздаривала другим сотрудникам, друзьям и знакомым. Но сейчас, в эту самую минуту, она точно знала, что ни нож, подаренный Давыдовым, ни зеркальце она никому не отдаст. Пусть лежат дома как память. Память о вполне банальном, но так часто упускаемом из виду факте: каждый человек — загадка, разгадать которую не дано никому.

* * *

На майские праздники Орловы позвали Веру за город.

— Устроим что-то вроде пикника, — говорил Александр Иванович, — еды наберем, винца хорошего, а то и водочки позволим себе на природе, воздухом подышим, расслабимся. Танюшку с собой бери.

— А ее-то зачем? — удивилась Вера. — У нее своя компания, ей с нами скучно.

— Верунь, — Орлов понизил голос, — у нас Борька засбоил, надо его как-то отвлечь.

— В каком смысле «засбоил»?

— С девушкой рассорился, переживает, все вечера дома просиживает. А с Танюшкой он вроде хорошо ладил всегда. Ну, сделай доброе дело, поговори с ней, попроси пожертвовать один день на помощь утопающему, а? Татьяна у тебя девушка трезвомыслящая, уравновешенная, спокойная. Нам с Люсей кажется, что если кто и может поставить Борьке голову на место, так только она. Мы, старшее поколение, для него не существуем, а с ровесниками он сейчас не общается.

— Хорошо, я попробую, — неуверенно ответила Потапова. — Но результат не гарантирую.

Дочь Веры Леонидовны с пониманием отнеслась к тому, что Борьку Орлова, которого она знала с раннего детства, надо спасать. Однако существовала проблема ее кавалера, имевшего на праздничные дни совсем другие планы. Татьяна долго собиралась с мыслями, обдумывая предстоящий разговор с ним, прежде чем снять трубку и набрать номер телефона.

— Если он не хочет проводить праздник без тебя, предложи ему поехать с нами, — посоветовала Вера. — Втроем вам будет веселее.

Наконец Татьяна позвонила, но разговор закончился быстрее, чем она ожидала: молодой человек моментально вспыхнул, разразился упреками, перешел на крик и, в итоге, швырнул трубку со словами:

— И не звони мне!

Татьяна некоторое время растерянно смотрела на аппарат, потом сказала:

— Ну вот, вопрос решился сам собой. Спасение одних утопающих — дело рук других утопающих.

— Ничего, остынет, — уверенно утешала дочь Вера. — Придет в себя и позвонит, вот увидишь.

Татьяна горько усмехнулась.

— Зато будет о чем с Борькой поговорить. Начнем с ним меряться: кому больнее и кто больше переживает. Может, и в самом деле так лучше. А то приехала бы я такая вся из себя веселая, довольная своей личной жизнью, и Борька сказал бы, что я не могу его понять. Теперь не скажет.

Да, Саня Орлов был прав: дочь Веры Потаповой отличалась завидным здравомыслием.

* * *

Поездка за город оказалась на удивление приятной: повезло с погодой, а место, заранее выбранное Орловыми, было необыкновенно красивым, даже несмотря на отсутствие густой зелени: в первых числах мая деревья только-только начали покрываться светло-зеленой дымкой. Приехали на машине Орловых с уговором, что непьющим в этой компании останется Борис, который и сядет за руль на обратном пути.

Всю дорогу от Москвы до места пикника Татьяна Потапова сидела мрачная, на вопросы отвечала односложно, а когда Борис спросил: «Тань, ну ты чего как неродная?» — буркнула в ответ:

— Потом поговорим.

Вера тактический ход дочери оценила по достоинству: дескать, у меня проблемы, которые я не собираюсь обсуждать в присутствии моей мамы и твоих предков, а с тобой, конечно, готова поделиться, но потом, когда никто не будет слышать. Зная Борькин характер, его умение быстро переключаться и постоянную готовность кидаться на помощь всем подряд, можно было гарантировать, что в самом ближайшем времени он из рядов «страдальцев» переместится в когорту «утешителей».

Приехав на место, достали из багажника складные «рыболовные» стульчики — сидеть на земле было пока еще холодновато; быстро собрали походный столик, накрыли клеенкой в цветочек. Люся с Верой принялись раскладывать приготовленные закуски, резать хлеб, колбасу и сыр, а Орлов с сыном и Татьяной занялись костром, в котором предполагалось запекать картошку и завернутую в фольгу рыбу. Решили сначала слегка перекусить, выпить по одной рюмочке и погулять, а к «серьезной» еде приступить попозже. Борька с Таней ухватили по куску хлеба, сделали себе по бутерброду, украсив их сверху половинками маринованных огурчиков, самолично закатанных в банки Люсей еще прошлым летом, и сказали, что пойдут в лес.

— Интересно, кто из них кому голову на место ставить будет, — иронически заметила Вера Потапова, глядя вслед удаляющимся молодым людям.

Людмила Анатольевна с благодарностью посмотрела на нее.

— Спасибо тебе, Веруня, что вытащила Танюшку. Мне кажется, она на Борьку нашего благотворно подействует. Она у тебя такая серьезная девочка, такая разумная, не то что наш балбес. Пару недель назад мне даже пришлось ему скандал закатить за недобросовестное отношение к делу, представляешь?

Орлов подумал, что если сейчас не остановить жену, то придется еще раз слушать историю про дуэль Утина и Жохова и про письмо Герцена Огареву.

— Милая, ты предъявляешь к парню слишком высокие требования, — вмешался Александр Иванович. — Тебе кажется, что он уже взрослый мужчина, а он всего лишь пацан, жизнью не битый. Веруня, расскажи, как твоя наука. Не жалеешь, что ушла со следственной работы?

Вера весело помотала головой.

— Ни одной минуточки. Сожаления — это вообще не моя стихия. На следствии я начала выгорать от однообразия, а здесь все другое: и обстановка, и люди, и сама работа, и знания новые. Правда, теперь стало вообще непонятно, что будет дальше, но хочется надеяться, что особенно заметных перемен не последует. Зависит от того, каким окажется новый начальник Академии.

Вера погрустнела. Неделю назад, в день, когда в Академии МВД проводилось торжественное собрание, посвященное очередной годовщине со дня рождения Ленина, начальник Академии застрелился в своем служебном кабинете. Весь личный состав был уверен, что трагедия связана с недобросовестностью и пристрастностью комплексной проверки, назначенной министерством: один из заместителей министра люто ненавидел генерала и сделал все, чтобы его подставить. Сотрудники Академии своего начальника любили и о его смерти искренне скорбели.

— Один только минус: от бесконечных командировок желудок начал бунтовать, — продолжила Вера Леонидовна. — Едим же что попало и когда бог пошлет. Ну и необходимость написать диссертацию, конечно, давит. Все-таки возраст у меня уже... Через два года полтинник стукнет, поздновато.

— Но материал набрать реально? — поинтересовалась Люся. — Или проблематично?

— Да материала-то навалом, а вот политической воли не хватает, — засмеялась Потапова. — Я уже и кандидатские экзамены сдала осенью, буду подавать рапорт о зачислении соискателем, все-таки дополнительный отпуск для работы над диссертацией полагается.

Они хрустели «фирменными» Люсиными огурчиками, поднимали тосты друг за друга и за детей, Вера Леонидовна рассказывала о наиболее любопытных или ярких личностях, которых ей довелось повстречать во время сбора материала в колониях, а супруги Орловы с удовольствием и искренним интересом слушали ее.

* * *

Борис дожевал последний кусок бутерброда, тщательно вытер пальцы носовым платком и задумчиво посмотрел на Таню Потапову.

— Слушай, Танюха, а тебе не показалось, что вся эта затея с вывозом нас на природу — это такая замаскированная форма сватовства?

Татьяна в изумлении воззрилась на друга детства.

— Да ты что? У тебя девушка есть, у меня парень... И вообще... Как тебе в голову-то такое пришло?

— Ну, со своей девушкой я погавкался, и, судя по всему, всерьез. Короче, бросила она меня. Рылом не вышел.

Татьяна приподняла брови.

— То есть?

— У нас же распределение в начале апреля было, отличников всегда первыми запускают, чтобы они могли выбрать из имеющихся вакансий. Я выбрал то, что хотел: следствие. А она, понимаешь ли, дочка таких родителей, что им в семье простые следователи не нужны. Причем я всегда говорил ей, что хочу быть именно следователем и никем другим, и не в прокуратуре, а в МВД, а она все уговаривала меня взять направление или в Инюрколлегию, или в КГБ, оттуда тоже вроде несколько запросов было. И папочка ее готов был помочь. Ему зять-комитетчик почему-то больше нравится, чем милиционер. Ну, короче, она меня уговаривала, я отшучивался, и ей, видно, показалось, что она меня убедила, а на комиссии я попросился на следствие. Она закатила мне скандал прямо в коридоре, а вечером заявила, что не желает иметь со мной ничего общего.

— Вечером? — переспросила Таня. — Наверное, с родителями провела цикл консультаций, прежде чем объявить тебе о своем решении?

— Похоже, — уныло кивнул Борис. — Вот я и думаю: а зачем мне девушка, которая живет по родительской указке и собственных мозгов не имеет?

— Но ты же с ней встречался... Наверное, жениться хотел, раз разговоры пошли о том, кого ее родители хотят видеть в семье, а кого не хотят. Значит, все было серьезно.

— Было, — вздохнул он. — Да сплыло.

— Коза она винторылая, — решительно вынесла свой вердикт девушка. — И мой кадр не лучше оказался.

— Тоже поссорились?

— Ага.

— Из-за распределения?

Она отрицательно помотала головой.

— Из-за сегодняшней поездки. У него, видите ли, были другие планы на два праздничных дня. Я вот и подумала, что если из-за такой фигни он может на меня наорать и трубку бросить, то зачем мне такой кадр?

— Ух ты! Это, стало быть, мы с тобой оба в расстроенных чувствах? А я подумал, что тебя привезли меня утешать.

— Ага... Меня б кто утешил...

Татьяна огляделась по сторонам и вдруг спросила испуганно:

— А мы не заблудимся? Что-то мы разговором увлеклись, я перестала за ориентирами следить и теперь вообще не понимаю, в какой стороне наши остались.

— Я следил, — успокоил ее Борис. — Не бойся, не потеряемся. Знаешь, какая мысль мне в голову пришла?

— Наверное, о том, как исправить ситуацию, — предположила Таня. — Надо же что-то делать. Или с этой девушкой мириться, или другую искать.

— Не угадала, — улыбнулся Орлов-младший. — Я думаю о том, как использовать в наших с тобой интересах желание предков нас свести.

Татьяна посмотрела на юношу с откровенным сожалением, как на человека, который бредит наяву.

— Да брось, Борь, нет у них таких мыслей. Мама с твоими предками сто лет знакома, они дружат, мы с тобой чуть ли не с пеленок вместе играли. Ну, захотели люди праздник вместе встретить, на природу выехали, что тут такого? Почему обязательно сватовство?

Они шли по узкой тропке и внезапно вышли к небольшой поляне, в середине которой было оставленное кем-то кострище, а рядом с ним —

несколько перевернутых деревянных ящиков, которые, похоже, использовали как сиденья.

— О! — радостно воскликнул Борис. — Суперское место! Давай садись, сейчас план будем разрабатывать.

— Какой план? Что ты несешь?

— План, как нам с тобой пойти на концерт Элтона Джона. Ты ведь знаешь, что он приезжает? Как раз в мае.

— Знаю, — вздохнула Татьяна. — Только шансов — ноль.

Она уселась на один из ящиков. Борис подтащил другой ящик поближе и сел рядом.

— Есть два билета, — сообщил он заговорщическим тоном.

Глаза девушки расширились.

— У кого? У тебя?!

— У предков. Билетов только два. И идти они, сама понимаешь, собираются вдвоем. Я, конечно, попытался выпросить эти билеты, чтобы с девушкой сходить, но они уперлись — и ни в какую. Но я особо не расстраивался.

— Почему? Тебе не интересно Элтона послушать живьем? Не интересно на Рэя Купера посмотреть? Говорят, у него есть такое соло на барабане, когда палочки обмотаны птичьими перьями, во время удара они отрываются и парят в воздухе...

— Само собой, мне интересно! Но когда встал вопрос о билетах, я еще со своей козой не поссорился. У нее родители знаешь какие? Через день билеты уже были. Просто мне хотелось ее пригласить, понимаешь? Чтобы я эти билеты ей принес, а не она мне. Короче, мы с ней должны были идти на концерт. Теперь, как ты понимаешь, она пойдет с кем-то другим. Но суть не в том.

— А в чем? Что-то я никак не догоню идею твоего великого замысла.

— Идея замысла в том, чтобы мои предки сами отдали нам с тобой эти билеты.

Татьяна внимательно посмотрела на Бориса, потом слегка кивнула.

— И ты считаешь, что они отдадут нам билеты на Элтона Джона, если будут думать, что это поможет осуществлению их планов в отношении нас с тобой?

— Ну да.

— Но это сработает только в том случае, если эти планы у предков есть. А их нет, я уверена. Во всяком случае, от своей мамы я никогда не слышала разговоров о том, какой Боря Орлов хороший мальчик и как было бы замечательно, если бы я с ним — с тобой, значит, — подружилась крепко-накрепко, и что Боря Орлов намного лучше моего Витьки. А ты от своих что-нибудь такое слышал про меня?

— Вроде нет... Но идея могла прийти им в голову совсем недавно, когда я со своей козой разбежался. Короче, Танюха, был у них план или нет — вопрос десятый. Главное, что наши с тобой предки друг друга любят и уважают и будут совершенно счастливы, если их дети станут парой. Вот насчет этого я зуб даю.

Татьяна еще немножко подумала, потом снова кивнула.

— Тут я, пожалуй, соглашусь. Было бы странно, если бы это было не так. По идее, они должны обрадоваться. И чтобы подкрепить наши с тобой отношения, могут решить отправить нас на концерт.

— Ага, на радостях.

— А потом, — продолжала она, — отношения не сложатся, не разовьются, мы оба помиримся со своими возлюбленными или еще что-нибудь... Но зато на концерт сходим.

— Так вот именно! Усекла теперь, в чем замысел?

— Да, теперь усекла. То есть мы с тобой весь май изображаем взаимный интерес, а потом, в июне уже, начнутся госэкзамены, мы будем много заниматься, нам станет не до встреч, и к июлю вопрос рассосется сам собой. Да?

— В принципе — да, примерно так. Но можно расширить программу.

— В смысле?

— Отцу постоянно приносят билеты на всякие закрытые просмотры западных фильмов то в Доме журналиста, то в Доме архитектора, то в Доме кино. Он всегда только с мамой ходит, никогда меня не берет. А о том, чтобы отдать мне оба билета, вообще речь идти не может. Это у них принцип такой: не баловать меня и не позволять мне того, чего я собственным трудом не заслужил. Если предки сильно обрадуются нашему с тобой роману, то могут, я думаю, поступиться своими дурацкими принципами. У отца возможностей куча, но он никогда их не использует для меня. Так что если правильно поставить дело, то можно хотя бы несколько месяцев ходить во всякие интересные места. А то, глядишь, и годик протянем, насмотримся всего. Как тебе такая идея?

Глаза Татьяны загорелись, щеки порозовели от возбуждения.

— Ух ты! Классно придумал!

— И еще, если не побоишься, можем выпросить гостиницу в Сочи и махнуть после госов вместе. Ты же к работе с первого августа приступаешь?

— Ну да.

— И я тоже. Июль — наш.

— Погоди, — засомневалась девушка, — а в Сочи жить придется в одном номере?

— Да ты что! — расхохотался Борис. — Нас в один номер никто и не поселит, мы же не женаты, а там паспорт надо показывать. Два одноместных номера. Отец сможет устроить, я уверен. Ну чего, Танюха Потапова, подписываешься на год красивой жизни?

Она снова задумалась.

— А если у тебя или у меня с кем-то... Ну, в смысле, познакомимся, отношения, всякое такое... Тогда как?

— Выкрутимся, — уверенно ответил Борис Орлов. — Главное — ввязаться, а там посмотрим.

* * *

— Люсенька, очень кушать хочется, — жалобно проговорил Александр Иванович. — Давай уже начнем рыбу с картошечкой готовить.

— Надо ребят дождаться, а то мы приготовим, и

к их возвращению все остынет, — строго ответила Людмила Анатольевна.

— А когда они вернутся? — спросил Орлов. — Сколько еще ждать?

— Не знаю. Надеюсь, что скоро.

Вера посмотрела на Орловых с лукавой усмешкой:

— Да, загуляли детки. Небось выясняют, чья трагедия страшнее. Как бы не поссорились.

— Не поссорятся, — успокоила ее Люся. — Наш Борька вообще парень очень мирный, умеет конфликтов избегать, никогда на обострение не идет. А уж в твою Танюшку я верю, она очень рассудительная и предусмотрительная. Саша, вот я слушаю Верочкины рассказы и одного в толк взять не могу: почему наука подступилась к вопросу аномалий психики у преступников только сейчас? Да, я понимаю, следствию это не нужно, но адвокатам и судьям должно быть необходимо! Почему раньше-то не спохватились?

— Ой, милая, вот насчет судей ты явно впадаешь в какие-то иллюзии, — отмахнулся Орлов. — Ничего этого им не нужно, они вообще криминологию не считают наукой и всячески от нее отбрыкиваются. Кстати, интересный пример могу привести. В Ленинграде дело было несколько лет назад. Ситуация простая, как три копейки: новогодняя ночь, жуткий мороз, темень. На стоянке такси одна-единственная машина, и к ней с двух сторон одновременно подходят две группы желающих уехать. Разгорается спор: чья машина? Кто поедет, а кто останется? Один молодой человек взмахивает рукой, в которой зажаты ключи от квартиры. Ключ металлический, в неверном свете фонарей блестит, другому молодому человеку показалось, что это нож. И этот другой достает из кармана уже настоящий нож и бьет им владельца ключей. Наносит тяжкие телесные повреждения. Если бы у первого парня был тоже нож, то мы бы имели в квалификации нанесение телесных повреждений в состоянии необходимой обороны. Нож на нож, все четко. Но у первого были всего лишь ключи... И получилось превышение необходимой обороны, а это срок намного более серьезный. И вот идет судебное заседание. Адвокат подсудимого пытается вразумить суд, доказать, что у его клиента были веские основания достать нож, и произносит роковые слова: «Прошу суд обратить внимание на виктимное поведение потерпевшего». Судья делает ему замечание: мол, следите за речью, товарищ защитник. Адвокат не понял, что такого особенного он сказал, и продолжает: «Советская виктимология дает определение...» И знаете, что происходит дальше?

— Что? — с нетерпением спросили Люся и Вера.

— Судья говорит: «Товарищ защитник, здесь вам не кабак, выбирайте выражения. Еще раз выскажетесь подобным образом — я вас удалю из зала заседания». Вот и весь сказ. То есть в криминологии разрабатывается целое отдельное направление — учение о потерпевшем, виктимология, а суд криминологией не интересуется, слова такого не слышал и считает его нецензурным.

— Какой бред! — возмутилась Люся. — Бред и

свинство! Неужели с аномалиями психики получится так же?

— Милая, как оно получится в будущем — я тебе сказать не берусь, но вот как было в прошлом, пожалуй, расскажу. Еще сто лет назад, в начале восьмидесятых годов прошлого века, великий Спасович вел в суде защиту некоей Островлевой, женщины истеричной и странной. Про таких сегодня говорят «больная на всю голову». Но сумасшедшей в полном смысле слова она не была. И всю свою речь Владимир Данилович построил на обосновании уменьшенной вменяемости подсудимой. Я как-то попытался использовать эти аргументы при подготовке к процессу, даже вставил пару цитат в свою речь, но потом вычеркнул. Спасович говорил о том, что разум подсудимой столь слаб, что его посещают ложные идеи, и когда судьи пытаются добраться до корня зла в деянии, до причин бездеятельности рассудка, до слабости нравственного чувства, они неминуемо наталкиваются не на личную вину и даже не на воспитание, а на уродливый от природы физический организм, расстроенные нервы и превратные от самой природы половые инстинкты.

— А почему вычеркнул? — спросила Вера. — Хорошая же цитата!

— Ну, Веруня, не любят нынешние судьи юристов девятнадцатого века. Впрочем, судя по истории с виктимологией, они и нынешних юристов не особо жалуют. А вот вам более свежий пример: это был уже тысяча девятьсот пятьдесят пятый или пятьдесят шестой год, сейчас точно не вспомню.

Адвокат Островский ведет в суде защиту некоего Тихомирова, который вместе с женой и соседкой убил свою невестку и инсценировал потом самоповешение. Жена Тихомирова и их соседка — две жуткие дамы, а сам подсудимый — тихий безответный человек, которого жена-тиранка совершенно задавила и подчинила своей воле. Мужичок — слабый и трусливый, боящийся в присутствии жены поднять голову, но очень работящий, трудяга такой, на его заработки вся семья жила. А жена только денег и требовала каждый день, больше ей муж ни для чего не был нужен. Кричала на него, оскорбляла, поносила всячески, била и денежки тянула. Невестку, жену сына, эта дамочка сильно невзлюбила и решила ненавистную молодуху убить. А мужу своему тихому велела помогать ей в этом нелегком деле. Еще и соседку привлекла, пообещав ей в качестве вознаграждения какие-то вещички будущей покойницы.

— Я помню речь Островского по этому делу, — оживилась Люся, — я ее читала. Точно-точно, я теперь вспомнила: адвокат говорил про аномалии психики! Экспертиза признала Тихомирова вменяемым, а адвокат поставил вопрос о том, можно ли считать полностью психически здоровым человека, который столько лет терпел подобное обращение со стороны жены и не оказывал никакого сопротивления? Не означает ли подобное поведение каких-то патологических дефектов воли? Там приводилось содержание акта судебно-психиатрического исследования, где сказано, что у Тихомирова имеется какое-то заболевание мозга, при котором отмечается целый ряд психических изменений, в том числе и ярко выраженное слабоволие. Из-за дефекта воли он и не смог оказать сопротивление жене, когда та потребовала от мужа принять участие в убийстве невестки.

— Совершенно верно, — кивнул Александр Иванович. — И в этой речи адвокат Островский произнес замечательные слова: «Разве можно отождествлять понятия «вменяем» и «психически здоров»? Разве между состоянием вменяемости и психической полноценностью не существует градаций? Как мы знаем, их бесчисленное множество». Но должно было пройти двадцать лет, чтобы наука хоть как-то взялась наконец за исследование вопроса.

— И совершенно не факт, что результаты этого исследования будут хоть кем-то хоть когда-то востребованы, — подхватила Вера. — А что суд? Прислушался к адвокату?

— Если бы! Приговорили к расстрелу. Потом, после кассации, первоначально назначенную высшую меру Тихомирову изменили на десять лет лишения свободы, но не потому, что приняли во внимание дефекты его психики, а просто потому, что роль всех троих участников была явно неравноценна, а наказание всем назначили без учета этих различий. Ему смягчили ответственность только в целях дифференциации. И все эти разговоры про научные разработки и достижения нашему суду глубоко до лампочки.

— Это верно, — огорченно вздохнула Люся. — Нашему суду интересно только одно: показатель стабильности приговоров. Если приговор изменяется или, что еще хуже, отменяется вышестоящим судом, это брак в работе нижестоящего суда. За брак следует наказание. Лишение премий, выволочки на начальственных коврах и всякое такое. Поэтому борьба идет не за справедливость приговора, а за его стабильность.

Веру Леонидовну речь адвоката Островского очень заинтересовала, и Люся обещала при первом же удобном случае передать ей книгу, в которой речь приведена полностью. Вера начала было рассказывать еще об одном осужденном, совершенно несправедливо, на ее взгляд, приговоренном к большому сроку лишения свободы за хулиганство, но вдруг остановилась, подняла голову и прислушалась.

— Дети идут.

Орлов и его жена дружно посмотрели в ту сторону, куда ушли Борис и Таня и откуда они, по идее, должны были и появиться, но ничего не увидели.

— Я ж еврейская мама, — усмехнулась Потапова, — я своего ребенка за километр чую.

Она оказалась права: не прошло и минуты, как из леса вышли сын Орловых и дочь Веры. Все тут же начали суетиться и хлопотать вокруг костра. Запекли рыбу и картофель, разлили по граненым стаканам заранее охлажденную в озерной воде водочку.

Пикник удался на славу. Молодые люди явно повеселели, сидели рядышком, над чем-то дружно хохотали, девушка вытаскивала косточки из Борькиной порции рыбы, а тот, в свою очередь, чистил для Тани обжигающе горячую картофелину.

Взрослые то и дело поглядывали на молодежь и обменивались понимающими улыбками, а когда собрались уезжать и складывали вещи в багажник автомобиля, Людмила Анатольевна тихонько шепнула мужу:

— Саня, тебе не кажется, что мы могли бы отдать ребятам билеты на Элтона Джона? Пусть сходят, порадуются.

— Есть смысл, — согласился Александр Иванович. — Похоже, у них срастается.

— Ох, хорошо бы...

1979 год, июль

Среди многочисленных знакомых адвоката Александра Ивановича Орлова встречались люди самых разнообразных профессий, в том числе и работающие в сфере культуры и искусства. Один из таких знакомых, администратор драмтеатра средней руки, пригласил Орлова с супругой на прогон нового спектакля.

— Отчего же только на прогон, а не на премьеру? — удивился Орлов.

— Приходите, не пожалеете, — загадочно ответил по телефону администратор.

Лев Аркадьевич Шилин работал в театре очень давно и обладал удивительным чутьем на будущие решения отдела культуры горкома партии и ЦК. Едва прочитав пьесу, он мог точно предсказать, какие именно реплики нужно подправить, а какие — убрать вовсе, чтобы уже готовый спектакль не зарубили. Более того, он тонко чувствовал даже такие нюансы, которые, казалось бы, не имели никакого отношения к политике, но могли вызвать нежелательную реакцию какого-нибудь члена комиссии, принимающей спектакль. К мнению администратора не всегда прислушивались, но впоследствии каждый раз оказывалось, что он был прав. Тот факт, что он пригласил Орловых на прогон, а не на премьеру, означал, вероятнее всего, что премьера может вообще не состояться.

— У нас новый режиссер, пригласили из Иркутска, — объяснял Лев Аркадьевич, провожая Орловых в ложу, — он там очень успешно поставил «Кремлевские куранты», ажиотаж такой поднялся — будто «Таганка» на гастроли приехала, весь город ломился посмотреть спектакль. Ну, сами понимаете, местные деятели тут же в Центр отчитались, что вот, дескать, у нас в театре пьеса на революционную тематику на ура идет, полный аншлаг, билеты на три месяца вперед распроданы подчистую, и сверху, сами понимаете, команду спустили: такого режиссера нужно в Москву переводить, чтобы на главных сценах страны пьесы про революцию ставил. Вот и перевели. Пока к нам, а если у нас хорошо себя покажет, то и в театр первого разбора попадет.

Пьеса была Орлову не известна, хотя фамилию драматурга он вроде бы слышал. Первые минут пятнадцать он добросовестно смотрел на сцену и слушал текст, а потом словно оглох и отупел: в совсем небольшой, третьего плана роли Орлов увидел актрису, удивительно похожую на его мать. Краем глаза Александр Иванович заметил, что Люся о чем-то оживленно переговаривается с сидящим рядом с ней Шилиным и даже возмущенно взмахивает рукой, но как ни силился — не мог заставить себя расслышать их слова. Перед глазами стояло лицо актрисы, то и дело сменяясь в его воображении лицом матери, и Орлов больше ни на чем не мог сосредоточиться.

После окончания первого действия объявили перерыв на десять минут, Орлова немного отпустило, и он уже мог вникнуть в то, что говорила жена, доказывавшая Льву Аркадьевичу, что в репликах одного из персонажей допущена историческая неточность.

— Это неправильно, те события происходили лет на пять позже, и причины у них были совсем другие, — горячилась Люся. — Просто удивительно, как такое можно было написать! Ведь пьеса наверняка была опубликована, не самиздатовская же она, а это значит, что в издательстве она прошла серьезную редактуру, то есть все исторические реалии и все даты были выверены редакторами. Как же они это пропустили?

— Голубушка моя, Людмила Анатольевна, это вставка нашего режиссера, в авторском варианте текста пьесы этих реплик нет, уверяю вас. А вы точно уверены, что там ошибка?

— Совершенно точно, — твердо ответила Люся. — Я этот период знаю как свои пять пальцев.

— Жаль, жаль, — непритворно огорчился администратор, — по ходу пьесы таких вставок еще несколько, и если при показе на комиссии кто-то заметит неточности, могут придраться. А убирать жалко, они придают пьесе вкус, сами понимаете. Пьеса-то сама по себе слова доброго не стоит, между нами говоря, чистая конъюнктура, а с этими вставочками заиграла, как бриллиант.

— Зачем же вы такую слабую пьесу взяли? — удивилась Люся. — Неужели ничего получше не нашлось?

— Получше — оно в тех театрах, которые получше, — скаламбурил администратор. — Вон во МХАТе Ефремов в этом году Гельмана поставил, «Мы, нижеподписавшиеся», видели, наверное? «Протокол одного заседания» тоже в двух театрах идет, еще и кино сняли. А нам что остается? Стараемся хотя бы новизной зрителя привлечь, ставим малоизвестное. Вот и результат. А тематику соблюсти надо, иначе «там» не поймут, почему у нас репертуарная политика производственные проблемы не уважает.

Шилин давно понял, что с Орловыми можно говорить без опасений. Понял еще с тех времен, когда его сына привлекали за распространение антисоветской литературы. Тогда дело до суда и до вступления адвоката в процесс не дошло, потому что благодаря своевременным советам и консультациям Александра Ивановича удалось убедительно доказать следствию, что ничего антисоветского в этих самиздатовских книгах не было. Ни с кем другим, кроме самых близких, Лев Аркадьевич, конечно, не был бы столь откровенен в оценках.

— Текст можно поправить, — заметила Люся, — будет и исторически верно, и без ущерба для общей идеи.

— Да-да... — рассеянно покивал администратор. — Идею этих вставочек терять жалко, в ней вся соль, но, с другой стороны, именно из-за нее спектакль все равно не выпустят.

— А знаете, можно вывернуться, — ответила Орлова. — Те события, на которые ссылается режиссер, слишком хорошо известны даже членам приемной комиссии. А если попробовать упомянуть события точно такого же плана и смысла, но малоизвестные, забытые сегодня? Я вам хоть десяток примеров приведу, а подтекст поймут только знающие люди. Разумеется, среди зрителей таких знатоков истории будет немного, но сейчас, как я понимаю, стоит главная задача — протащить спектакль через отдел культуры. А потом в нем можно кое-что поменять по ходу, так многие делают, я знаю. Сдают один спектакль, а через пару лет смотришь — он уже совсем другой.

Шилин оживился.

— Это мысль! Это очень хорошая мысль! После прогона я познакомлю вас с режиссером, помогите ему, Людмила Анатольевна, голубушка, а? Ведь жалко губить спектакль, отличная же работа!

Началось второе действие, и Орлов с напряжением ждал, когда снова появится та актриса. Но, к сожалению, ее выход состоялся только в самом конце спектакля, и она пробыла на сцене всего минут пять. Хорошо она играла или плохо, Александр Иванович оценить не мог. Он видел только лицо, походку, мимику и моторику. Он видел свою мать.

И не мог сказать об этом никому. Даже Люсеньке.

* * *

После спектакля администратор Шилин привел Орловых в свой кабинет, включил электрический чайник, принялся хлопотать с заваркой и чашками.

— Сейчас придет Андрей Викторович, наш режиссер, я вас познакомлю, и бог даст — вы вместе что-нибудь сообразите, чтобы спасти спектакль, — приговаривал администратор, выкладывая на блюдечко печенье из пачки.

Почему-то Александр Иванович Орлов был уверен, что режиссер молод и заносчив, как все молодые гении, особенно те, которых вдруг приглашают с периферии в столицу. Однако появившийся минут через пять мужчина был всего лет на десять моложе самого Орлова, которому недавно исполнилось 57. Вместе с ним в кабинет Шилина вошла та самая актриса, внешность которой буквально лишала Орлова способности соображать. Сейчас, в скромном джинсовом платье без рукавов, надетом на тонкую водолазку, с распущенными кудрявыми волосами и умытым лицом, эта женщина, на вид лет тридцати пяти, была еще больше похожа на его мать.

— Прошу знакомиться: наш новый режиссер Андрей Викторович Хвыля, его супруга Алла Горлицына, наша новая, соответственно, актриса. А это известный адвокат Александр Иванович Орлов и его супруга Людмила Анатольевна. Располагайтесь, располагайтесь, — суетился администратор, снимая со стульев какие-то многочисленные папки и журналы. — Я попросил вас, Андрей Викторович, зайти, потому что у Людмилы Анатольевны есть некоторые идеи насчет того, как сделать... м-м-м... определенные реплики более соответствующими исторической правде и более... м-м-м... выверенными, я бы так сказал.

Хвыля мгновенно нахмурился и насторожился.

— Вы из Главлита? — спросил он ледяным голосом. — Или из отдела культуры? В моем спектакле не разглашаются никакие секреты, а сама пьеса прошла все положенные инстанции и неоднократно ставилась в театрах нашей страны.

Главлитом для краткости именовали Государственный комитет по соблюдению государственной тайны в печати.

— Что вы, нет, — рассмеялась Люся. — Я кандидат юридических наук, преподаю гражданский процесс. Диссертацию писала о становлении гражданско-процессуального законодательства в период реформ Александра Второго, очень глубоко влезла в исторические материи, поэтому во время спектакля у меня появились кое-какие идеи. Если вы хотите, я подскажу, как сохранить замысел и при этом избежать придирок. Андрей Викторович, вы поставили замечательный спектакль, и будет жаль, если его не пропустят из-за ерундовых ошибок.

Хвыля мгновенно расцвел широкой улыбкой.

— Вам понравилось?

— Очень! — искренне подтвердила Люся. — И мне, и мужу. И вы, Алла, прекрасно сыграли.

— Ну что вы, — актриса смотрела на Орловых с мягкой иронией, — роль совсем крошечная, там и играть-то нечего. Но за комплимент спасибо.

Александр Иванович наконец сумел взять себя в руки и включился в общий разговор, который очень быстро стал живым и остроумным, словно за чашкой чаю сошлись не только что познакомившиеся люди, а давние добрые друзья. Расстались, договорившись встретиться на следующий день у Орловых.

— К себе пригласить не можем, к сожалению, — развел руками Хвыля. — Живем в общежитии, в одной маленькой комнатке, а у нас ведь еще сын. Втроем ютимся на девяти метрах, так что гостей звать как-то неприлично, их даже усадить некуда.

— Но жилье-то обещают? — участливо спросила Люся. — Хотя бы в перспективе...

— Вот именно: в перспективе, — вмешался администратор. — А для того, чтобы эта перспектива появилась, нужно, чтобы спектакли Андрея Викторовича имели хорошую репутацию, сами понимаете где, и делали хорошую кассу. Ну, и с главным режиссером не ссориться, это уж обязательно.

По пути домой Орлов вел машину молча. Перед глазами по-прежнему стояло лицо Аллы Горлицыной. Люся, наоборот, не умолкала, рассуждая вслух о том, как помочь режиссеру и сделать выражение его главной идеи более безопасным.

— Послушай, — внезапно прервал ее Александр

Иванович, — а эта Алла — она что, и в самом деле хорошая актриса?

— А ты разве сам не видел? — удивилась Люся.

— Да я ничего в этом деле не понимаю. И потом, роль действительно совсем маленькая, ничего толком не разберешь.

Людмила Анатольевна вздохнула.

— Ну, актриса она, положим, очень средненькая, ничего выдающегося. И ее муж это прекрасно понимает, иначе пытался бы протолкнуть ее на главную роль. А вот как человек она мне понравилась. Обаятельная, умная. И потом, она же очень красивая!

При этих словах Люся почему-то расхохоталась.

— Что смешного? — недовольно буркнул Орлов.

— Да вспомнила, как ты на нее таращился, словно на чудо заморское. Даже дар речи потерял на какое-то время. Нет, Санечка, ты не подумай, я ничего не имею против того, что ты умеешь ценить красоту и восхищаться ею. Скажу тебе даже больше: если бы ты не реагировал на красивых женщин, я бы чувствовала себя ущемленной и оскорбленной.

— Почему? — не понял он.

— Ну как же? Если ты не реагируешь на красоту, то может появиться подозрение, что ты ее просто не видишь и не понимаешь. А если видишь, понимаешь и ценишь, умеешь ею наслаждаться и при этом живешь со мной в счастливом браке столько лет, значит, я не хуже, то есть соответствую твоим высоким эстетическим требованиям.

Она снова рассмеялась, звонко и заразительно. Но Орлов, поглощенный своими мыслями, даже не улыбнулся в ответ.

— Ты чего такой угрюмый, Санечка? Устал? Или чувствуешь себя неважно? — заботливо проговорила жена.

— Все нормально, — коротко ответил Орлов. — Ну да, устал немного, чай, не мальчик уже. Ничего, лягу сегодня пораньше, высплюсь, завтра буду как новенький. Ты уже решила, чем будешь гостей потчевать?

— Ну ты спросил! — усмехнулась Людмила Анатольевна. — Разве с нашими магазинами можно что-то планировать заранее? Что выбросят на прилавок — из того и буду колдовать. Мука и дрожжи у меня есть, так что пирог в любом случае испеку, а уж какую начинку класть — это как повезет. Если не достану приличного мяса, значит, сделаю с капустой или с вареньем. Селедочку «под шубой», еще салатик какой-нибудь соображу. В конце концов, Андрей Викторович приедет по делу, за столом некогда будет рассиживаться. А если он и жену с собой привезет, то тебе придется ее развлекать.

— Да-да, конечно, — задумчиво отозвался Александр Иванович.

* * *

Режиссер Хвыля действительно приехал к Орловым вместе с Аллой, которая тут же взялась помогать Люсе накрывать на стол.

— В общаге особо не похозяйствуешь, — пояснила она, ловко нарезая колбасу тоненькими кусочками, — кухня одна на весь этаж, да и места в комнате для нормального стола не хватает, сын уроки на тумбочке делает. А я так скучаю по обычным домашним хлопотам! Хочется и приготовить повкуснее, и подать красиво. Ну, может быть, когда-нибудь... Моя мама была замечательной хозяйкой, у нее стол всегда был накрыт так, что хоть картины пиши. И меня с детства к этому приучала.

Люся мгновенно отреагировала на слово «была» и вопросительно посмотрела на гостью. Та молча кивнула, потом, спустя несколько секунд, добавила:

— Семнадцать лет назад. Онкология.

— Соболезную...

Из включенного на кухне радио доносился искусственно-приподнятый голос диктора, рассказывающий о принятом накануне постановлении ЦК КПСС и Совета Министров СССР «Об улучшении планирования и усилении воздействия хозяйственного механизма на повышение эффективности производства». Людмила Анатольевна, не забывшая свою прежнюю работу в юридическом отделе крупного предприятия, внимательно вслушивалась в пояснения, написанные «доверенными» людьми, и только усмехалась.

— Толку-то от всего этого, — пробормотала она.

— Почему? — не поняла Алла. — Разве борьба с приписками — это плохо?

— Борьба с приписками — это хорошо, только методы они выбрали негодные. Разве можно пытаться искоренить явление в расчете на человеческую лень?

Алла удивленно взглянула на нее.

— На лень? А при чем тут лень?

— Ну как же? Смотрите: теперь вводятся семнадцать основных показателей, по которым нужно будет отчитываться, и те, кто это придумал, надеются на то, что на предприятиях трудно будет преувеличивать все семнадцать показателей и, таким образом, дезинформировать центр. То есть расчет именно на лень, на то, что будет трудно и никто не захочет связываться. А вот нововведение, касающееся нормативно чистой продукции, очень скоро по всем нам так шарахнет, что небо с овчинку покажется. Теперь предприятиям станет выгодно производить только дорогостоящую продукцию, так что из магазинов постепенно исчезнут дешевые товары первой необходимости. Вот увидите, Аллочка, через год-другой вы будете неделями искать иголки, нитки, мыло, детские игрушки. И о чем только люди думают, когда такие постановления принимают!

Несмотря на высказанные накануне опасения хозяйки, стол удался на славу, угощение было вкусным и обильным, но засиживаться не стали. Алла помогла Люсе убрать и вымыть посуду, чтобы освободить место для работы. Людмила Анатольевна с Хвылей устроились в большой комнате, а Орлов принес в комнату Бориса чай для себя и Аллы. Была суббота, чудесный июльский день, и сын уехал за город, на дачу к друзьям.

— У вас уже взрослый мальчик? — спросила Алла, оглядывая комнату. — Сколько ему?

— Двадцать три скоро исполнится. А вашему сколько?

— Тринадцать.

— Хорошо учится?

— Не очень, — она улыбнулась чуть смущенно. — Если честно — то плохо. Пока жили в Иркутске — вроде все было нормально, а как переехали в Москву — так началось. Трудно адаптируется, скучает по старым друзьям, а новыми никак не обзаведется. Но зато очень самостоятельный, привык быть один и обслуживать себя. А ваш как учился?

— Наш Борька учился отлично, — с нескрываемой гордостью сообщил Александр Иванович. — Зато максимум его самостоятельных умений — это налить в чашку уже заваренный кем-то чай. Люсенька нас обоих разбаловала, все по дому успевала и за нами ухаживала, хотя всегда очень много работала.

Алла понимающе покивала головой.

— Завидую. А я вот не умею сочетать одно с другим. Если решала вплотную заняться хозяйством, сразу же страдала работа. И наоборот. Наверное, нужно обладать особым талантом, чтобы равно хорошо делать и то, и другое.

— О, с талантами у моей супруги все в большом порядке! — счастливо рассмеялся Орлов.

Почему-то в присутствии Аллы Горлицыной его охватила необъяснимая радость, хотелось улыбаться, шутить, совершать красивые и добрые поступки. Он с воодушевлением начал рассказывать, как Людмила Анатольевна, работая юристом на предприятии, вдруг увлеклась историей, завела знакомства в архивах, проводила там массу времени, потом поступила в аспирантуру и успешно защитила диссертацию. Алла слушала сначала спокойно, потом в какой-то момент Орлову показалось, что она напряглась и мучительно что-то обдумывает, стараясь одновременно не утратить нить того, о чем он говорит.

— Александр Иванович, вы сказали, что Людмила Анатольевна — свой человек в архивах...

— Да, так и есть, — подтвердил он.

— Как вы думаете, она могла бы мне помочь? Удобно попросить ее об этом?

— Ну, смотря в чем заключается ваша просьба.

— Я ищу однополчан своего отца. Он ушел добровольцем в июле сорок первого и погиб в самом начале войны, мама родила меня уже в эвакуации. Она много рассказывала мне об отце, но от него ничего не осталось, даже фотографии. Мама работала медсестрой в больнице, их эвакуировали спешно, дали только время сбегать домой за самыми необходимыми вещами. Немцы подошли совсем близко, медлить было нельзя. Мама даже похоронку не получила, они ведь были не расписаны. После войны она искала отца, писала в разные инстанции, но получила только один ответ: погиб в октябре сорок первого при боях за Харьков. Когда я выросла — тоже начала посылать запросы, но толку никакого. Либо «санинструктор Штейнберг Михаил Иосифович пал смертью храбрых», это в лучшем случае, либо и вовсе ответа нет. Мне было двадцать лет, когда мама умерла, я еще мало что понимала и не догадалась ее расспросить как следует. С самого детства рядом был Горлицын, ее муж, который, в общем-то, стал мне отцом, и мне было достаточно этого. Какая разница, от кого мама меня родила? Потом я повзрослела и горько пожалела, что не задавала ей вопросов. Мне так хотелось бы узнать об отце побольше. О том, каким он был человеком, как воевал... Может быть, можно найти тех, кто его помнит...

Звук ее голоса то удалялся, то приближался, и Орлов никак не мог зафиксировать внимание на том, что она говорит.

Санинструктор Штейнберг Михаил Иосифович...

Мама — медсестра в больнице. Зоя. Зоя Левит. Но почему Горлицына? Да, был в той больнице доктор Горлицын, тоже вокруг Зои увивался... Да за ней все ухаживали, она была самой красивой сестричкой в отделении хирургии.

Черт! Черт! Черт!

— Штейнберг, — почти беззвучно, одними губами повторил Александр Иванович.

— Да, если бы родители успели пожениться, я носила бы эту фамилию. Но поскольку они были не расписаны, в моем свидетельстве о рождении стоит мамина девичья фамилия, Левит. Потом мама вышла замуж, еще в эвакуации, за доктора из своей же больницы, и поменяла фамилию и себе, и мне.

Если бы родители успели пожениться... Да они и не собирались! Мишке Штейнбергу, заканчивавшему второй курс мединститута и приехавшему домой на несколько дней перед началом сессии, просто очень понравилась сестричка Зоенька, темнокудрая, общительная и веселая девчонка, работавшая в отделении, которым заведовал Мишкин отец, Иосиф Ефимович. У кого-то из врачей был день рождения, собрались, выпили, поднимали тосты и за виновника торжества, и за Михаила Ботвинника, ставшего месяц назад абсолютным чемпионом СССР по шахматам, и, конечно же, за товарища Сталина, ставшего недавно Председателем Совета народных комиссаров СССР вместо Молотова, которого понизили до должности зампреда. Потом начали танцевать под патефон, и Мишка, участвовавший в праздновании на правах сына завотделением, пригласил Зою. Очень скоро они оказались в щедро благоухающем саду, среди еще по-майски свежей, но уже по-летнему густой зелени. Ни о какой свадьбе и речи не было, просто оба были молоды, веселы, слегка пьяны и очень счастливы.

Через день Мишка уехал в Харьков сдавать летнюю сессию. Когда впереди оставался всего один, последний, экзамен, началась война. Больше он Зою Левит не видел.

Так вот почему Алла Горлицына так похожа на его маму...

1941 год

— Дяденька, вас там брат ищет!

— Где? Какой брат?

— Вон там, за углом, — девочка лет семи указала пальчиком в том направлении, где скрывался хвост длинной очереди, состоящей из тех, кто пришел к зданию райисполкома записываться добровольцем на фронт. В очереди толпились в основном молодые парни и мужчины за сорок: в самом начале войны призыву подлежали те, кто родился с 1905 до 1918 года, а ведь восемнадцати-девятнадцатилетние юноши, не говоря уж о сорокалетних отцах семейств, тоже хотели воевать и защищать Родину.

Михаил растерянно оглянулся. Какой брат может его искать? У него три младших брата, все они должны быть в Полтаве, с родителями. Пройдя в конец очереди, он увидел парня в точно такой же футболке, белой с голубым. Парень, черноволосый и кареглазый, был, на первый взгляд, так похож на Михаила, что тот невольно усмехнулся: немудрено, что девчушка приняла их за братьев. Да еще и футболки эти... Впрочем, в таких половина Харькова ходила, они во всех магазинах продавались.

— Из университета есть кто-нибудь? — громко спрашивал парень, медленно идя вдоль очереди. — Кто из университета?

Заметив Михаила, он на секунду умолк, потом поймал его взгляд, рассмеялся и подошел к нему.

— Ты из университета?

— Нет, из мединститута. А что? Своих ищешь?

— Да пытаюсь поближе к началу очереди пробиться, а то видишь, сколько народу... Вот думал, найду кого-то из своих, поближе, может, встану рядом.

— Ну пошли, — кивнул Михаил, — я там уже

близко. А мне девочка какая-то сказала, что меня брат ищет. Это она тебя за моего брата приняла.

Парень снова рассмеялся.

— Наверное, футболки наши ее спутали, да и масть одна — брюнетистая, — он протянул Михаилу руку. — Орлов, Александр, можно просто Саня.

— Штейнберг Михаил, можно просто Миша, — пошутил в ответ студент-медик.

Им, девятнадцатилетним, война еще не казалась страшной. Они были уверены, что как только окажутся на линии фронта и начнут защищать страну с оружием в руках, так сразу враг будет разбит. Стоя в очереди и готовясь записаться добровольцами, они весело болтали, словно собирались на загородную прогулку.

К столу секретаря райисполкома подошли вдвоем. Тот окинул юношей понимающим взглядом.

— Братья, что ли?

Орлов прыснул, а Михаил, не моргнув глазом, кивнул:

— Ага. Двоюродные. Нам бы вместе...

— Вместе так вместе, — равнодушно и устало кивнул секретарь. — Документы давайте. Почему у нас записываетесь, а не в институтах своих? Запись в ополчение проводится по месту работы или учебы.

— Там очередь длиннее, а мы побыстрее хотим, — объяснил Орлов.

— Ну ладно... Разницы никакой нет, — вздохнул секретарь. — Война...

— А когда на фронт? Сегодня? Или завтра? — с жадным нетерпением спросил Михаил.

— На фронт им... — пробурчал секретарь. — Боевой подготовкой сперва займитесь, а то ведь не умеете ничего, оружия в руках не держали. Четыре раза в неделю по два часа будете заниматься, а потом уж на фронт. И как я вас вместе определять буду, если вы из разных институтов? У нас указание: ополченцев группировать по местам работы или учебы, чтоб были из одного вуза, с одного факультета, с одного курса. А вы вон как: один с университета, юрист, другой с мединститута.

— Но мы же братья, — осторожно заметил Миша.

— Какой курс мединститута?

— Второй закончил.

— Значит, можешь быть санинструктором, вот так тебя и определим. Все, парни, вот вам предписания, идите, не задерживайте очередь. Завтра чтоб на боевую подготовку как штык к восьми утра.

Штейнберг уже сделал шаг в сторону, но Орлов задержался у стола:

— А почему так мало боевой подготовки? Восемь часов в неделю — это же несерьезно. Враг двигается в сторону Харькова, бои могут начаться в любой момент, а мы ничего пока не умеем.

— Молчать! — зашипел секретарь. — Не разводить мне тут панические настроения, а то быстро отправлю тебя не на фронт, а гораздо дальше. Добровольцев вон сколько, видишь? Конца очереди не видно, и так в каждом районе на каждом предприятии. Где я вам наберу такое количество военспецов, чтобы были вашими инструкторами?

Военспецы все на фронте уже. Решение ВКП(б) о создании народного ополчения только вчера приняли, ничего еще организовать толком не успели. Идите!

Саша и Михаил вышли на улицу.

— Считай, нам дико повезло, — заметил Орлов. — У нас в университете дали команду всем иногородним возвращаться по месту прописки и ждать призыва. Из студентов в Харькове только местные остались, общага опустела.

— У нас тоже, — подхватил Миша. — Все разъехались домой, кто смог. Но многие уже не смогли, их города немцами заняты.

— Вот я и боялся, что этот мужик, который в ополчение записывает, начнет придираться, что мы не харьковчане, ты из Полтавы, я из Москвы. Но ничего, обошлось. Видно, устал он сильно и сам уже ничего не соображает. Сидит там с утра до ночи, документы смотрит абы как, записывает через пень-колоду, люди-то тысячами идут. Это удачно вышло, что мы с тобой смотримся одинаково, и в самом деле — как братья, мы его внимание на этом сфокусировали, а про остальное он уже и не думал.

Миша с восхищением посмотрел на нового товарища.

— Это что, приемчик такой? — возбужденно спросил он. — Где научился? На юридическом? А еще зн;аешь? Научишь?

— Да я мало чего знаю, — усмехнулся Орлов. — У меня дед криминалистикой серьезно занимался, после него много книг осталось, вот я их почти все и прочитал. А на юридическом мы криминалистику пока не изучали. А ты почему в Полтаву не вернулся-то?

— С родителями ссориться не хочу, — признался Миша. — Мой год когда еще призывать будут, может, вообще до двадцать второго года дело не дойдет, война закончится, а добровольцем они меня не пустят, мать плакать начнет, отец тоже авторитетом давить станет. Да ну их! Так и просижу около материной юбки. А я врага бить хочу. Здесь, в Харькове, добровольческое движение началось задолго до решения партии, как только тридцатого июня по радио объявили, что в Ленинграде начали записываться в ополчение, так тут весь город шумел, все требовали, чтобы начинали ополченцев собирать. Вот я и решил, что если останусь, то у меня шансы хорошие. А ты почему в свою Москву не уехал?

— Ну, у меня все прозаичнее, — Саша обезоруживающе улыбнулся. — Девушка у меня здесь, харьковчанка, однокурсница. Я ведь именно из-за нее и приехал сюда поступать, познакомился в Москве, еще в десятом классе, она со своей школой на экскурсию приезжала. Год почти переписывались, она тоже на юридический поступать хотела, вот я и приехал. — Он замолчал, улыбаясь каким-то своим мыслям, потом тряхнул головой: — Но, в целом, ты верно сообразил, Мишка, народ рвется в ополчение, записываются тысячами, суета, неразбериха, и сейчас можно с любыми документами проскочить. А давай ты ко мне в общагу переедешь? Или хочешь — я к тебе? Все равно на подготовку вместе ходить будем, а в свободное время станем сами заниматься, не дожидаясь милостей от природы.

— Сами? Это как? — не понял Миша.

— Ну как-как? Бегать, отжиматься, подтягиваться, физподготовку совершенствовать. Учебники какие-нибудь по стрелковому делу раздобудем. Короче, будем готовить себя к жизни в боевых условиях. Ты как? За?

— Конечно, я «за»! — горячо поддержал его Штейнберг. — Давай тогда в нашу общагу, это Пушкинская, сто шесть, отсюда недалеко.

* * *

Они поселились вместе и расставались теперь только в свободные от работы вечера, когда Саня Орлов бегал на свидание к своей девушке, но продлилась его романтическая идиллия недолго. В конце июля Харьков начал подвергаться налетам люфтваффе, целями бомбежек избирались железнодорожные узлы, жилые кварталы и склады готовой продукции. Предприятия не трогали, и всем было очевидно, что немцы хотят сохранить производственную базу для себя, а это означало только одно: враг уверен, что в ближайшем будущем займет город и осядет в нем надолго, если не навсегда.

Отец Сашиной девушки, Василий Афанасьевич Горевой, был ведущим инженером на Харьковском комбинате НКВД — предприятии, выпускавшем оптические прицелы для снайперских винтовок и авиационную оптику. Едва начали бомбить жилые кварталы, он немедленно отправил всю семью подальше в тыл, к родственникам, оставил в Харькове только дочь, работавшую у него же на комбинате, а через неделю и ей велел уезжать. Провожать ее Саша Орлов пришел вместе с Мишей: прямо с вокзала им предстояло бежать на занятия по военному делу. Девушка плакала, держала Сашу за руку и обещала писать каждый день. Отец ее, хмурый высокий мужчина с резкими морщинами на лбу, отвел Мишу в сторонку:

— Пойдем покурим. Пусть попрощаются. Тяжело у меня на душе. Когда жену с младшими провожал, так тяжело не было. Словно предчувствие какое-то, что ли...

На следующий день стало известно, что поезд, в котором уехала девушка Сани Орлова, полностью разбомбили. Среди погибших была и дочь Василия Афанасьевича Горевого.

С этого дня Александр Орлов и Михаил Штейнберг не расставались ни на минуту. У каждого из них были в Харькове друзья и приятели, некоторые из них тоже записались в ополчение и ходили на боевую подготовку, но в другое время и к другим инструкторам. Как-то так сразу сложилось, что юноши потянулись друг к другу: у них была общая цель, они жили в одной комнате и существовали по жесткому графику, составленному Орловым. Первоначально в висевшем на стене расписании вечерние часы были обозначены как «личная жизнь». Потом, спустя несколько дней после гибели пассажиров уходившего на восток поезда, Саня своей рукой зачеркнул эту строчку и сверху написал: «самообразование».

Работали ребята посменно, на том самом комбинате НКВД, где служил Василий Горевой. Орлов единственный раз воспользовался своим знакомством с ведущим инженером, когда попросил отправить их с Михаилом в один цех и ставить в одну смену. Горевой пошел им навстречу, и все устроилось.

В подвале общаги ребята обнаружили аккуратно перевязанные бечевкой подборки журнала «Крокодил», притащили к себе в комнату и читали вслух, когда ни на что другое сил уже не оставалось. Особенно веселило их «крокодильское» высмеивание повсеместно распространившейся моды на сокращение словосочетаний и всяческие аббревиатуры. Миша вскакивал на кровать и, держа перед глазами журнал, размахивал свободной рукой и выразительно декламировал:

> Как и я, читатель, полюби ты
> Чудных слов густой дремучий лес.
> Наши ОБЛДОРТРАНСЫ и ОБМИТЫ,
> ОБЛОТДЕЛ СОЮЗА СТС!
> Слов у нас имеется немало,
> Птицами слетают с языка.
> Как не полюбить ХИМПАТКРАХМАЛА,
> Как не полюбить ОДСК!
> Необъятен перечень подробный,
> И к словам у каждого свой вкус,
> Мне ж всего милее бесподобный
> РАЙЖИВОТНОВОДКОЛХОЗСОЮЗ!

Саня держался за живот от смеха, потом хватал другой журнал и читал вслух, не вставая с койки:

> На вывесках стояло: ХМУ,
> МОСТОРГ, ЭПО, отдел СЕЛЬПРОМА,
> ЦЕКОМПРАВГУТ — типун ему!
> ГОССТРАХ (такое незнакомо?)
> И ЧЕКВАЛАП, МОГУСКУСПРОМ...
> Не беленой ли все объелись?
> Шутник какой-то топором
> Слов нарубил. Такой погром
> Пошел по городу лететь,
> Что любо-дорого глядеть!

Стихи, рассказы, фельетоны, шаржи и карикатуры — их веселило все, потому что было им по девятнадцать лет, а в этом возрасте человеку инстинктивно хочется радоваться и быть счастливым. Даже если идет война.

Помимо чтения старых выпусков «Крокодила» друзья рассказывали друг другу о том, что знали или читали. Началось все с брошенного вскользь замечания Сани Орлова о том, что если бы до революции существовала такая замечательная оптика, как та, которую сейчас изготавливают на их комбинате, то многие преступления удалось бы раскрыть намного быстрее. И даже вообще «раскрыть», а то ведь они так и остались нераскрытыми.

— При царизме не раскрывали только те преступления, которые раскрывать было невыгодно, — уверенно заявил Миша. — Если рабочий или кто из бедноты виноват — так раскрывали сразу, это уж ты мне поверь, а если виновный из богатеев, так старались замылить вопрос. Это же ясно! И оптика тут ни при чем.

Саня горячо вступился за следователей и криминалистов прошедших времен и принялся пересказывать все то, что прочитал в статьях своего деда Александра Игнатьевича Раевского, посвященных анализу нераскрытых преступлений. Миша слушал с огромным интересом, потом вспомнил папку, которую ему показывала бабушка: в папке лежали рукописные материалы, подготовленные одним полтавским журналистом в ходе слушаний по делу братьев Скитских. Откуда эта папка взялась и как оказалась у бабушки, Миша спросить не догадался, а бабушка ничего внуку не объяснила, только улыбнулась загадочно и сказала, что сама ходила на судебные слушания, когда они проводились в Полтаве.

— Бабушка тогда говорила, что если бы людей судили так, как положено по Талмуду, то такого не случилось бы. Судьи Сангедрина должны были обладать широким кругозором, быть мудрецами. Стать судьей мог только человек, достигший среднего возраста, то есть имеющий достаточный жизненный опыт. У Сангедрина не было ошибочных приговоров, — добавил Миша в заключение.

— У кого у кого? — переспросил недоуменно Орлов.

— Сангедрин. Иудейский суд. Его еще иногда называют «синедрион».

Саня покачал головой.

— Не слышал о таком. Что за штуковина такая?

Пришлось пересказать то, что осталось в памяти от разговоров с бабушкой и дедом. Дед прошел обычный путь образования, начал его в иешиве и закончил в реальном училище, Тору знал хорошо и готов был часами обучать внуков, рожденных уже при безбожии советской власти и предпочитавших черпать науку в школьных учебниках и на уроках, а не от «старорежимного» деда.

— Ты только представь, Саня: судьи Сангедрина обязаны были знать все семьдесят языков, на которых разговаривали в то время люди на нашей планете.

— Для чего? Переводчиков нет, что ли?

— Ты не понимаешь, — Миша с досадой махнул рукой. — Переводчик тоже человек, он может ошибиться, а может получить взятку и дать заведомо неправильный перевод в чьих-нибудь интересах. Поэтому для правосудности приговора важно, чтобы судья сам, своими ушами услышал то, что говорит свидетель. Это называется «непосредственность восприятия доказательств».

— Ничего себе, — присвистнул Саня. — И что, все судьи знали по семьдесят языков? Это ж какие мозги надо было иметь, чтобы столько выучить!

— Ну, там споры шли многолетние, всем судьям надо их знать или можно только некоторым. В общем, в конце концов сошлись на том, что среди судей Сангедрина всегда должно быть как минимум двое, знающих какой-либо из семидесяти языков. И еще знаешь, я одну штуку вспомнил сейчас... Даже не знаю, как сказать. Я же во все эти приемчики не верю...

— Говори-говори, — подбодрил друга Орлов. — Интересно же! Я столько книг в дедовой библиотеке перечитал, а ни в одной из них про это не написано почему-то.

— В общем, судьи Сангедрина должны быть знакомы с приемами магии, — выпалил Миша, собравшись с духом.

— Магии? — озадаченно переспросил Орлов. — Я не понял, что ты имеешь в виду. При чем тут магия-то? Фокусы, что ли, показывать, как в цирке?

— Да нет же...

Миша Штейнберг уже и сам не рад был, что завел разговор на эту тему. Сейчас Саня его высмеет и будет считать буржуазным мракобесом.

— Я ж говорю: я сам в это не верю. Но древние иудеи верили, что есть люди, которые обладают сверхъестественными способностями. И если такого человека привести на суд, он может смотреть на свидетеля и внушать ему без слов, какие показания давать. Так вот судьи Сангедрина должны были уметь распознавать таких колдунов и нейтрализовывать их воздействие. В общем, это я к тому говорю, что к отбору судей предъявлялись очень высокие требования, чтобы обеспечить справедливый приговор.

Но Саня Орлов не смеялся. Наоборот, стал вдруг серьезным и сказал:

— Мне нужно подумать. Все это очень интересно. А ты много еще знаешь про этот... как его? Сан... Саг...

— Сангедрин. Ну, так, помню кое-что.

— Еще расскажешь? Не сейчас, потом, когда я обдумаю то, что ты сегодня говорил.

— Конечно! — обрадованно воскликнул Миша. — Если тебе интересно, то я с удовольствием. Только я мало что помню.

— Это ничего. Расскажешь, сколько вспомнишь. Я обдумаю пока, а после войны обойду все библиотеки и найду первоисточники. Эх, жалко, что ты не на юридическом учишься! А то смотри, Мишка, после войны переводись к нам, будем вместе учиться, досдашь некоторые дисциплины и сразу на третий курс, вместе со мной. А?

Миша отрицательно покачал головой.

— Да нет уж, я врачом хочу быть, хирургом, как отец.

— Ну, смотри, дело хозяйское. А я после войны в Москву вернусь, буду в МГУ переводиться и восстанавливаться. Чего мне теперь в Харькове делать?

Саня запнулся и быстро отвернулся, чтобы скрыть внезапно выступившие слезы. Миша деликатно сделал вид, что ничего не заметил.

Дни летели быстро, наполненные работой на комбинате, ежедневной физподготовкой, изучением раздобытого невесть где старого учебника по стрелковому делу, занятиями в школе молодого бойца и разговорами вперемежку с чтением «Крокодила». Ребятам не терпелось попасть на передовую. И понятие «после войны» было в те дни для них совершенно реальным, ощутимым. Они ни минуты не сомневались в том, что «после войны» наступит уже очень скоро, победно завершившись полным разгромом врага. И боялись, что не успеют повоевать.

* * *

Их уверенность не поколебалась даже в августе, когда город стали наводнять беженцы и раненые и начались перебои с продовольствием. После 20 июля немецкие самолеты летали над Харьковом совершенно безнаказанно, их даже не пытались подбить, а на удивленные расспросы Орлова и Штейнберга инженер Горевой отвечал, что пока немцы не бомбят — нет смысла тратить боеприпасы зенитчиков. Объяснение казалось разумным и успокаивало. Но потом начались бомбежки, а наши орудия по-прежнему молчали. До 14 августа — ни одного сбитого немецкого самолета. Да и тот бомбардировщик, который удалось сбить над Новой Баварией и который рухнул на землю в районе Люботина, так и остался единственным. После этого немцы перешли к ночным бомбардировкам, еще более разрушительным и жестоким.

То и дело слышались разговоры, мол, как же так, товарищ Сталин обещал, что если война и будет идти, то только на территории противника, и на каждый пушечный залп врага мы ответим шестью залпами, потому что боевая мощь Красной армии многократно выше, и почему же теперь все так происходит, если мы старались изо всех сил, работали, не жалея себя, делали все, как велела партия...

— Молчи, — каждый раз предупреждал Миша Штейнберг своего друга, то и дело порывавшегося вступить в дискуссию и что-то объяснить малознакомым людям. — Не болтай ни с кем, иначе отправят укрепрайон строить на Орель, и не видать нам защиты Харькова как своих ушей, так и сгинем в землекопах.

Опасения были не напрасными: для строительства укрепрайона по границе Харьковской, Днепропетровской и Полтавской областей массово отправлялись харьковчане, больше 60 тысяч человек.

18 сентября немецкие войска заняли Полтаву, а через месяц, 19 октября, на рубеж реки Лопань был выдвинут 1-й батальон Харьковского полка народного ополчения, находившийся до этого в резерве начальника гарнизона. Задача была поставлена: занять оборону на Втором участке Центрального района, прочно прикрыв Полтавское шоссе. Следующие пять дней прошли в боях за Харьков, и были эти дни страшными, смутными и больше похожими на хаос, чем на ту войну, попасть на которую так стремились мальчишки.

Подавляющее большинство ополченцев в армии не служили, опыта участия в боевых действиях не имели, ни о какой слаженности действий не могло быть и речи. Из оружия у ополченцев были только винтовки. Не было ни одного пулемета, ни одного автомата, не было даже гранат. Надо ли удивляться тому, что началось массовое дезертирство... Люди готовы были защищать Родину с оружием в руках, но вовсе не готовы были делать из себя пушечное мясо. Все тактические решения принимались в состоянии паники, были плохо продуманными, неподготовленными и так же бестолково и неумело исполнялись.

Санинструктору Штейнбергу казалось, что каждая секунда навечно запечатлена в его памяти, но через пять суток, когда немцы прорвали оборону и ворвались в город, Михаил вдруг увидел, что находится в лесу, и осознал, что не помнит ничего. И ничего не понимает. Как он здесь оказался? Почему? Он отчетливо помнил, что Саня Орлов упал. Помнил, что побежал к нему, потом пополз, тащил друга куда-то в лес, где надежнее было бы укрыться от грохочущих выстрелов. Помнил, как осматривал рану и прикидывал, чем и как можно помочь раненому. Но как же так вышло, что они вдвоем оказались здесь? Этого Миша Штейнберг не помнил совершенно. Из их взвода погибли все, остались только они с Орловым. Но почему они в лесу, а не в городе?

— Что, друг Мишка, попали мы с тобой? — послышался голос Орлова. — Ты хоть понимаешь, что мы теперь у немцев?

— Если честно, не понимаю, — признался Михаил. — Как мы вообще сюда попали?

— Наш взвод послали совершить отвлекающий маневр, мы должны были пробраться в тыл врага и изобразить присутствие целого подразделения. Вот, изобразили... Из наших кто-нибудь еще жив?

— Никого. Только мы с тобой. Слушай, а почему я ничего не помню? Первый день хорошо помню, второй, бои на Червонобаварке помню, а про отвлекающий маневр не помню.

— Да помнишь ты все, просто шок у тебя. Вот успокоишься чуть-чуть и все вспомнишь, каждую подробность. Ты мне скажи лучше: у меня рана опасная?

Михаил внимательно осмотрел рану еще раз. Слепое ранение живота. Кишечного содержимого в ране не видно, есть надежда, что внутренние органы не повреждены и все обойдется. Эх, было бы это ранение штыковым или ножевым, можно было бы зашить, благо в сумке санинструктора есть и суровые нитки, и портняжные иголки. Но ранение осколочное, его шить нельзя. А что можно? Что вообще можно предпринять со скудным набором медикаментов и перевязочных средств? Промыть рану и перевязать, больше ничего.

— Будет больно, — предупредил он Орлова. — Потерпишь?

— Валяй.

Михаил достал из сумки йод и индивидуальный перевязочный пакет, подумал и на всякий случай приготовил нашатырь. Произвел все возможные манипуляции, аккуратно наложил повязку. Он понимал, что дело не в самой ране, а в повреждениях внутренних органов брюшной полости. Если задеты печень, селезенка или крупные сосуды, то Саня Орлов умрет от кровотечения в ближайшие же часы. Если пострадали кишки или желудок, то это риск перитонита. По-хорошему, раненому сейчас нужна неподвижность, чтобы застрявший внутри осколок не причинял дополнительных повреждений. Но если не добраться до медицинского пункта, то все равно верная смерть. Конечно, Михаил может тащить друга, соорудив волок из лапника и веток, но с такой скоростью он Саню до квалифицированной помощи просто не дотянет. Счет времени идет на часы. А вдруг наши где-то совсем близко? Вдруг они уже сегодня смогут дойти до медпункта? В этом случае те повреждения, которые нанесет осколок при ходьбе, могут оказаться не фатальными. Но могут нанести и непоправимый вред. Тут как повезет.

— Сань, идти сможешь?

Орлов осторожно поднялся на ноги и медленно сделал несколько шагов.

— Кажется, смогу. Если не очень быстро. Бежать — это я, конечно, не потяну, а так если, потихонечку...

— Нам нужно добраться до медпункта, тебе необходима операция, иначе все может обернуться очень плохо. И варианта у нас с тобой только два: или мы пытаемся выйти к нашим, или ты остаешься здесь, а я иду на разведку, нахожу наших и возвращаюсь с транспортом.

Орлов слабо улыбнулся.

— Ну, ты же вроде как врач, тебе и решать.

— Я не врач, я пока никто, но как сын хирурга знаю: если ты пойдешь со мной, осколок может наносить дополнительные повреждения, а это нехорошо. Но если я оставлю тебя здесь, это может обернуться тем, что мы потеряем время. Я могу тебя тащить, сил хватит, но это тоже значительная потеря времени. И то, и другое плохо.

— Я пойду, — решительно сказал Орлов.

Саня Орлов шел медленно, но довольно уверенно, и Миша обрадовался, что все, кажется, нормально. Пусть потихонечку, но они доберутся до расположения советских войск, Саню отправят в госпиталь, он поправится...

С наступлением темноты пришлось остановиться. Наломали веток, соорудили что-то похожее на шалаш, чтобы защититься от холодного октябрьского дождя. Ночью Миша почти не спал, тревожно прислушиваясь к дыханию товарища и то и дело проверяя его пульс. Если еще вечером в Мише жили какие-то надежды, то к рассвету их почти не осталось. И еще за ночь прошел шок, и он вспомнил, как их перебрасывали в лес, в тыл к немцам. Только вывести из окружения забыли.

Утром Саня Орлов идти никуда уже не мог. И студент-медик Штейнберг, прошедший хорошую школу у отца-хирурга, понимал, что если в течение суток не оказать раненому квалифицированную помощь, он не выживет. Ни при каких обстоятельствах.

Но где они? И где наши части? Может быть, они совсем близко и есть возможность быстро добежать до них и попросить сантранспорт?

— Саня, если я отлучусь часа на два-три, ты побудешь один? Хочу на разведку сходить.

— Конечно, иди, — слабо улыбнулся Орлов. — Что я, маленький? Куда я денусь? Ты, главное, сам не заблудись, метки ставь, помнишь, я тебя учил?

Миша побежал через лес, мысленно благодаря Орлова за то, что тот настоял на упорных занятиях физкультурой: вот когда пригодилось умение бегать на длинные дистанции по пересеченной местности! О зарубках и метках он тоже не забывал. Ещё в школьные годы Михаил много времени проводил в походах с одноклассниками по лесу: походы эти никакого удовольствия не доставляли, но от коллектива отрываться было нельзя, зато сейчас приобретенные навыки оказались как нельзя кстати.

Часа через два с половиной деревья стали редеть, впереди показалась деревня, Миша остановился и стал наблюдать. Минут через пять стало понятно, что деревня занята немцами.

Он двинулся в обратный путь. Орлов спал, лежа на боку и подтянув ноги к животу. Михаил присел рядом на землю, пощупал пульс, внимательно всмотрелся в лицо, оценивая цвет и влажность кожных покровов. Все плохо. Еще немного — и у Сани начнутся сильные боли, а чем их снимать, если в распоряжении санинструктора из препаратов только эфирно-валериановые капли, таблетки с опием, таблетки с кодеином и аспирин? Таблеток с опием хватит на сутки, максимум — на двое, а потом что?

Миша достал из сумки термометр, сунул Орлову под мышку. Тот проснулся, но не пошевелился, лишь открыл глаза.

— Ну что там? Нашел наших? — тихо спросил он.

— Не нашел. Немцев нашел. Километров пятнадцать отсюда.

— Ясно. А со мной что? Ты же должен знать, ты ведь доктор. Когда я смогу идти?

— Да какой я доктор, ты что? — Миша постарался улыбнуться. — Так, недоучка, кое-чего по верхам нахватался. Побудем с тобой здесь, пока тебе не станет полегче, потом снова пойдем. Пока сидим — как раз и порешаем, в какую сторону идти: в сторону этой деревни, чтобы попытаться ночью ее обойти, или в обратную сторону двигаться.

— Так когда я смогу идти? — настойчиво спросил Орлов. — Ты можешь точно сказать?

— Знаешь, мой отец всегда говорил, что в медицине ничего нельзя знать точно. После одних и тех же операций люди одинакового возраста и одинакового состояния здоровья поправляются по-разному: одни уже на третий день выходят во двор подымить и сестричкам глазки строят, а другие по два-три месяца лежат без улучшений.

— А с такими ранениями, как у меня? Выживают? Поправляются?

— Конечно, — заверил друга санинструктор Штейнберг. — И вообще, мой отец говорил, что врачи — это единственные атеисты, которые верят в чудеса, потому что они эти чудеса своими глазами видят. Болит сильно?

— Сильно.

— Таблетку дать?

— А она поможет?

— Поможет, но ненадолго. Часов на пять-шесть.

— Тогда не надо пока, я еще могу терпеть. Ты расскажи мне что-нибудь, — попросил Орлов. — Поговори со мной, может, от боли отвлекусь. А то в тишине она меня совсем накрывает. И пить хочется. Знаешь, сам удивляюсь: жрать почему-то не хочется совсем, а вот водички бы...

— Тебе нельзя с таким ранением, — строго проговорил Михаил.

— Да я понимаю... Просто так сказал.

— Потерпи, Саня, завтра должно стать полегче.

Он лгал. Он точно знал, что завтра полегче не станет. И решил про себя, что если не произойдет того самого чуда, о котором неоднократно рассказывал отец, он с завтрашнего дня начнет давать Орлову пить. Понемножку, по одному глоточку. Саня все равно умрет, так зачем ему еще и от жажды мучиться?

Вытащил термометр, посмотрел: температура высокая. Орлов тревожными глазами наблюдал за товарищем.

— Ну, чего там?

— Все нормально, температура такая, какая и должна быть в твоем состоянии. Что ж тебе рассказать такое завлекательное?

Михаил постарался сделать голос веселым и уверенно-бодрым.

— Про Сангедрин расскажи.

— Неужели тебе не надоело? Я уже столько про него рассказывал!

— А ты еще раз расскажи. Вот увидишь: начнешь рассказывать — и обязательно что-нибудь еще вспомнишь, о чем раньше не говорил.

— Откуда ты знаешь, что вспомню?

— Законы психологии. Я у деда в книгах прочитал, там много про тактику допроса свидетелей написано, в том числе и про то, как помочь человеку вспоминать, если ему кажется, что он все уже забыл. Ты рассказывай, не увиливай.

Голос Сани постепенно слабел, было видно, что говорить ему трудно. Михаил вспомнил рассказы отца, даже как будто голос его услышал: «Две фазы шока, по Пирогову: эректильная и торпидная. В первой фазе человек возбужден и активен, во второй — лежит тихонечко и ничего не просит». Значит, вчера у Сани была эректильная фаза, он мог самостоятельно идти, и это обмануло Штейнберга, вселило ложную надежду. Если бы он вовремя вспомнил об этих фазах «по Пирогову», то, наверное, настоял бы на том, чтобы раненый лежал спокойно. Но он не вспомнил и не настоял. И как знать, не нанес ли этим вред своему другу...

Надо вспомнить что-нибудь интересное, чтобы отвлекать Саню от болей и от тяжелых мыслей. На ум пришел вопрос о трех днях. Вопрос этот долго не давал покоя маленькому Мише Штейнбергу, а внятного ответа он от деда так и не добился. Вернее, дед давал много пояснений, но все они оказывались для мальчика слишком сложными и непонятными.

— Вот в Талмуде записан такой закон, — начал Михаил, — по которому человек не может давать свидетельские показания против того, кого он ненавидит. А как определить, что один человек ненавидит другого?

— И как же? — спросил Орлов. — Вообще-то если люди друг друга ненавидят, об этом обычно все кругом знают. Значит, надо у других спросить. У соседей, у родственников.

— А вот и нет! В Талмуде есть точное определение: если один человек разозлился на другого и не разговаривал с ним три дня или больше, значит, не может быть свидетелем против него. Вот я к этим трем дням прицепился, все хотел получше понять, почему минимум установили именно в три дня, а не два, не пять, не десять.

— И как? Понял?

— Не все, конечно. Сложно было для детского умишка. Ну, вот как сумел понять, так и тебе перескажу. Но не поручусь, что правильно... У числа «три» есть несколько смыслов.

— Подумать только, — слабо усмехнулся Орлов и тут же скривился от боли. — Я-то, дурак, думал, что смысл только один. «Трояк» в зачетке — остаешься без степухи.

— Три — это середина между двумя противоположностями. Всегда есть две крайности, у всего. А крайности — это плохо, неправильно. И вот третья степень каждого качества их примиряет, соединяет. Ну, что-то типа золотой середины. Например, «холодно» и «горячо» — это две крайние точки, а третья точка — «тепло», понимаешь?

— Вроде да. Получается, что слишком холодно — плохо, можно замерзнуть, слишком горячо — тоже плохо, можно обжечься, а посередине — тепло, оно приятное и полезное. Так?

— Правильно, — кивнул Штейнберг. — Если бы не было тепла, не было третьей точки, то можно было бы подумать, что все плохо. А так начинаешь понимать, что и в холоде, и в жаре есть польза. Поэтому число «три» называют числом истины.

Орлов молчал, глядя в сторону, но по его лицу Миша понимал, что друг задумался, осмысливая услышанное. За время, которое они провели вместе, Миша уже изучил эту его привычку: тщательно обдумывать новую информацию, прежде чем переходить к восприятию следующей порции знаний.

Наконец Орлов перевел глаза на Михаила.

— Улеглось в голове. Давай дальше. Ты говорил, там несколько смыслов?

— Теперь время, — продолжил Михаил. — Время делится на три части: прошлое, настоящее и будущее. И вот в физическом смысле настоящее — оно самое неуловимое, потому что постоянно течет, меняется, вот в эту самую секунду оно уже не то, что было секунду назад, понимаешь?

— Ну да, примерно. И что?

— А то, что «настоящее» является связующим звеном между прошлым и будущим. Оно подвижное, как шестеренка, и каждую секунду настоящее превращается в прошлое, а будущее — в настоящее. Короче, я сам это пока не очень понимаю, но запомнил, как дедушка объяснял. Он говорил, что второй смысл числа три — «связь», «соединение».

К удивлению Михаила, эту часть Орлов даже обдумывать не стал.

— Здесь все понятно, — проговорил он. — А еще какие смыслы?

— Еще, согласно иудейскому закону, если что-то происходит три раза, оно может считаться постоянным. То есть нет... Я неправильно объясняю... Не постоянным, а присущим этому миру. Закономерным, что ли. Точно установленным. В общем, если мы что-то сделали три раза, то можно считать, что мы сами крепко-накрепко уже связаны с этим фактом, а сам факт — накрепко связан с окружающим миром; вошел в него, стал его частью.

— То есть если человек два раза обманул или предал, то он еще может исправиться, а если три — то хана, лжец и предатель на всю оставшуюся жизнь? — уточнил Орлов.

— Да, что-то в этом роде. И еще один смысл есть. Число «три» придает действию силу. У иудеев для этого даже специальное слово есть: хазака.

— И что оно означает?

— Сильная. Три раза сделано или случилось — значит, хазака. Сделал три раза — считай, что все получится. Три повторения, понимаешь? Вот мы, например, при встрече по три раза друг друга целуем. А те, кто в церковь ходит и в Бога верит, они же крестятся три раза. Если иудей хочет посещать синагогу, он должен три раза попросить у раввина разрешение. Раввин первые два раза должен отказать и только в третий раз впустит. Это как бы подтверждает, что у человека действительно сильное намерение ходить в эту синагогу, понимаешь? Он не отступился, не обиделся, не передумал. Не зря же в спорте, в той же гимнастике или в прыжках в воду, дают три попытки. Да самый простой пример: вот ты пришел к кому-то, звонка нет, ты в дверь стучишь. Сколько раз?

Орлов задумался на мгновение, потом губы дрогнули в подобии улыбки:

— А ведь и правда... Три раза стучим. Никогда не обращал внимания...

— Ну, там еще правила есть, но они религиозные больше. Относятся к тому, как читать Тору.

Минимальное количество чтецов — трое. И каждый из них должен прочесть не меньше трех стихов.

— Ага. И ревтройки по этому же принципу создавали, — усмехнулся Саня. — Три человека могли запросто решить, жить тебе или умереть. Вот про деда моего именно так и решили. Ревтройка приговорила, человека расстреляли, а через несколько месяцев оказалось, что ошибка вышла и он ни в чем не виноват. Интересно, что сказал бы на это твой Сангедрин.

— Между прочим, для Сангедрина такое вообще было невозможно. Малый Сангедрин состоял из двадцати трех судей, а полный Сангедрин — из семидесяти одного.

Веки Орлова приподнялись, глаза удивленно блеснули.

— Не брешешь?

— Нет, все точно. Я хорошо запомнил, потому что тоже удивился, когда дед сказал.

— А зачем так много-то?

— Наверное, чтобы не получилось, как с твоим дедом. Мне объяснили, что все люди очень разные, и чем их больше, тем меньше вероятность, что что-то ускользнет от их внимания, останется незамеченным. Если, допустим, есть какая-то вещь определенного цвета и на нее посмотрят три человека, то все трое могут сказать, что она зеленая. А свидетель или обвиняемый утверждает, что она была серая. Трое судей смотрят на нее и приходят к выводу, что раз они видят перед собой зеленую вещь, а свидетель или обвиняемый говорит о серой, значит, либо это вообще не та вещь, либо тот, кто дает показания в суде, лжесвидетельствует перед судом.

— Ну? Вещь не та. И дальше что?

— Если на нее посмотрят двадцать человек, то обязательно найдется тот, кому она тоже покажется серой. Потому что есть особенности восприятия, просто они встречаются не часто. Среди трех человек их можно не встретить. А среди двадцати — шансы выше. А уж среди семидесяти — почти наверняка они попадутся. И тогда всем станет понятно, что человек не лжесвидетель. Ну, это такой простой пример, мне его дед приводил, чтобы я понял. Самое интересное во всем этом знаешь что?

— Что? — спросил Орлов почти шепотом, и Миша понял, что другу становится все хуже.

— Смертный приговор можно было выносить только полным составом суда. И этот приговор считался недействительным, если выносился единогласно.

— Как это? Наоборот же должно быть: если единогласно, значит, все считают это правильным и ни у кого нет никаких сомнений. Почему же приговор недействителен? Ты что-то путаешь, Мишаня.

— В том-то и дело, что не путаю! Все люди разные. Семьдесят один человек — это очень много. Они все не могут думать и чувствовать одинаково, они не могут одинаково оценивать одни и те же факты и обстоятельства. Мнения обязательно должны расходиться. Это нормально. А если они не разошлись, значит, либо судьи отнеслись к делу невнимательно, ни во что не вникали и не захотели думать, либо их заставили вынести такой приговор. Ну, угрозами там, или подкупом, или политическими соображениями. При честном судействе среди семидесяти одного человека не может быть единогласия.

— Подожди, я подумаю.

Саня снова закрыл глаза, и Михаилу показалось, что тот заснул. «Хорошо. Пусть поспит», — подумал Штейнберг. Он вытянулся рядом, накрывшись наломанными ветками: обе телогрейки — и его, и Санина — были отданы раненому. На дереве с ветки на ветку перелетала птичка, и Миша следил за ней глазами. Вот птичка сидит здесь — и через секунду она уже на другой ветке. Положение птички в этом мире изменилось — значит, и сам мир стал другим. Даже если сейчас нигде не идут бои, никто не стреляет и не погибает, все равно за секунду мир становился другим. Траектория движения птахи — как нитка, каждый перелет — стежок, сшивающий настоящее с прошлым и будущим...

— И часто этот Сангедрин выносил смертные приговоры? — вдруг раздался глуховатый голос Орлова.

— Очень редко. Тот состав суда, который один раз за семьдесят лет вынес смертный приговор, называли «Кровавым Сангедрином».

— А почему так, не знаешь?

— Ну, я сам-то Тору не изучал, так что точно не скажу. Но со слов деда я так понял, что древнееврейские законы требовали, чтобы человеческая жизнь считалась самой высшей ценностью. Нельзя желать смерти человеку, нужно надеяться на исправление преступника. Именно поэтому смертный приговор нельзя было выносить в тот же день, когда проходило судебное слушание. Нужно было дождаться, когда пройдет ночь и как минимум половина следующего дня.

— Для чего? Чего ждать-то, если все ясно?

— А вдруг объявится какой-нибудь новый свидетель и откроются обстоятельства, показывающие, что подсудимый не так уж сильно виноват. Или вообще не виноват. Короче, за человеческую жизнь боролись до последнего, использовали все возможности. Знаешь, Сань, я, наверное, поэтому и решил стать врачом, как отец. Отец всегда говорил, что надо бороться за жизнь, пока есть хоть малейший шанс ее сохранить. А когда шанса уже точно нет, все равно надо бороться. Потому что шансы оценивают люди, а есть еще чудо, которое невозможно предугадать. Ты как? Сильно болит?

— Ничего, — проскрипел сквозь зубы Орлов. — Терпимо. Холодно только.

Михаил поднялся.

— Сейчас я веток еще притащу.

— Ты сам-то поешь, у нас же тушенка еще осталась, и хлеб.

— Не хочу пока, — соврал Штейнберг.

На самом деле он очень хотел есть, просто ужасно. Но вскрывать банку и жевать тушенку с хлебом на глазах у Сани Орлова казалось не просто неприличным — безнравственным и даже каким-то оскорбительным по отношению к тяжело раненному. А взять пайку и уйти за деревья, и там схомячить втихаря — представлялось просто немыслимым. Лучше уж потерпеть. Тем более... Тем более оставалась еще надежда на чудо. На то самое чудо, о котором рассказывал отец. И если оно все-таки произойдет, еда пригодится в первую очередь для Саньки, которому нужно будет восстанавливать силы.

Так прошел день, за ним другой. Орлов то спал, то впадал в забытье, то просил рассказать что-нибудь. Иногда в нем появлялись силы, и тогда они с Михаилом принимались вспоминать рассказы и фельетоны из «Крокодила»:

— А помнишь карикатуру: тетка такая в сапогах, в кепке, под мышкой портфель, а внизу подпись: «Мужчина и женщина должны целиком перекачать свою половую энергию в энергию общественную»?

— Ага, помню! Мы с тобой так ржали! Все пытались представить, как эта перекачка происходит... А про режиссера и актрису помнишь?

— Нет... Это какая?

— Ну, там режиссер такой толстый, самодовольный индюк, штаны, жилетка, пиджак надевает, бутылка вина на столе, а за ним, на заднем плане, девушка, худенькая такая, жалкая, сжалась в комочек. Сразу видно, что он только что ее оприходовал. И подпись: «Ну что ж, теперь можно поговорить и о зачислении в штат».

— А, точно! Вспомнил!

В такие минуты молоденькие солдаты-ополченцы как будто забывали, что идет война и что они застряли в лесу, окруженные врагом, и что один из них умирает. Но минуты эти становились все более редкими: Саня Орлов чувствовал себя все хуже и хуже. Температура упала, лицо осунулось, разговаривать он теперь мог только с длинными паузами. Выполняя данное себе обещание, Михаил давал ему попить — понемногу, буквально по глоточку. Иногда Орлов бредил, и тогда Мише Штейнбергу становилось по-настоящему страшно. Страшно не оттого, что друг умирал — с этой мыслью Михаил на удивление быстро свыкся, а оттого, что произносимые в бреду слова казались проявлением чего-то потустороннего, необъяснимого и потому жуткого.

На четвертый или пятый день Орлов в бреду начал напевать какую-то песенку. Мелодия была печальной, а слова Михаил разобрал с трудом: «На дне твоем найду я свой вечный покой».

— А что за песню ты пел? — спросил он, когда Саня пришел в себя.

— Не знаю. А что я пел?

— Что-то про ручей. И что на его дне найдешь свой вечный покой. Я никогда такую не слышал. Красивая.

— А, эту... Это мне мама пела вместо колыбельной.

— Как так? — не поверил Штейнберг. — Ты же говорил, что твоя мать умерла от дифтерии, когда тебе еще двух лет не исполнилось. Как ты можешь помнить?

— Я и не помню. Отец рассказывал. Он маму очень сильно любил и все время про нее рассказывал. Он меня этой песне научил и говорил, что маме ее мать пела, тоже вместо колыбельной, а той — ее мать. Из поколения в поколение передавалось. Моя бабка, мамина мама, из немцев, так что песня немецкая. Народная, наверное. Отец сам толком не знал. Если выживу — обязательно спрошу у него после войны.

Орлов помолчал, отдыхая, потом добавил:

— Если мы оба выживем. Он военный инженер, его сразу на фронт отправили. А кроме отца, у меня никого не осталось. А тебе мама пела колыбельные?

— Конечно, пела, — кивнул Михаил.

— Ты их помнишь?

Тот пожал плечами.

— Не знаю, наверное, что-то вспомню.

— Споешь?

— Да ты что! — изумился Штейнберг. — Какой из меня певец? У меня слуха совсем нет, надо мной в школе на уроках пения все смеялись.

— Все равно... — голос Орлова уже не звучал, а шелестел. — Хоть слова скажи.

Миша напряг память.

> Шлоф, майн кинд,
> Майн трейст, майн шейнер...
>
> Шлоф, майн лебн,
> Майн кадиш эйнер.

— Это на идише.

— А перевод знаешь?

— «Спи, мое дитя, моя надежда, мой красавец, спи, жизнь моя, мой кадиш единственный».

— Кадиш? Что за слово?

— Старший сын. Ты не разговаривай так много, тебе нужно больше отдыхать.

— Зачем?

— Чтобы быстрее поправиться, — уверенно ответил Миша.

— Да брось ты... — Орлов провел сухим языком по потрескавшимся губам. — Попить дашь?

Штейнберг поднес флягу, наклонил, хотел было отнять ее после первого же глотка, но передумал и дал раненому сделать второй глоток, потом третий.

— Все, — с напускной строгостью произнес он, — больше тебе нельзя.

— Можно, Мишаня, мне теперь можно... Ты меня не обманывай. Я не выживу.

— Прекрати! — рассердился Штейнберг.

— Не надо, Мишка... Я по твоим глазам все вижу... По лицу... Если бы у тебя была надежда, ты бы мне пить не давал... Я же не идиот... Подожди, я сейчас скажу...

Орлов снова замолчал, набираясь сил.

— Гитлер евреев уничтожает, — заговорил он, передохнув. — И в Германии у себя, и в других странах, на которые напал. И здесь будет то же самое. Если ты попадешь в плен — тебе не выжить. Возьми мои документы. А свои оставь со мной, пусть все думают, что я Штейнберг. Я умру, мне уже все равно. Если возьмут в плен, у русского Орлова будет шанс. У еврея Штейнберга ни одного шанса не будет. И чуда не будет. Война, Мишка, это не медицина, на войне чудес не бывает.

— Саня, перестань, пожалуйста...

— Ты надеялся на чудо, я знаю, потому и не бросил меня здесь одного... Я тебе благодарен... Ты же мог уйти, но ты не ушел, остался. Повязки мне менял... Разговорами развлекал... Дай слово, что уйдешь отсюда Орловым... Нельзя тебе быть Штейнбергом, нельзя... Если попадешь к фашистам в лапы, про бабку мою немецкую не забудь: а вдруг поможет... Не знаю о ней ничего, только имя... Элиза Раевская...

Он снова впал в забытье, истратив слишком много сил на такой длинный разговор.

* * *

Агония была тихой. Сначала ушло сознание, потом развились нарушения дыхания. «Дыхание Биота», — думал Штейнберг, внутренне обмирая при каждой длительной паузе. Неужели всё? Нет, еще не всё, Саня снова задышал... Пульс прощупывался только на сонных артериях, лицо друга было серым, землистым, нос заострился.

Это тянулось почти сутки. Потом Орлов пришел в себя. Открыл глаза и произнес:

— Дай слово... Возьми документы... Спасибо тебе...

Чуда не произошло.

Миша Штейнберг плакал несколько часов, сидя рядом с умершим другом. Потом стал думать, чем выкопать могилу. Шел проливной дождь, Михаил вымок насквозь, но развести костер, чтобы просушить одежду, побоялся: над лесом то и дело пролетали вражеские самолеты, и дым от костра мог его выдать. Измученный, голодный, он похоронил Саню Орлова, как сумел, оставив в кармане его гимнастерки свои документы санинструктора Штейнберга. Документы Орлова взял себе.

И отправился в сторону, противоположную той, где находилась занятая немцами деревня.

Плутал три недели, осторожно расходуя продукты, выкапывал подмерзшие грибы и ягоды, иногда везло — находил орехи, флягу наполнял из ручьев и каждый раз, опуская ладони в воду, вспоминал грустную песенку, которую в бреду пел Саня: «Милый ручеек мой, беспечный мой друг... Журчи ж беззаботно и песенки пой. На дне твоем найду я свой вечный покой...»

Дважды путал направление, выходил в опасной близости к расположению немецких войск и едва не попадал в плен. Наконец, добрался до своих. Изможденный, грязный, беспрерывно кашляющий.

Начались изматывающие проверки. И вдруг Михаилу несказанно повезло: один из тех, кто его допрашивал, показался вроде знакомым. Человек в гимнастерке со знаками отличия НКВД тоже то и дело бросал на Мишу заинтересованный взгляд и вдруг сказал:

— Говоришь, на комбинате НКВД работал? И как же ты туда попал? Предприятие режимное, туда просто так людей с улицы не берут.

— Нас главный инженер привел, я уже объяснил. Горевой Василий Афанасьевич.

Офицер хлопнул себя руками по бедрам.

— Ну точно! А я все мучаюсь: где я тебя видел? У Горевого в кабинете и видел. Вас двое было, Сашка и Мишка, верно? Василий Афанасьевич еще, помнится, рассказывал, что один из вас с его дочкой женихался. Так ты кто будешь-то, Сашка или Мишка?

— Сашка, — устало подтвердил Михаил. — Орлов Александр Иванович. Харьковский полк народного ополчения. Я вас тоже помню, вы к Василию Афанасьевичу приходили с проверкой. Имя не запомнил, а фамилия ваша — Травчук, правильно?

— Ай, молодца! — почему-то обрадовался тот. — Наш человек!

После этой встречи проверки быстро закончились, и бойца Орлова приписали к дивизии НКВД, той самой, в которой воевал капитан Травчук. Травчук отчего-то проникся к молодому бойцу и, по возможности, опекал. А однажды сказал:

— А ведь ты не Сашка, парень. Мишка ты.

Посмотрел на вмиг изменившееся лицо солдата и усмехнулся:

— Не бойся, никому не скажу. Все понимаю. Если честно — сам поступил бы так же на твоем месте.

— И как мне теперь быть? — упавшим голосом спросил Михаил-Александр. — Я не хочу оставаться Орловым, но если рассказать всю правду, меня могут посчитать трусом. И проверки опять начнутся. Кто один раз соврал — тому веры нет, сами знаете. Как вы догадались?

— Говор у тебя не московский — вот и догадался. Но ты не бойся, ты же как-никак два курса в Харьковском университете отучился, так что если кто засомневается — на это и ссылайся, дескать, два года прожил среди тех, кто так говорит, перенял. Молодые легко говор перенимают. Но ты всетаки прислушивайся, как говорят те бойцы, которые из Средней полосы, старайся говорок-то исправить.

И Миша старался изо всех сил.

Это были месяцы отчаянных кровавых боев, страшных не столько человеческими потерями, сколько осознанием своего бессилия: советские войска отступали, оставляя врагу на растерзание все новые и новые территории. Любые сомнения в нашей победе расценивались как панические настроения, за которые полагался расстрел на месте. Поэтому Миша Штейнберг, воевавший под именем Александра Орлова, был несказанно удивлен тем, что услышал спустя несколько дней от капитана Травчука:

— Ты сначала до конца войны доживи, а потом уж будешь решать, оставаться тебе Орловым или нет. Сколько она будет длиться и чем закончится — никто не знает. И не смотри на меня так: я не провокатор. Говорю, что знаю, а знаю я много, можешь мне поверить. И знаю, что ты меня не сдашь.

— Почему?

— Потому что я тоже могу тебя сдать. Вот так, — усмехнулся капитан, — обменялись секретами. Мы с тобой теперь одной ниточкой повязаны. Если война закончится не так, как мы все хотим, то Штейнбергом тебе оставаться нельзя будет. Никак нельзя. Да ты сам видишь, что происходит. Для каждого из нас война может закончиться в любой момент. И хорошо, если гибелью. А если плен? Прав был твой дружок, ох, как прав!

— Но у Сани Орлова отец есть, он тоже на фронте. Как же с ним быть?

— Так и у тебя родные есть. Только где они? Хорошо, если в эвакуации. Вот потому я и говорю: дождись конца войны, не суетись. Там разберешься. Разобьем врага, выгоним его с нашей родной земли, вот тогда и признаваться можно, победителей не судят. Ну, а уж если...

Вторую часть фразы он не договорил, но Михаилу и без того все было понятно.

— Товарищ капитан, а почему все так? — осторожно спросил он. — И товарищ Сталин говорил, и во всех газетах писали, что наша боевая мощь превосходит вражескую многократно. А мы отступаем и отступаем. Харьков сдали... Там немецкие самолеты почти каждый день летали, а их даже не пытались сбить. Почему?

— Вообще-то это государственная тайна, за ее разглашение — трибунал и расстрел, — очень серьезно ответил командир взвода Травчук. — Но тебе я верю, поэтому объясню: в Харькове имелись только зенитки образца тысяча девятьсот пятнадцатого года. Их еще называли «пушками Лендера». Созданы они были для борьбы с немецкими «альбатросами» и «фоккерами» во время Первой мировой войны. С тех пор авиация прошла большой путь, и самолеты стали летать намного выше. Намного. Теперь они и летают на такой высоте, куда эти старые зенитки просто не достают. Так что не стреляли по вражеским самолетам по причине полной бессмысленности.

— Но...

— Все, боец Орлов. Мозги у тебя есть, что нужно — сам додумаешь. Просто обрати внимание на то, чем мы вооружены. Дивизия НКВД получила еще более или менее годное оружие, а ваш полк народного ополчения что получил?

Да, вооружены ополченцы были из рук вон плохо, в основном трофеями, доставшимися в боях у

Халхин-Гола: польские винтовки «маузер», япон-
ские «арисака», к которым не подходили наши боеприпасы. Кому-то доставались учебные «наганы»
или винтовки с просверленными, а потом запаян-
ными стволами, изъятые в пунктах допризывной
подготовки.

— Твое счастье, Орлов, что ты в той неразбери-
хе ухитрился записаться в ополчение не по месту
учебы. Иначе тебя зачислили бы в студенческий
батальон, а у них вооружение еще хуже, — добавил капитан.

Потом посмотрел на юношу внимательно, покачал головой.

— И последнее скажу: я тебе, Орлов, доверяю,
даже сам не знаю, почему. Может быть, это моя
ошибка, страшная ошибка. И мне придется за нее
ответить. Так вот я тебя предупреждаю: если ты
когда-нибудь кому-нибудь скажешь то, что сейчас
от меня услышал, то меня-то, само собой, расстреляют, но и тебя тоже. За то же самое разглашение
государственной тайны и распространение пани-
ческих слухов. Ты меня понял?

— Понял, товарищ капитан, — кивнул Михаил-
Александр.

* * *

Летом 1942 года пришло извещение о том, что
Иван Степанович Орлов пал смертью храбрых
при штурме города Любань, когда 2-я ударная
армия под командованием генерала Власова пыталась прорвать блокаду Ленинграда. Никого из
родственников у Сани Орлова больше не осталось.

В сентябре 1943 года Александр Орлов, воевавший в составе 53-й армии под командова-

нием генерал-лейтенанта Ивана Мефодьевича Манагарова, участвовал в боях за освобождение своего родного города — Полтавы. Ровно два года с того момента, как немцы заняли Полтаву, у молодого бойца не было никаких сведений о родных. Семья должна была эвакуироваться, но куда? Если письма и отправлялись на фронт, то адресованы были Михаилу Штейнбергу, считавшемуся погибшим. Может, Штейнберги и похоронку на сына получили... А может, все намного, намного хуже.

22 сентября на центральной площади Полтавы было установлено Красное знамя, и на следующий же день Александр Орлов, бывший когда-то Михаилом Штейнбергом, отправился к дому, в котором родился и вырос. Теперь он не боялся быть узнанным: опознать красавчика Мишку в солдате с посеченным осколками стекла перебинтованным лицом было невозможно. Машину, в кабине которой ехали Орлов и его командир, обстреляли, все лицо оказалось в порезах и сильно кровоточило, а из-за невозможности сразу получить медицинскую помощь в раны попала инфекция, и началось нагноение. Уже дней десять Орлов ходил с повязкой на лице, а полевой хирург предупредил его, что на местах заживления могут образоваться грубые рубцы.

Вот и его дом. И заброшенным он не выглядит: на окнах занавески, в саду, на натянутых веревках, сушится какая-то одежда. Неужели семья Штейнбергов выжила?

Однако стоило Михаилу прикоснуться к калитке, как на крыльцо вышла незнакомая женщина.

— Тебе чего, солдатик? — дружелюбно спросила она. — Покушать? Заходи, я картошечки дам и сала шматок.

Орлов подошел поближе, всмотрелся в ее лицо. Нет, точно незнакомая, никогда раньше он эту женщину не видел. Или, может, забыл?

— А Штейнберги? — спросил он. — Они вроде в этом доме жили, если я адрес правильно запомнил. Я с их сыном воевал, с Михаилом, потом нас война разбросала по разным фронтам, вот оказался в Полтаве и решил узнать, нет ли от него вестей каких.

— Штейнберги? Так расстреляли их всех. Евреев всех расстреляли, кто не эвакуировался.

Он покачнулся. Женщина истолковала это по-своему и захлопотала вокруг него.

— Ты сядь, сынок, сядь, вот на крылечко присядь, устал, поди... Раненый, голодный, а все воюешь... Господи, где только силы берешь? Как звать-то тебя?

— Саша. Орлов Александр, — выговорил он онемевшими губами.

Присел на ступеньку крыльца, привычно нащупал пальцем знакомую неровность: давным-давно вырезал ножиком свои инициалы «МШ», отец ужасно бранился...

— А почему они не эвакуировались? Я... Миша думал, что они все уехали.

— Так доктор с больными остался: не могу, говорит, тяжелых бросить, я их сам оперировал — сам и выходить должен. Больницу-то всю вывезли сразу, а он остался с теми, кого транспортировать нельзя было. Думал, наверное, что несколько дней еще город продержится, а немцы уже на другой день пришли. И вся семья с ним, с доктором-то, осталась, без него не поехали.

— И дети? Там же дети были... Миша говорил... Младшие братья и сестры...

Женщина горестно вздохнула.

— Всех, сынок, всех к Красным казармам отвели. Ой, а русских и украинцев сколько постреляли вместе с ними, с евреями-то!

— А их за что? — не понял Орлов.

— Так ни за что! Вместе со своими мужьями и женами под расстрел пошли, расставаться не захотели. Всех наших полтавских евреев расстреляли, полторы тысячи человек. Целую ночь стреляли, вспомнить страшно... А ты сам-то откуда будешь?

— Я... из Москвы.

— Твои где? В эвакуации?

— Нет у меня никого, отец только был, он погиб в сорок втором.

— Ох, сынок, сынок...

Женщина заплакала.

— Я три похоронки получила, на мужа и на обоих сыновей. Вот с дочкой вдвоем остались. Так ты, может, зайдешь, покушаешь, чем бог послал? Голодный ведь небось.

Орлов поднялся.

— Спасибо. Пойду я. Не помните, какого числа это было? Когда их расстреляли?

— Двадцать третьего ноября. Такое разве забудешь...

23 ноября 1941 года Михаил Штейнберг уже числился Александром Орловым. А его семья еще была жива. Может быть, он их предал, когда присвоил себе чужое имя?

Он долго бродил по полностью разрушенному центру города, пытаясь вспомнить, где какой дом стоял. Но ничего не вспоминалось. Словно и не было той жизни, довоенной, мирной, спокойной, наполненной радостями и надеждами. Словно всегда, с самого его рождения, была только одна война. И больше ничего.

* * *

До мая 1945 года боец Орлов не получил больше ни единой царапины. Лицо, правда, осталось обезображенным двумя грубыми рубцами, остальные порезы зажили. Он отпустил бороду, и хотя на местах рубцов растительности не было, сама борода оказалась настолько густой, что вполне скрывала шрамы.

После демобилизации в Москву ехать он побоялся, осел в Курске и два года проработал на стройке: город нужно было восстанавливать. В течение нескольких месяцев после окончания войны он мучительно пытался принять решение: признаваться в изменении имени или нет? Никого из близких не осталось ни у Сани Орлова, ни у Миши Штейнберга, разыскивать ни того, ни другого никто не станет. Но если пойти и заявить, что прошел всю войну по чужим документам, начнутся проверки, его будут подозревать бог знает в чем вплоть до шпионажа. Перед глазами были яркие примеры страшных судеб тех, кто возвращался из плена или заявлял, что был на оккупированной территории. Вырвавшимся из окружения во время войны тоже доверия не было. Как отнесутся «органы» к сообщению о том, что он совершил подлог? Не проще ли оставить все как есть?

Во время отпуска Штейнберг-Орлов поехал в Москву, адрес помнил со слов Сани. Ключей от квартиры у него не было, но он на всякий случай позвонил в дверь, и ему открыли. На пороге стояла очень пожилая женщина в очках с толстыми стеклами.

— Вы к кому?

— Я... — он растерялся. — Здесь до войны жили Орловы...

— Да-да, — чинно кивнула старушка, — жили такие, вся квартира им принадлежала, но теперь уплотнение, им одну комнату оставили, а в остальные других жильцов поселили. Только они не вернулись с войны: ни отец, ни сын. На отца похоронка на этот адрес пришла, мы ее нашли, когда вселялись, а про сынка никаких известий не имеем. А вы им кто будете?

Он молчал. Язык не поворачивался сказать то, что требовалось. Однако новая соседка сказала все сама.

— Господи, так вы, наверное, и есть Орлов? Сын?

Он молча кивнул.

— Что же вы стоите? Проходите, проходите, я вам ключ дам от вашей комнаты, — заговорила старушка. — Вещи, конечно, не все уцелели, мародеров в Москве было много, но что сохранилось — мы в вашу комнату снесли. Живите на здоровье, в тесноте, да не в обиде.

Из рассказов Сани он помнил, что особняк, в котором жил криминалист Александр Игнатьевич Раевский, советская власть реквизировала под какие-то свои нужды, предоставив бывшему графу небольшую квартирку. А вот инженер Иван Орлов, женившийся на дочери Раевского, заслужил жилье попросторнее, власти к нему благоволили. Именно эта трехкомнатная квартира и была теперь превращена в коммуналку. За Орловыми осталась самая большая комната, куда составили сохранившуюся мебель, сейчас уже покрытую толстым слоем пыли. Окна без занавесок заклеены бумагой крест-накрест.

«Ну что ж, — подумал он. — Значит, так и будет».

Михаил Штейнберг в этот момент окончательно превратился в Александра Орлова.

Сходил в жилконтору, все вопросы решились на удивление быстро и просто: безупречные документы фронтовика сделали свое дело. В райисполкоме Орлов попросил помочь обменять комнату на такую же, в коммуналке, но в другом районе.

— Воспоминания замучили, — пояснил он. — На новом месте будет легче.

Ему пошли навстречу: желающих переехать в дом на Бульварном кольце нашлось немало. Орлову досталась комната чуть дальше от центра, зато больше по метражу. Но самое главное: в этом доме не было соседей, которые могли хорошо помнить Саню Орлова и его отца. И в расположенных рядом домах их тоже не было.

Он устроился на работу, по вечерам читал учебники — готовился сдавать вступительные экзамены на юридический факультет на тот случай, если откажут в восстановлении на втором курсе. Но ему не отказали. Послали запрос в Харьковский университет, получили подтверждение, что студент Орлов Александр Иванович успешно сдал летнюю экзаменационную сессию за второй курс юрфака. И в сентябре 1948 года Александр Орлов приступил к учебе. На всякий случай попросил зачислить его снова на второй курс, а не сразу на третий: отговорился тем, что за прошедшие годы многое забыл. На самом же деле просто боялся, что не готов усваивать науку, не изучив предмет с самого начала. Саня рассказывал, что на первом курсе преподавали в основном такое, что в работе не пригодится, а вот со второго курса уже пошли правовые дисциплины.

Медицинское образование он решил не продолжать. Мало ли какие люди встретятся на его пути и начнут интересоваться, почему это он сначала учился на юридическом, а потом двинул в медицину? По какой такой причине? Для выяснения этой таинственной причины могут и однокурсников Орлова по Харькову разыскать, а там, глядишь, и совсем скверно дело обернется. Нет, лучше не рисковать.

Раз уж взял себе чужое имя, то живи чужой жизнью. Другого выхода нет.

Когда поднялся шум вокруг дела врачей-вредителей, среди которых упоминались сплошь еврейские фамилии, Александр Орлов вспомнил слова погибшего в декабре сорок второго года капитана Травчука. И подумал, что его комвзвода был, пожалуй, не так уж неправ. Антисемитизм прорастает быстро и на любой почве, только кинь первое зерно.

На пятом курсе Орлов женился на Люсеньке. Получив диплом, работал в юридической консультации, активно участвовал в общественной жизни. Потом родился сын Борька. И все дальше и дальше уходил новоявленный москвич Александр Орлов от полтавского паренька Миши Штейнберга.

Он жил почти механически, старательно играя роль Орлова и практически слившись с ним, но за этим слиянием зияла страшная стылая пустота. Он чувствовал болезненные уколы в сердце каждый раз, когда в его присутствии люди делились детскими и подростковыми воспоминаниями. Воспоминаний московского мальчика, рано потерявшего мать и воспитанного военным инженером Иваном Орловым и его престарелой тетушкой, не было. А рассказывать о годах, проведенных в многолюдной еврейской семье в Полтаве, нельзя. Нельзя рассказывать о воскресных прогулках с родителями, о школьных проказах, о первой влюбленности, о выборе профессии. Ничего нельзя.

У Орлова было множество знакомых, некоторые из них становились близкими приятелями, но именно приятелями, а не друзьями. Потому что с друзьями можно поделиться всем. А разве он, бывший Михаил Штейнберг, может себе это позволить? Внешне общительный, обаятельный, улыбчивый, Александр Иванович Орлов был на самом деле страшно одинок.

А потом грянул гром: дело Рокотова, Файбишенко и Яковлева. Ходили слухи, что Хрущев, узнав об аресте группы валютчиков, воскликнул: «Ах, опять эти евреи?!» Действительно ли генсек это произнес или нет, уже не так важно, потому что все дальнейшие события подтвердили: законности в этом государстве как не было, так и нет, и верить в силу закона так же глупо, как верить вообще любым обещаниям и декларациям властей. Существует непреложное правило: преступник осуждается по тому закону, который действовал на момент совершения преступления, и никак иначе. Если в момент совершения деяния оно преступным не считалось, то ни о каком привлечении к ответственности речи быть не может, даже если прямо на следующий же день данное деяние включили в уголовный кодекс и признали тяжким. Это правило действует во всем цивилизованном мире. Но у России свой путь и свои собственные понятия о цивилизованности. Валютчики крутили свой бизнес, когда по закону за такие преступления полагалось лишение свободы максимум на восемь лет. Уже после их ареста преступление признали более тяжким и размер возможного наказания увеличили до пятнадцати лет, после чего, наплевав на принятый советской правовой системой тезис о том, что закон обратной силы не имеет, на голубом глазу применили эту самую обратную силу и приговорили подсудимых к пятнадцати годам. Но Никите Сергеевичу этого показалось мало. По его требованию была немедленно инициирована кампания по написанию «гневных писем трудящихся» в газеты, в которых эти трудящиеся возмущались мягкостью приговора и требовали более сурового наказания. А дальше происходит просто немыслимое: закон в очередной раз спешно изменяется, в качестве наказания за нарушение правил о валютных операциях вводится смертная казнь, Генеральный прокурор СССР Руденко приносит протест на приговор валютчикам в связи с его «мягкостью»; председателя Мосгорсуда, «допустившего вынесение столь мягкого приговора», снимают с должности; назначается новое судебное рассмотрение, теперь уже в Верховном суде СССР; Рокотова, Файбишенко и Яковлева приговаривают к расстрелу, все кассационные жалобы отклоняются, приговор приводится в исполнение. Приговор заведомо незаконный, неправосудный.

Если до этого момента у Александра Орлова еще были какие-то иллюзии, то после дела валютчиков они оказались полностью утраченными. В этой стране нельзя верить словам, которые провозглашаются с высоких трибун. Все происходит с точностью «до наоборот». Если на всех углах кричат о том, что дети за отцов не отвечают, то можно не сомневаться: сыновья и дочери на собственной шкуре прочувствуют все последствия любой ошибки их родителей. Если Хрущев заявляет в «Правде» и повторяет через несколько дней на встрече с деятелями искусства, что «у нас не существует еврейского вопроса», значит, можно с уверенностью утверждать: еврейский вопрос есть, и стоит он очень и очень остро.

«Я поступил правильно, — говорил себе сорокалетний Александр Орлов. — Это ради Борьки. И ради других детей, если они у нас еще будут».

И вдруг оказалось, что медсестричка Зоя Левит уехала в эвакуацию беременной от Миши Штейнберга. И у него, теперь уже Александра Орлова, есть дочь, актриса Алла Горлицына...

1979 год, июль

— Людмила Анатольевна сможет мне помочь?

Огромные карие глаза смотрели на Орлова с вопросом и мольбой. Мамины глаза.

— Не уверен, — уклончиво ответил он. — Эти сведения есть только в архиве Министерства обороны, а там у Люсеньки связей нет.

Алла печально вздохнула, на ее красивом лице отразилось разочарование.

— А я так надеялась... Когда вчера познакомилась с вами и услышала, что Людмила Анатольевна имеет доступ к архивным материалам, у меня даже дыхание перехватило: вот, думаю, тот случай, который я так долго ждала. Я ведь уже все возможности исчерпала, даже в Полтаву ездила, пыталась найти родственников отца. Но выяснилось, что их всех расстреляли. Всех евреев до единого, кто в городе был. Памятник поставили, а имена расстрелянных так и не восстановили полностью. Я цветы положила, все-таки это были мои бабушка и дедушка, тетки и дядья. Мама говорила, что у Штейнбергов была большая семья, Михаил — старший сын, и пятеро младших братьев и сестер. А мамины родители Михаила не знали, не видели никогда, она сама из Житомира, в Полтаву приехала работать после медучилища. Так что у них спрашивать было бессмысленно.

— Ваша мама что-нибудь рассказывала вам об отце? Что вы вообще о нем знаете?

— Она говорила, что Миша Штейнберг, мой папа, был очень красивым. Его отец, Иосиф Ефимович, работал в той же больнице, что и мама, был заведующим хирургическим отделением, и сын часто приходил к нему, тоже хотел врачом стать. Иосиф Ефимович водил его по палатам, показывал больных, что-то объяснял, рассказывал. И в процедурную моего папу пускал, разрешал смотреть, как сестры работают. Многие медсестры по нему сохли, мечтали замуж выйти за него: и внешность яркая, и семья хорошая, в общем, достойная партия. А он выбрал мою маму. Он учился в Харькове, в мединституте, перед самой войной приезжал домой на несколько дней, сделал маме предложение, она согласилась, и договорились, что он уедет сдавать сессию, а после сессии вернется, и они распишутся, свадьбу сыграют. Не успели. Началась война, и отец больше в Полтаву не приезжал. Вот все, что мне известно.

Все было верно. Все, кроме одного: он не делал предложения Зоеньке Левит, и они не собирались расписываться. Но разве можно упрекать женщину в таком невинном приукрашивании действительности? Да и что она могла сказать своей дочери, коль уж решила не обманывать и не делать вид, что ее муж, доктор Горлицын, и есть настоящий отец? Не рассказывать же о праздновании дня рождения и проведенных в душистом темном саду минутах!

— Налить вам еще чаю? — предложил Орлов.

— Нет, спасибо, — Алла благодарно улыбнулась, но улыбка вышла все-таки немного печальной.

— Тогда, может быть, кофе сварить?

Ему нужно было что-то делать, хоть что-нибудь, производить какие-то действия, которые сделали бы его сиюминутную жизнь осмысленной и полезной. Ему было... Плохо? Нет, не то... Страшно? Тоже нет.

Александр Иванович сам не понимал, что происходит у него внутри. Словно налетела внезапная буря, не буря даже — смерч, поднявший со дна, из самого нутра, то, что было тщательно похоронено, утрамбовано и вытеснено из памяти.

Он перехватил взгляд Аллы, устремленный на его судорожно сжатую в кулак руку.

— Что с вами? — обеспокоенно спросила она. — Вам нехорошо? Или вас что-то рассердило в моем рассказе? Наверное, вам не понравилось, что я вот так, едва познакомившись с вами, уже лезу с просьбами... Мне говорили, что москвичи этого не любят.

— Ничего-ничего, все в порядке, просто сердце немножко прихватило, у меня это бывает, — поспешил успокоить ее Орлов. — Простите, оставлю вас на минутку, пойду таблетку возьму. Не скучайте.

Он вышел на кухню, распахнул холодильник, рывком достал графинчик ледяного клюквенного морса и пил прямо из горлышка, пока от холода не онемело нёбо. Потом присел у стола, достал сигареты, закурил. Руки тряслись.

Из комнаты доносились голоса Люсеньки и режиссера Хвыли, увлеченно обсуждающих роль обер-прокурора Синода Победоносцева в провале какой-то реформы. Андрей Викторович Хвыля — муж Аллы, его дочери. Получается, Хвыля — зять Орлова? И что же выходит? Сейчас вот в этой самой квартире находятся жена Орлова, его дочь и зять? Его семья?

Немыслимо. Невероятно. Неправильно.

Или правильно?

Мысли разлетались осколками, не желая соединяться в единое целое.

— Саша! Ну что это такое?!

Сердитый голос жены вернул его к действительности. Орлов виновато посмотрел на нее и быстро затушил окурок в пепельнице.

— А я чувствую — дымом из кухни потянуло, так и знала, что ты куришь, — с упреком сказала Людмила Анатольевна. — Ты же обещал сократиться, курить не больше пяти сигарет в день. Ты просто как дитя неразумное, Саня! Тебе же нельзя! И где Аллочка? Почему ты оставил ее одну?

— Я только на минутку вышел, не сердись, милая, — пробормотал Александр Иванович. — Всего полсигаретки. А как у вас дела идут?

Людмила Анатольевна тут же перестала сердиться и переключилась на то, что было ей интересно.

— У нас все отлично, — весело сообщила она, — нащупали хорошую линию, Андрей Викторович очень доволен. Санечка, раз уж ты все равно на кухне, завари, пожалуйста, свежего чайку, чтобы мне не прерываться. Сделаешь?

Орлов старательно выдавил из себя улыбку.

— Конечно.

Он заглянул в комнату сына, где Алла, сидя на диване, листала журнал, и пригласил ее на кухню.

— Поскольку мне дано партийное поручение заварить свежего чаю, то я подумал, что мы с вами тоже чайку выпьем, — с напускным весельем говорил он, ополаскивая заварочный чайничек кипятком. — На мое предложение вы ответили отказом, я помню, но сейчас я заварю совершенно другой чай и по совсем другой рецептуре. Уверяю вас, Аллочка, такого чаю вы никогда и нигде не пробовали. Этот чай мне привезли прямо из Лондона.

Привычные и понятные действия приносили некоторое успокоение, и, когда чай был готов, Александр Иванович уже почти полностью взял себя в руки. Он отнес две чашки с чаем в комнату, вернулся на кухню, налил чай Алле и себе, снял красиво вышитую полотняную салфетку с горки пирожков.

— А расскажите мне о своем сыне, — попросил он.

Алла изумленно взглянула на Орлова. Рука, державшая пирожок, остановилась на полпути ко рту.

— Неужели вам это интересно? Вы же его не знаете совсем.

— Вот именно поэтому и интересно.

За последние полчаса это были единственные слова, произнося которые Александр Иванович Орлов не покривил душой. Он действительно хотел узнать как можно больше о сыне Аллы Горлицыной. О своем внуке.

— Его зовут Мишей, осенью пойдет в седьмой класс. Я назвала его в честь своего отца. Знаете, подумала тогда, что если никаких сведений об отце не найду, то пусть хоть имя живет. У меня ведь даже фотографии его не осталось. Зато есть Мишка. Жаль, мама не дожила до его рождения, и я теперь даже не могу узнать, похож ли он на своего деда.

— А вы сами?

Голос внезапно сел, и слова прозвучали невнятно.

— Что? — переспросила Алла, слегка сдвинув брови.

Точь-в-точь как делала когда-то Руфина Азиковна Штейнберг, его мама.

Орлов откашлялся, прочищая горло.

— А вы сами похожи на отца? Что ваша мама говорила?

Алла внезапно рассмеялась.

— Ой, мама говорила, что я — вылитая жена Иосифа Ефимовича. Руфину Азиковну вся больница знала. Если Иосиф Ефимович задерживался или даже оставался ночевать, когда были тяжелые больные после сложных операций, она всегда приносила ему кастрюльки с едой. Мама рассказывала, что Руфина Азиковна, то есть моя бабушка, была настоящая красавица. Если я в нее пошла, то мне повезло.

Господи, как больно...

1979 год, осень-зима

Вторая половина 1979 года осталась в сознании Александра Ивановича Орлова смятым комом, в котором обрывочные впечатления от всего происходящего оказались склеены непреходящим душевным смятением. Тандем Людмилы Анатольевны и режиссера Хвыли оказался настолько продуктивным, что после внесения поправок в реплики спектакль был принят высокой комиссией более чем благосклонно, а премьера прошла с шумным успехом: оказалось, что людей, знающих и понимающих исторические реалии, среди театралов намного больше, чем можно было представить. У Хвыли появилась идея познакомить Люсеньку с драматургом, готовым написать действительно острую пьесу, основываясь на малоизвестных, но весьма выразительных фактах из жизни России в XIX веке, которыми его снабдит доцент Орлова. Люсенька идеей загорелась и теперь все свободное от работы в институте время проводила то в архивах, то на встречах с Хвылей и драматургом Рустамовым, то разбирала папки и перечитывала имевшиеся дома записи. Орлов только диву давался: и когда жена успевала еще и хозяйством заниматься?

Осенью Орлова пригласили быть защитником по сложному многоэпизодному групповому делу. Обвиняемые — восемь несовершеннолетних, законченное следствием уголовное дело — в семнадцати томах. Тот, кто сталкивался с подобным, хорошо знает, как муторно читать такие дела и готовиться к защите: подростки — это не устойчивая банда, отправляющаяся на каждое дело одним и тем же составом, тут все сложнее. В драке участвовали трое, в этой краже — пятеро, а в той — только двое, в грабеже — четверо... И так далее. За год набралось больше двадцати эпизодов.

Каждый обвиняемый имел своего адвоката. И каждый адвокат должен был прочитать и изучить дело от корки до корки. Все семнадцать томов. А ведь дело-то существует в единственном экземпляре, и копировать его никто не разрешает. Приходилось договариваться с коллегами, устанавливать график — кто когда работает с делом, график этот все время сбивался, потому что у каждого из восьмерых защитников то и дело возникали разные обстоятельства: болезни, семейные неурядицы, необходимость участия в других процессах, командировки...

Если раньше Александр Иванович предпочитал проводить свободное время дома и всегда радовался часам тихого одиночества, когда можно было почитать, лежа на диване, или спокойно обдумать предстоящее выступление в судебном заседании, улавливая краем уха доносящиеся из кухни звуки и запахи, то теперь он стал жить совсем иначе. Теперь в его жизни появились Алла и ее сын Мишка — резкий грубоватый паренек в пубертатном периоде, дерзкий и непослушный. Алла числилась в труппе театра, но новых ролей ей почти не давали, и спектаклей, в которых она была занята, оказалось совсем мало. Зато свободного времени — много. Хвыля, увлеченный своими идеями, постоянно где-то пропадал, после хвалебных отзывов на первый поставленный им в Москве спектакль главный режиссер театра доверил ему следующую постановку, так что на жену и сына ни времени, ни внимания у Андрея Викторовича уже не оставалось. Поэтому Алла с благодарностью приняла живое участие в своей жизни адвоката Орлова.

Вдвоем, или втроем с Мишкой, они ходили на выставки, в кино, гуляли по Москве, ели мороженое. Обширные знакомства Александра Ивановича делали возможным и закрытые просмотры зарубежных фильмов в Доме журналиста или в Доме кино, и приобретение дефицитных книг, и обладание записями многочисленных «подпольных» концертов. Впрочем, концерты могли быть и совершенно официальными, открытыми, только проводились они не в Москве, а послушать любимого исполнителя хотели все.

Отношения с Мишкой складывались непросто. Ни возраст, ни фронтовое прошлое и боевые награды, ни внушительная внешность Александра Ивановича не производили на мальчика ни малейшего впечатления, и все, что паренек произносил, имело только один подтекст: ты — ветошь, которая ничего не смыслит в жизни, и все, что ты предлагаешь, муть и фигня. Все посмотренные вместе фильмы были «скучными», подаренные книги — «ерундовыми». Понятное дело, что и съеденное в кафе мороженое оказывалось «приторным и вообще противным». Мишка нового знакомого родителей активно не любил и старался под любым предлогом отвертеться от совместного времяпрепровождения. Орлов не был слепым, он все видел и понимал. И в то же время как адвокат, много лет имевший дело с уголовными делами, где обвиняемыми выступали несовершеннолетние, хорошо представлял себе, чем может грозить предоставленная такому парню свобода и безнадзорность.

— Аллочка, — сказал однажды Орлов, — давай не будем мучить ребенка нашей культурной жизнью, ему это в тягость. Но с его свободным временем надо что-то делать.

Они давно уже перешли на «ты», как, впрочем, и Люсенька и Хвыля. Орлов даже сам не заметил, как обе супружеские пары довольно быстро стали близкими друзьями.

— Ох, Саша, — Алла безнадежно вздохнула, — Мишке ведь ничего не интересно, кроме его компании. Читать не заставишь, уроки делать — только из-под палки. Спортом тоже заниматься не хочет, там же нужны упорство и режим, а ему только свободу подавай. Одноклассники его не интересуют, с ними отношения не сложились, прилип к каким-то ребятам постарше и стал у них мальчиком на побегушках. Как оторвать парня от них — ума не приложу. Андрей постоянно в работе, сыном не занимается, а я для Мишки — не авторитет.

— Может быть, карате? — предложил Орлов. — В этом году запреты сняли, теперь можно заниматься легально, начали секции открывать. Ты же понимаешь: то, что запрещено, становится очень модным, престижным. Тут можно и свободой пожертвовать, зато гордо носить название «каратиста». Попробуй, предложи Мишке. Если он согласится, я устрою его в секцию, к хорошему тренеру.

Алла не верила в успех предприятия, но Орлов оказался прав: едва услышав слово «карате», Мишка загорелся. Александру Ивановичу стоило немалых усилий устроить в секцию тринадцатилетнего подростка без предшествующей спортивной подготовки.

— Только ради вас, Александр Иванович, — сказал тренер, которого в период длившегося десять лет запрета на карате привлекали к уголовной ответственности за незаконное обучение этому виду единоборств. Понятно, что защитником его был адвокат Орлов. — Но имейте в виду: требовать буду жестко, никаких поблажек. Конечно, ваш парень будет в группе начинающих, но и там нагрузки — будь здоров. Ну и закон у нас, как во всех спортшколах: заниматься можно только тем, у кого нормальная успеваемость в общеобразовательной школе. Поэтому пусть родители контролируют учебу, иначе отчислим.

Идея Орлова оказалась правильной. Теперь Мишка много времени проводил в секции и даже уроками стал заниматься с некоторым энтузиазмом. Тяги к знаниям у него так и не появилось, само собой, но стимул не быть отчисленным оказался действенным. Михаил Хвыля — единственный каратист в классе, к нему приковано внимание, его начали не только замечать, но и уважать, и допустить отчисления было никак нельзя.

Осознавать, что жизнь изменилась, Александр Иванович начал только в середине декабря, когда зашла речь о встрече Нового года. Орлов был уверен, что, как и в предыдущие годы, у них дома соберется прежняя компания, состоящая в основном из юристов — его и Люсиных коллег с мужьями и женами. Однако у Люсеньки планы оказались несколько иными.

— Нас приглашают в одну очень интересную компанию, — заявила Людмила Анатольевна. — Собираются на даче в Переделкино, у Макса Рустамова. Актеры, режиссеры, писатели, журналисты — одним словом, люди, с которыми есть о чем поговорить.

Орлов оторопел от неожиданности.

— Но мы же никого из них не знаем! О чем можно говорить с совершенно незнакомыми людьми?

Люсенька пожала плечами и улыбнулась.

— Почему не знаем? Я их всех знаю, мы хорошо знакомы. И ты познакомишься. Уверяю тебя, ты не пожалеешь.

— Да ты-то откуда их знаешь? — еще больше изумился Орлов.

— Саша, я уже четыре месяца постоянно общаюсь с Хвылей и с Рустамовым, ты что, забыл? И, соответственно, общаюсь со всеми их знакомыми. Я бы и тебя давно уже познакомила с ними, но ты же все время занят, у тебя или работа, или Аллочка с Мишей. Скажи еще спасибо, что я не устраиваю тебе сцены ревности, а ведь могла бы.

Она рассмеялась, глядя на растерянное лицо мужа, потом чмокнула его в щеку.

— Чего ты так испугался, Орлов? Расслабься, я

все понимаю. Аллочка — красавица и скучает без работы и без внимания мужа, ты у меня тоже заброшен, я все время с Андреем и Максом Рустамовым кручусь. Тебе же нужно куда-то себя девать.

— А мне к кому тебя ревновать? К Хвыле или к Максу? — пошутил Александр Иванович. — У кого из них больше шансов отобрать у меня мою любимую жену?

— Разумеется, у Макса, — ответила Люсенька. — Он моложе и красивее Хвыли. А если серьезно, Санечка, то ревновать меня ты можешь только к истории, которая меня интересует даже больше, чем гражданский процесс, который я преподаю. Но ты, к сожалению, этот мой интерес совсем не разделяешь. А мне же нужно с кем-то об истории поговорить! С тобой не получается, вот я и ищу собеседников на стороне. Причем, заметь себе, не просто собеседников, которые будут тупо слушать меня, развесив уши, а собеседников увлеченных, готовых что-то обсуждать, нестандартно мыслящих. Вот я их и нашла среди друзей Андрея и Макса.

Половина сказанного женой пролетела мимо сознания Орлова. Ах, если бы он услышал тогда и осознал каждое ее слово! Но он не услышал. Потому что все мысли его были поглощены перспективами новогодней ночи: если бы собирались прежней привычной компанией, то режиссеру Хвыле и его жене нечего было бы делать среди этих людей. Да они и не приняли бы приглашение, потому что у них свой круг общения, совсем другой. И вот представилась возможность встретить Новый год вместе с дочерью. Ну, хорошо, пусть не вместе, но хотя бы рядом.

С огромным удивлением Александр Иванович вдруг понял, что для него это почему-то очень важно: быть в новогоднюю дочь вместе с Аллой. Говорят же: как Новый год встретишь, так его и проведешь. Если Алла будет рядом в ночь на 1 января, то будет рядом и весь следующий год.

Он не копался в себе и не знал, любит ли свою дочь и какие вообще чувства к ней испытывает. Александр Иванович Орлов знал только одно: он хочет быть рядом, помогать и защищать.

* * *

Школьные каникулы начались 29 декабря, и ребят из спортсекции сразу же увезли на сборы на какую-то турбазу, так что проблемы, куда девать сына в новогоднюю ночь, у Аллы и Андрея не возникло. На дачу в Переделкино ехали все вместе на машине Орловых.

— Выпить не смогу, — весело жаловался Александр Иванович, — мне еще вас назад везти. Ну что это за барство: непременно чтоб на машине ехать! Отлично добрались бы на электричке, и никаких проблем со спиртным.

— Вот именно, — строго отозвалась Людмила Анатольевна, — что никаких проблем со спиртным. Тебе нельзя, у тебя сердце. А машина тебя дисциплинирует.

Максуд Рустамов, или просто Макс, оказался хлебосольным и гостеприимным хозяином. Дважды разведенный, он вполне довольствовался необременительными отношениями с разными красивыми женщинами, одна из которых в данный момент исполняла роль хозяйки дома. Гости, как выяснилось, начали съезжаться еще днем, и к приезду Орловых с Аллой и Андреем дом гудел голосами, отчасти уже изрядно нетрезвыми. Людмила Анатольевна обнялась и поцеловалась почти с каждым, и Орлов понял, что жена действительно хорошо знакома с этими людьми.

Разговоры велись главным образом вокруг ввода советских войск в Афганистан, произошедшего несколько дней назад. Мнения разделились: одни считали, что вся военная операция закончится довольно быстро, другие предвещали грядущую катастрофу. Потом перешли к обсуждению только что состоявшейся премьеры фильма «Осенний марафон» и с пеной у рта спорили о том, являются ли слабость и мягкотелость исконно присущими русской интеллигенции или же личность Бузыкина, главного героя фильма, есть порождение советского образа жизни. Кто-то из присутствующих яростно защищал этого героя, утверждая, что нежелание причинить боль жене, с которой прожил много лет, никак не является свидетельством слабости. В ответ звучали реплики о том, что Бузыкин и любовницу свою на самом деле не любит, он от нее устал, но по слабости характера не может послать молодую женщину подальше...

Под бой курантов выпили шампанского, потом кто-то из коллег Хвыли по режиссерскому цеху начал критиковать показанный в ноябре по телевидению сериал «Место встречи изменить нельзя», после чего разговор плавно съехал на Высоцкого и превратился в разбор его стихов. Разбор этот был, разумеется, не литературно-критическим, а скорее политическим, с анализом подтекста и поиском всяческих аллюзий. Потом кто-то взял в руки гитару, и зазвучали сперва песни Высоцкого, потом Галича...

Александр Иванович участия в беседах почти не принимал. Он просто наслаждался присутствием Аллы и радовался, что Люсеньке так весело, так интересно. Он чувствовал себя немного неловко, как почти всегда чувствуют себя в нетрезвой развеселой компании те, кто не пьет. Макс Рустамов предложить поднять бокалы за Людмилу Анатольевну Орлову:

— Благодаря этой необыкновенной женщине мы с Андреем создадим пьесу, от которой весь мир вздрогнет! — самоуверенно заявил драматург. — Сначала пьесу, а потом спектакль! «Таганку» за пояс заткнем!

Люсенька смутилась, но было видно, что ей приятно.

— За нашу Люсеньку! — подхватил Хвыля. — За нашу музу!

Одной рукой Андрей Викторович держал налитую до краев рюмку, другой крепко обнял и прижал к себе стоящую рядом жену Орлова.

Часам к четырем ночи компания заметно поредела: те, кто начал праздновать еще днем, устали и заснули — кто сидя на диване и привалившись друг к другу, кто прямо за столом, уронив голову на руки, некоторым счастливчикам повезло успеть занять спальные места в других комнатах. Те, кому удалось сохранить форму и относительную ясность сознания, повели уже совсем другие разговоры — тихие, неспешные, серьезные. О том, что означают, с точки зрения экономических перспектив, введенные в минувшем году «наценки в предприятиях общепита». О том, к каким последствиям для Израиля приведет Исламская революция в Иране: смещение лидера Ирана Мохаммеда Реза Пехлеви означало, что в исламском мире не останется ни одного государства, поддерживающего Израиль. И конечно же, говорили об альманахе «Метрополь», созданном всего в двенадцати экземплярах и вызвавшем невероятную бурю скандалов в Союзе писателей СССР.

Кто-то включил магнитофон, зазвучали романтические песни в исполнении Джо Дассена. Хвыля танцевал с Люсенькой, Макс Рустамов — с Аллой. К Орлову подошла подруга Рустамова, Инна, блондинка с точеным личиком и изящной фигуркой.

— Почему наш известный адвокат скучает? — игриво спросила она. — Это плохо. Надо быть веселым и пригласить даму на танец.

— Я плохой танцор, — с улыбкой ответил Александр Иванович.

— В таком случае даму нужно пригласить покурить на крылечке, — не отступала Инна.

Орлов ничего не имел против того, чтобы выйти на свежий воздух: в доме было уже изрядно накурено. Он подал Инне невесомую пушистую шубку, надел дубленку и распахнул дверь на крыльцо. Звезд не видно, и все вокруг казалось вовсе не праздничным, а каким-то мрачным и тяжелым. Даже белизна снега выглядела грязной. Шапку Орлов надевать не стал, и на улице у него сразу защипало уши.

Инна закурила и привалилась к нему всем телом. Орлов понял, что подруга хозяина дачи изрядно пьяна. Сделав несколько затяжек, молодая женщина подняла голову и повернула ее к Орлову так, что ее губы оказались совсем близко от его лица.

— Не понимаю, — проговорила она.

От нее пахло хорошими духами, перегаром и чесноком, который в изобилии присутствовал во всех поданных на новогодний стол блюдах, кроме, разумеется, десерта. Александр Иванович с трудом подавил желание поморщиться и отвернуться.

— Чего не понимаете?

— Этого расклада. Простой обмен был бы намного элегантнее, вы не находите? Для чего нужна вся эта провинциальная вышивка крестиком? Если уж вышивать, то более сложным стежком.

«Пьяный бред», — подумал Орлов. А вслух произнес:

— Пойдемте в дом, вы простудитесь.

— Я в шубе, мне тепло.

— Тогда хотя бы застегнитесь, мороз ведь сильный.

— А вы за меня не волнуйтесь, — огрызнулась Инна неожиданно трезвым и сердитым голосом.

Резким движением швырнув окурок в сугроб, она развернулась и ушла в дом. Орлов еще некоторое время постоял в одиночестве, наслаждаясь чистым морозным воздухом.

Он посмотрел на часы и подумал, что пора бы уже возвращаться в Москву, но решил постоять на крыльце еще немножко. Какое-то смутное чувство шевелилось внутри, не то эмоция, не то мысль, и Орлову казалось, что вот еще мгновение — и она станет яркой, отчетливой и осознанной. Александр Иванович сделал несколько глубоких вдохов и вдруг подумал: «Кто я такой? Я перестал быть Михаилом Штейнбергом, но так и не стал Александром Орловым. У меня есть дочь и внук, но я не могу быть для них ни отцом, ни дедом. У меня есть профессия, в которой я живу честно и добросовестно, вкладывая все имеющиеся способности, но не отдавая ей душу, потому что эта профессия — не моя. Я должен был стать врачом. Я хотел стать врачом. Я мечтал стать врачом. Это было моим призванием. Но я испугался трудностей. Я не хотел проверок и подозрений. Я боялся, что меня посадят, как сажали сотни и тысячи других. И еще я боялся стать жертвой антисемитизма. Откуда у людей эта ненависть к евреям? Я хороший муж и вроде бы неплохой отец, но Орловым я так и не стал, сознательно обрывая все корни, связывающие меня с чужим прошлым. Люсенька никогда не могла понять, почему я не интересуюсь историей предков Орлова, а разве я мог ей объяснить, как мне больно и страшно даже говорить об этом? У меня есть тайна от жены и сына, а это автоматически означает, что я не имею права считать себя хорошим мужем и хорошим отцом. Искренности нет, полной открытости и доверия. Да, я ни разу не изменил Люсеньке за все годы нашего брака, но разве этого достаточно, чтобы именовать себя «хорошим мужем»? Я лгал ей. Лгал все эти годы. Значит, и как Орлов я тоже не состоялся. От еврейства отказался, русским не стал. Так что же я такое? Кто я?»

За спиной скрипнула дверь, он обернулся и увидел жену.

— Алла с Андреем останутся здесь, — сказала Людмила Анатольевна, — так что если ты устал, мы можем уезжать, ждать никого не нужно.

— А ты? — спросил Орлов. — Готова ехать? Или хочешь еще повеселиться? Вы там так хорошо танцуете, жалко разбивать компанию.

— Да ну, Санечка, все уже такие пьяные, что никакого удовольствия... Пойдем в дом, попрощаемся и будем собираться.

Макс Рустамов горячо убеждал их остаться до утра, обещая шашлыки на настоящем мангале и какие-то «сказочные баклажаны», которые ему прислали из Баку и которые он сам замариновал, но поздно, и они еще не успели пропитаться и дойти до кондиции, а к полудню станут «в самый раз». Но Александру Ивановичу казалось почему-то, что причина, по которой хозяин дачи хотел бы их задержать, кроется в чем-то другом. Однако Орлов был так ошеломлен внезапно накрывшей его мыслью, что не мог сосредоточиться и хотел только одного: скорее сесть в машину и уехать, оказаться дома, раздеться, лечь в постель и закрыть глаза.

Глава 4
1982 год, сентябрь

Физиономия государственных преступлений нередко весьма изменчива. То, что вчера считалось государственным преступлением, сегодня или завтра становится высокочтимым подвигом гражданской доблести. Государственное преступление нередко — только разновременно высказанное учение преждевременно провозглашенного преобразования, проповедь того, что еще недавно созрело и для чего еще не наступило время.

Из защитительной речи
П. А. Александрова на судебном
процессе по делу Веры Засулич

Едва ли когда-либо доселе была такая супружеская чета, которая и соединилась при обоюдной невинности, и осталась непорочной до гроба.

Из защитительной речи
С. А. Андреевского на судебном
процессе по делу Андреева

Звонку бывшего однокурсника Петра Щепкина следователь Борис Орлов очень удивился: Петр после окончания юрфака оказался (не без помощи влиятельных родителей, разумеется) в 5-м управлении КГБ, на встречи группы, устраиваемые регулярно, не приходил и считался «отрезанным ломтем».

— Пивка попьем? — предложил Щепкин как ни в чем не бывало, словно они до сих пор продолжали учиться в одной группе и в последний раз виделись только вчера.

— Ну, давай, — растерянно согласился Борис, не очень хорошо понимая, что может сулить ему такая встреча.

Договорились пересечься в восемь вечера в пивном баре на Садовом кольце. Взяли по две кружки пива и тарелку горячих вареных креветок, встали за круглый стол, завели разговор об одногруппниках: кто где работает, как живет, кто на ком женился. За этим же столом двое мужчин, явно разбавлявших пиво водкой, громко спорили о тбилисском «Динамо», завоевавшем в прошлом году европейский Кубок обладателей кубков, и о том, какую позицию в турнирной таблице занял бы «Пахтакор», если бы вся команда не погибла в 1979 году в авиационной катастрофе.

В помещении было дымно, шумно и душно, и Борис никак не мог взять в толк, зачем Петька Щепкин вытащил его сюда. Наконец Петр отставил кружку и сказал:

— Пойдем пройдемся.

Они молча прошли метров триста, прежде чем Щепкин заговорил.

— Борь, не хочу лезть не в свое дело, но по-дружески...

Он снова замолчал. Борис с тревогой посмотрел на него.

— Да что случилось-то? У меня что, на службе проблемы? Собираешься предупредить, что я не на того человека дело возбудил?

— Дома у тебя проблемы, а не на службе.

«Да ну, ерунда какая, — с облегчением подумал Борис. — Что может быть у меня дома? Отец — адвокат, мама — доцент, никто не ворует и взяток не берет. Танька? Но мы еще не женаты, хотя и собираемся. Она живет со своей матерью и никак не может считаться пока членом моей семьи. Ошибка вышла».

— Ты ничего не перепутал? — весело спросил он. — Может, у какого-то другого Орлова проблемы дома? Фамилия распространенная, нас, Орловых, сотни тысяч по всей стране.

— Не перепутал, — ответил Щепкин очень серьезно. — Имя режиссера Хвыли тебе что-нибудь говорит? Андрей Викторович Хвыля. И его жена, актриса Алла Горлицына.

— Ну да, родители с ними дружат.

— Родители с ними или твоя мать с Хвылей, а отец — с Горлицыной?

Борис остановился как вкопанный.

— Что ты хочешь сказать? Что...

— Именно это и хочу. И, считай, уже сказал. Это дело сугубо семейное, нашу контору интересует, как ты понимаешь, моральный облик только тех, кто выезжает за рубеж, и я никогда не стал бы тебе звонить, если бы не одно «но».

— Продолжай.

— Хвыля крутится в компании диссидентов. И твою мать туда привлек. Ты об этом знал?

— Нет, конечно... Ты не ошибаешься? Это точно известно? Да нет, невозможно... Поверить не могу... Отец с мамой всегда были такими дружными, всегда вместе... Мы в одной квартире живем, я бы заметил... Бред какой-то! Не верю!

— Станиславский ты наш, — усмехнулся Петр. — Что ты вообще можешь заметить? Ты или на службе пропадаешь, или с Татьяной Потаповой время проводишь, домой приходишь только переночевать, и то не всегда. Думаешь, я не знаю, что когда Вера Леонидовна в командировках, ты ночуешь у Потаповых?

Все-то он знает... Недреманное око «старшего брата». Борис поежился. Сентябрьский вечер был по-летнему теплым, но Орлову стало холодно.

— Вы что, и меня проверяли?

— Ну а как же! — теперь Щепкин говорил почти весело. — Обязательно. Я не позвонил бы тебе, если бы получил информацию о том, что твоя мать и тебя вовлекла в это безобразие. Борь, мы с тобой никогда особо близко не дружили, но я всегда знал, что ты хороший честный парень, поэтому и решил тебя предупредить. Знаешь, как говорят? «Предупрежден — значит вооружен».

— О чем предупредить? О том, что вы собираетесь арестовать мою мать? Или отца тоже?

— Ну зачем ты так... Просто предупредить. Проинформировать по-дружески. Никто никого арестовывать не собирается, критика советской власти не является преступлением, уж кому, как не тебе, знать наш уголовный кодекс. Распространять клевету, порочащую советский общественный и государственный строй, это да, это преступление, а просто критиковать — да ради бога. Но ты сам понимаешь, что ничто не стоит на месте, все развивается. Сегодня это просто кухонные тихие разговоры, а завтра в ход пойдут листовки, потом самиздат, интервью западным радиостанциям. Вот это уже будет серьезно. Поэтому, если ты сможешь оторвать свою мать от этого режиссера, она тебе потом только «спасибо» скажет.

— И как я, по-твоему, должен ее отрывать? — криво улыбнулся Борис. — Сказать ей: «Мама, Андрей Викторович — плохой мальчик, не водись с ним, иначе будет ай-яй-яй»? Или как?

Петр неодобрительно покачал головой.

— Все шутишь? Поговори с отцом. Открой ему глаза. Мне кажется, он должен все это знать.

— Что знать? Что мама ему изменяет с Хвылей? И что она связалась с диссидентами?

— Именно. Если Александр Иванович дорожит своей семьей, он сделает все, что от него зависит, чтобы сохранить брак. И сам свою актрису бросит, и жену от любовника отвадит. Я не вчера родился и понимаю, что сыновья на матерей никакого влияния не имеют. А вот мужья на жен — очень даже могут повлиять. Мой тебе совет: поговори с отцом.

Они дошли до станции «Маяковская» и распрощались. Щепкин пошел на остановку троллейбуса, а Борис спустился в метро.

Услышанное казалось ему невероятным, но в то же время пришлось признаться себе, что после окончания университета он действительно почти ничего не знал о жизни своих родителей. Борис Орлов много работал, а в свободное время встречался с Татьяной Потаповой, отношения с которой из шутливых и «игрушечных» неожиданно стали серьезными и глубокими. Жизнь родителей мало интересовала молодого человека, ибо он, как и подавляющее большинство его ровесников, полагал, что после тридцати пяти лет наступает глубокая старость, в которой уже ничего существенного и достойного внимания происходить не может. Отцу шестьдесят, мама на десять лет моложе, но пятьдесят — это тоже о-го-го какой возраст, какие тут могут быть романы и супружеские измены?

Оказалось, что могут. Если Петька Щепкин не ошибается или не врет.

Стоя в качающемся вагоне метро, Борис попытался собрать в памяти все мелкие детали, попадавшие в поле его зрения.

Отец долго разговаривает по телефону с Аллой... Но они говорят о ее сыне.

Мама говорит, что Хвыля приглашает на «квартирник» — домашний концерт какого-то барда... Но она же зовет с собой отца, а не идет одна. Хотя отец, кажется, отказывается...

Еще какие-то мелочи всплывали в голове и заставляли думать, что Петр сказал правду. И что со всем этим теперь делать? Последовать дружескому совету и поговорить с отцом? Или смолчать и сделать вид, что ничего не происходит? А вдруг мама действительно попала в круг людей, близость к которым потом обернется для нее неприятностями? И для нее, и для отца, и для самого лейтенанта милиции Орлова? Скоро подойдет срок получения Борисом очередного специального звания, а тут такое...

Выйдя из метро на своей станции, он откопал

в кармане «двушку», позвонил из автомата Тане и сказал, что сегодня не приедет. Второй «двушки» не нашлось, и домой пришлось звонить при помощи гривенника.

Трубку снял Александр Иванович.

— Привет, пап. Мама дома?

— Нет, она сегодня будет попозже, у них там опять посиделки с Максом по поводу пьесы. А что? Тебе мама нужна?

— Все в порядке, просто спросил. Я скоро буду.

— Ты же сегодня к Танечке собирался...

— Не срослось.

— Что-то случилось? —. В голосе Александра Ивановича зазвучало беспокойство. — Вы поссорились?

— Да нет же, пап, все нормально! Честно. В общем, ставь чайник, я от метро звоню, скоро буду.

Если бы мама оказалась дома, Борис предложил бы отцу выйти подышать свежим воздухом. Но коль ее нет, то никто не помешает им поговорить.

* * *

Александр Иванович с напряжением и тревогой смотрел на жену: Люся, одетая в домашний халатик, неторопливо перебирала какие-то исписанные листы, которые достала из толстой картонной папки с завязками. «Неудачно покрасилась в этот раз», — почему-то подумал он, заметив, как заглянувший в окно солнечный луч упал на светло-каштановую прядь, сверкнувшую сединой. И тут же Орлов одернул себя: «О чем я? Рушится моя семья, сейчас определяется наша с Люсенькой судьба, а я замечаю, как она покрасилась... Идиот!»

Всю ночь после разговора с сыном Александр Иванович провел без сна, обдумывая услышанное и пытаясь понять, как правильнее поступить. Он в первый момент даже не удивился, когда Борька сказал, что у Люсеньки роман с Хвылей. Удивление пришло минут через двадцать, когда Орлов вдруг осознал, насколько Алла поглотила его внимание. Ведь все было так очевидно! А он ничего не видел, не замечал, ему не хотелось ничего знать, кроме дочери и внука. Наоборот, Александр Иванович радовался, когда жена отправлялась на встречи с режиссером и его другом-драматургом: это давало ему полное право распорядиться своим временем, которое он тратил, конечно же, на Аллу и Мишу. «Девочка совсем брошенная, — говорил себе Орлов, — муж занят своей работой, своими спектаклями, своими идеями, а она все время одна».

Вариантов, как ему казалось, было, в общем-то, немного. Собственно говоря, всего два, как и у всех людей, оказывающихся в подобной ситуации: или делать вид, что ничего не происходит, или поговорить с женой и все прояснить. Но сын сказал одну правильную вещь: Люсеньку надо предостеречь от возможных неприятностей, и без разговора тут никак не обойтись. «Мы все мучаем друг друга, — пришла на рассвете мысль. — Хвыля проводит с Люсей столько же времени, сколько и она с ним, то есть много. Аллочка страдает, это и само по себе плохо, и на Мишке сказывается. Хвыля и Люся лгут дома, притворяются. Наверное,

Аллочка давно уже почуяла неладное, но постеснялась мне сказать, все же я мужчина, хоть и друг. Женщины вообще не любят вслух признавать, что их бросили. Всем кругом плохо от этого вранья. И первый в ряду виноватых — я сам. Я слишком много внимания уделял Алле и дал Люсе повод для ревности. Даже комитетчики, а теперь и наш сын уверены, что Алла — моя любовница. А от ревности до измены расстояние очень маленькое. Надо поговорить. Нельзя молчать и притворяться, будто ничего не происходит. Хватит, намолчался уже. Надо задать всего один вопрос».

Все утро Александр Иванович собирался с силами, чтобы этот вопрос задать. И вот наконец задал. И теперь ждал ответа, поражаясь самообладанию жены, которая, казалось, нисколько не испугалась и не заволновалась. Она методично перебирала бумаги в поисках чего-то очень нужного.

Молчание затягивалось. Александр Иванович начал нервничать.

— Люся! — окликнул он жену. — Ты ничего не хочешь мне ответить?

Она неторопливо сложила бумаги в папку, сделала аккуратный бантик из завязок и села за стол, положив соединенные в замок ладони перед собой. Глаза ее, устремленные на Орлова, смотрели укоризненно и в то же время насмешливо.

— Интересно, если бы Борька тебе не сказал, когда бы ты прозрел? Я долго терпела, Орлов. Я терпела твою увлеченность Аллочкой и ждала, когда же твоя романтика закончится. Но ты тонул в этом болоте все больше и больше, и я поняла, что все серьезно и ты собой не управляешь. Разве я хоть раз упрекнула тебя в этой влюбленности? Нет. Я отнеслась с пониманием и просто ждала, когда болезнь пройдет. И вот, пока я ждала, мне открылась совсем другая жизнь. Жизнь, в которой я могу быть равноправным партнером, а не вечной девочкой-несмышленышем. И эта другая жизнь нравится мне куда больше, чем жизнь, в которой я послушно выполняю функцию ребенка.

— Я не понимаю, Люсенька... Я могу тебе поклясться, что у меня нет и не было романа с Аллой. И я не понимаю твоих претензий...

— Ты не понимаешь? — усмехнулась она. — Хорошо. Что ты думаешь по поводу письма Белинского Гоголю?

— Господи, Люся, ну при чем тут это?! — воскликнул Александр Иванович. — В письме говорится о твоем романе с Хвылей?

— Но ты хотя бы помнишь, в чем там суть и из-за чего вышел весь сыр-бор?

— Не помню я! — резко ответил Орлов.

И вдруг спохватился. В голову пришла малодушная мысль, что если сейчас развернуть разговор в иное русло, отвлечь Люсю, предложив ей рассказать поподробнее, то, может быть, все как-то обойдется... Этот прием всегда срабатывал раньше.

— Так что там случилось между Белинским и Гоголем? — спросил он уже совершенно другим тоном, спокойным и миролюбивым, даже заинтересованность сумел изобразить.

— Разность принципиальных позиций. Белинский — сторонник революционных методов преобразования, он считал, что нужно все быстренько порушить, а на руинах так же быстренько вырастет все новое и замечательное. Гоголь — эволюционист, он считал, что начинать надо с каждого конкретного человека, то есть с себя, и тогда мало-помалу мир, населенный изменившимися людьми, изменится тоже. «Неистовый Виссарион», со свойственным многим критикам хамством, грубо оскорбил Гоголя, при этом выдергивал слова из контекста и перевирал заложенный в них смысл. В школе нам, разумеется, ничего этого не объясняли, потому что оба они, и Белинский, и Гоголь, назначены быть классиками, а это следует понимать так, что они априори правы. Оба. Классик не может быть неправ. Но тебе же это совсем не интересно, Орлов.

— Ну почему?..

— Да потому, что я раз десять за последние полгода упоминала это письмо, но ты меня не слушал. Ты об Аллочке думал, надо полагать. Тебе вообще никогда не было интересно то, чем я занимаюсь помимо основной работы. Да и работа моя тебя не сильно волнует. Трудится девочка где-то — и слава богу, за тунеядство не привлекут. Знаешь, друг мой, мне надоело быть вечно младшей.

— Но я...

— Подожди, Саша, не перебивай меня. Раз уж зашел разговор, то я выскажусь до конца. Ты занял по отношению ко мне позицию старшего наставника, который имеет право поучать и контролировать. Я для тебя всегда, с самого начала, была эдакой миленькой дурочкой, которая хороша для ведения домашнего хозяйства и для совместных походов на премьеры и просмотры. Ты насмехался над моими увлечениями, ты не принимал их всерьез, считал их никому не нужным баловством. Ты даже не потрудился заметить, что если я столько лет этим занимаюсь, то, наверное, для меня это все-таки имеет большое значение. Единственное, что ты иногда делал — осекал меня, когда тебе казалось, что я захожу слишком далеко. Да, время от времени ты позволял мне рассказывать тебе о своих находках, но делал это вовсе не потому, что тебе действительно интересно, чем я занимаюсь, а только лишь с целью успокоить меня и отвлечь. Неужели ты думал, что я такая глупая и не вижу этого, не понимаю? Ну ладно, хорошо, для тебя я такая. Но появились люди, которые меня маленькой дурочкой не считают. Люди, которым интересно и нужно то, что я знаю. Люди, готовые со мной обсуждать историю правовой мысли и законодательных реформ. Все, Орлов. Девочка выросла. Назначь теперь Аллочку себе в младшую группу, она значительно моложе меня, у тебя получится. А я от твоей снисходительности устала.

Александр Иванович помолчал, потом спросил негромко:

— Правильно ли я понял, что ты больше не хочешь со мной жить? Ты от меня уходишь?

Людмила Анатольевна вздохнула.

— Да, Саша, я хотела бы уйти от тебя. Но пока некуда.

— А Хвыля? Разве ты не к нему хотела бы уйти?

— К нему. К Андрею. Но если ты не забыл,

он все-таки женат. И живет со своей семьей в общаге.

— Разводиться не собирается?

— Не знаю, мы это не обсуждали.

— Так обсудите.

— Обсудим, — кивнула жена, — обязательно обсудим. А пока тебе придется потерпеть мое присутствие здесь. Другого жилья у меня нет. Обещаю,
что не буду слишком долго тебя мучить. Поговорю со знакомыми, может, у кого-то на даче можно
перекантоваться.

— У нас тоже есть дача, — растерянно проговорил Александр Иванович. — Почему ты не рас-
сматриваешь такой вариант?

— Наша дача не приспособлена для жизни в
ней зимой, она летняя, хотя на первое время, конечно, сойдет, до холодов. Но она далеко. Чтобы
каждый день ездить на работу и возвращаться туда ночевать, нужна машина.

— Возьми нашу машину.

Он готов был предлагать все что угодно и пойти
на любые условия, лишь бы Люсенька была доволь-
на, лишь бы ей было хорошо. Потому что он сам
виноват. Виноват во всем, что произошло. Сперва
побоялся оказаться евреем в немецком плену. Потом побоялся признаваться в подмене документов, потому что испугался и огульных репрессий,
под напором которых в лагеря отправляли людей
сотнями и тысячами, ни в чем не разбираясь и ни
во что не вникая, и нарастающего в стране антисемитизма. Потом побоялся быть откровенным с
Люсенькой, которая была на десять лет младше. Да,

он любил ее, но был уверен: не поймет. Не примет. И тем самым Александр Иванович изначально отрезал для себя возможность партнерских отношений в браке. Ибо равенство возможно только там, где есть полная искренность и открытость. А там, где нет равенства, остаются только два варианта отношений неравенства: либо подчиненность, либо господство. То есть ты или подкаблучник, или старший. Он выбрал роль старшего. Мудрого. Знающего, как и что нужно делать. Ему казалось, что это правильно, разумно. Ведь Александр Орлов — фронтовик, имеющий и боевые ранения, и награды, да и старше жены на целых десять лет. Разве могло сложиться как-то иначе?

И вот теперь оказалось, что все было неправильно. Сначала Алла, теперь Люся... Почему, ну почему так сложилось? Неужели самое обыкновенное, самое понятное стремление выжить может привести к таким катастрофическим последствиям?

* * *

Так бывало у него всегда, с самого детства: в стрессовой ситуации Миша Штейнберг становился собранным и сосредоточенным, хладнокровным и рассудительным, но потом наступал откат, в период которого он то плакал, то смеялся, плохо понимал обращенные к нему слова и реагировал на них неадекватно. В начальных классах школы у Миши действительно были проблемы с устными ответами на уроках, но корень их был вовсе не в том, что мальчик боялся или волновался, а в самом обыкновенном косноязычии и отсутствии навыка внятного и последовательного изложения мысли. Этот порок был вполне успешно побежден совместными усилиями бабушки и учительницы.

Отец, Иосиф Ефимович, часто говорил сыну:

— Ты, Миша, можешь стать хорошим хирургом, у операционного стола никогда не растеряешься, не запаникуешь, если что-то пойдет не так, сохранишь спокойствие. Это очень важное качество. Но тебе нужна такая жена, которая будет тебя держать в ежовых рукавицах, иначе после каждой серьезной операции ты будешь пить и очень быстро сопьешься.

Когда Александр Иванович понял, что у него есть дочь, считающая своего отца, Михаила Штейнберга, погибшим на войне, он сумел сохранить самообладание и ничем не выдал того, каким сильным оказался удар. Но только теперь, после разговора с женой, Орлов вдруг осознал, каким мощным и длительным оказался период отката. Три года! Три года он почти ничего не видел и не слышал вокруг себя, кроме одного: у него есть дочь и внук. Вспомнилась встреча Нового, 1980, года на даче у Максуда Рустамова. По разговорам, которые там велись, и по тому, как активно участвовала в них Люсенька, уже тогда можно было понять, что эти люди интереснее ей и ближе, чем правильный и всего опасающийся муж. А по тому, как обнимал ее Андрей Хвыля, можно было сделать вывод о степени их близости. Все можно было, можно было... Еще тогда... И эта Инна, подружка Макса, полупьяная, привалившаяся к стоящему на крыльце

Орлову... Что она тогда говорила? «Провинциальная вышивка крестиком... Простой обмен был бы элегантнее...» В тот момент Александр Иванович счел ее слова пьяным бредом и не обратил внимания на них. А ведь сказано это было как раз в тот момент, когда Люсенька танцевала с хозяином дачи. Инна приревновала, она сочла, что ее друг флиртует с женой Орлова, а сам Орлов ухаживает за Аллой. Под «простым обменом» Инна, похоже, имела в виду, что поскольку у Орлова роман с женой режиссера, то будет вполне естественным, если у Людмилы Анатольевны сложатся отношения с самим режиссером. Или они к тому моменту уже сложились? И все обо всем знали? Все, кроме самого Александра Ивановича и Аллочки.

Что же будет дальше? Как обустроится их новая жизнь? Борька собирается жениться на Танечке Потаповой, и до сегодняшнего утра предполагалось, что жить молодые первое время будут здесь, это даже не обсуждалось, потому что у Веры Потаповой однокомнатная квартира, а у Орловых — очень приличная «трешка». Сразу после свадьбы планировалось начать поиски размена, чтобы у детей была своя жилплощадь. Но теперь надо каким-то образом решать вопрос жилья для Люси. Разменивать квартиру, получить, в итоге, маленькую двухкомнатную (для себя и Бориса с Татьяной) и «однушку», в которой Люся будет жить со своим режиссером. Или попытаться разменять трехкомнатную квартиру на три однокомнатные, чтобы отделить молодоженов, но без доплаты это вряд ли получится, значит, придется продавать машину.

А Аллочка с сыном? Так и останутся в общежитии? Или нужно дождаться, пока Хвыле все-таки дадут давно обещанную квартиру, и тогда устроить размен более сложный, но сулящий лучшие результаты, по крайней мере, для дочери и внука.

Большую часть времени между вечерним разговором с сыном и утренним объяснением с женой Александр Иванович провел в попытках найти способ удержать Люсеньку. В голове крутились только какие-то банальности, вроде слов, что «за любовь надо бороться», «тридцать лет вместе», воспоминаний о том, как все было хорошо и они жили без ссор и скандалов и вместе вырастили замечательного сына, и тому подобные вещи. Лишь ближе к рассвету Орлова озарила простая и ясная мысль: если вот уже три года его жене лучше с другим мужчиной, то зачем ее удерживать? Зачем пытаться вернуть в лоно семьи? Кто будет счастлив при таком повороте событий? Он, Орлов, знающий, что жена страдает и скучает по своему режиссеру, тоскует и рвется к нему? Или она, Люся, страдающая и тоскующая, живущая с мужем, которого разлюбила? Ради чего все это затевать? Обычно принято отвечать: ради детей. Но Борька вырос, он самостоятельный взрослый мужчина, собирающийся создавать свою собственную семью. Тогда ради чего? Зачем же мучить друг друга?

Но нельзя забывать и о том, почему вообще всплыла вся эта история: о Борькином приятеле из КГБ, который «по-дружески предупредил». Почему именно сейчас? Потому что к началу сентября знаменитая Хельсинкская группа оказалась полностью обескровленной, основной ее костяк был арестован, а двое оставшихся на свободе наиболее активных члена объявили о прекращении деятельности по контролю за соблюдением в СССР подписанных в Хельсинки соглашений о соблюдении прав человека. Диссидентскому движению в стране был нанесен серьезный удар, недвусмысленно означавший, что работа КГБ в этом направлении не только не сворачивается, а, напротив, активизируется в самое ближайшее время. Связь Людмилы Анатольевны Орловой с Андреем Хвылей — это не просто супружеская измена, на которую Борькиному однокурснику было бы наплевать. Это связь с инакомыслящими. Это высокий риск попасть под репрессии. Ему, Орлову, уже ничего не страшно, даже если он лишится работы: просто уйдет на пенсию, возраст как раз подошел. А вот на Борьке может сказаться, и еще как! Он пока в комсомольском возрасте, но для того, чтобы сделать нормальную карьеру в следствии, он обязательно должен вступить в партию, а какая может быть партия при матери-диссидентке? Верочке Потаповой, пока она работала в прокуратуре, было проще: такого гениального следователя двигали и без членства в КПСС. А Борис Орлов — самый обыкновенный, хороший, добросовестный, но ничем не выдающийся. На нем за Люсеньку отыграются в полный рост, он и ахнуть не успеет. И в интересах сына надо бы Люсю отпустить подальше от себя.

И еще одна мысль не давала покоя Александру Ивановичу Орлову, терзая его и в ту долгую мучительную ночь, и весь следующий день: как же так получилось, что совершенно незнакомая женщина, пусть даже и родная дочь, вдруг заняла весь первый план его жизни и вытеснила из нее не только жену, но и горячо любимого сына Борьку? Да, конечно, Алла поразительно похожа на Руфину Азиковну Штейнберг, свою бабушку, просто точная копия, и не только чертами лица, но и мимикой, и пластикой, и даже голосом. Но ведь Борька — сын, обожаемый, выросший на глазах у Орлова. Именно Борьке, а не Аллочке, Орлов рассказывал на ночь сказки и стихи, именно его учил читать и считать в трехлетнем возрасте, именно его отвел в первый класс с огромным букетом гладиолусов. А теперь что же? «Борька во мне не нуждается, — уговаривал себя Александр Иванович. — Он взрослый, он уже следователь, офицер, жених, у него все в порядке, папа и мама рядом, жилье есть, работа, зарплата, причем немаленькая. Полно друзей и знакомых: и одноклассники, и однокурсники, и коллеги. У него все в полном порядке. А Алла сидит практически без работы, получает свою минимальную зарплату, муж не уделяет ей никакого внимания, они ютятся в крошечной комнатушке в общаге, и если Андрей весь в искусстве и в творческих планах, то Аллочка тянет на себе и быт, и довольно сложного сына-подростка. Она куда больше нуждается в поддержке и помощи — пусть хотя бы моральной и организационной, потому что финансово я ей помочь никак не могу, да она и не примет: с какой стати адвокат Орлов будет давать деньги безработной актрисе

Горлицыной? Это и само по себе неприлично, и пересуды пойдут, и ее муж не поймет. У Аллы никогда не было отца, она выросла с отчимом, мама умерла. Подруг в Москве не завела пока, то есть они есть, конечно, но у Аллы хватает здравого смысла трезво оценивать истинные причины их расположения: они — актрисы, а Алла Горлицына — жена режиссера Хвыли. Цена такой дружбе ох как невысока. Разве не очевидно, что дочь нуждается во мне куда больше, чем сын?»

Во время этих тягостных раздумий где-то на задворках сознания то и дело мелькало выплывавшее из детских воспоминаний слово «шрейтеле». Шрейтеле — домовой, о котором сложено множество еврейских народных сказок. Орлов много лет не вспоминал это слово... Не вспоминал до тех пор, пока Алла однажды не сказала:

— Из всего того, что мама рассказывала об отце, я запомнила только, что он в детстве очень любил сказки про шрейтеле. Это он сам маме говорил. И еще он ей говорил, что сказки про Гершеле ему не нравились. Вот бы прочитать все эти сказки!

— Зачем? — спросил тогда Александр Иванович, пытаясь сохранить вид равнодушной заинтересованности, чтобы не показать, как сильно забилось в тот момент его сердце.

Он ведь действительно говорил когда-то об этом медсестричке Зоеньке Левит, матери Аллы. Неужели она обратила внимание и запомнила? И не просто запомнила, а еще и дочери рассказала...

— Может быть, мне стал бы понятен характер отца, — задумчиво ответила Алла. — Знаешь, когда актер прорабатывает роль, он очень внимательно читает все, что говорит и делает его персонаж, как реагирует на слова других действующих лиц, на происходящие события. По крохам, по крупицам актер собирает информацию и как бы восстанавливает полный облик героя, конструирует его личность, разбирает его характер. Если невозможно ничего узнать о поступках отца, то, может, хотя бы по сказкам, которые он любил и которые не любил, можно что-то понять о нем.

В тот раз Орлов заявил дочери, что с еврейскими народными сказками не знаком, но постарается или найти книгу, если она вообще существует, или расспросить знающих людей. Книгу он, разумеется, найти и не пытался. Просто сказал Алле через несколько дней:

— Если тебе все еще интересно, могу поделиться несколькими сказками про шрейтеле и про Гершеле. Вытряс из одного старого адвоката. Не гарантирую, конечно, что он все помнит правильно, все-таки годы весьма солидные, под девяносто. Но вырос он в Херсоне, и можно полагать, что фольклор там был примерно таким же, что и у полтавских евреев.

Сказки рассказывала бабушка Хана, мама отца, Иосифа Ефимовича.

Истории про Гершеле маленькому Мише действительно никогда не нравились: мальчик не понимал, какая радость от того, что хитрый бедняк обманул простодушного богатея. А вот сказки про шрейтеле-домового мальчик очень любил. Шрейтеле помогал тем, кто честно трудится, но была у этого существа одна особенность: отблагодарить его за помощь можно было, судя по бабушкиным сказкам, только одним способом — подарить ему «правильную одежду», простую, не нарядную и непременно белую. Если оставить ему в качестве благодарности, например, красный кафтанчик, то шрейтеле обидится, уйдет и больше помогать не будет. Почему-то эта смешная черта характера необыкновенно нравилась Мише и делала в его глазах сказочного домовенка очень человечным и реальным.

В тот день Александр Иванович и Алла долго разбирали каждую сказку, строя предположения о возможном характере мальчика, которому вот это нравилось, а вот это — не очень. Собственно, говорила в основном Алла, а Орлов только соглашался или коротко возражал в ответ на ее рассуждения, боясь сказать слишком много и выдать себя. Он слушал свою дочь и испытывал такое невероятное счастье, о существовании которого даже не подозревал. И еще несколько следующих недель он словно купался в этом счастье, согревавшем его и разливавшем вокруг себя волшебный свет.

Постепенно острота восторга ушла, но память о нем осталась, и Александр Иванович до последнего времени был уверен, что те сильные чувства были связаны с воспоминаниями о родной семье и с возможностью пусть окольным путем, пусть косвенно, но все-таки поговорить о себе — настоящем.

До последнего времени... До того дня, когда он

вдруг задался вопросом: почему чужая, в сущности, Алла стала ему дороже сына. Орлов внезапно понял, что тот ответ, который он давал себе раньше, был нечестным. Честный же ответ состоял в том, что Алла была единственным на свете существом, которого интересовал Михаил Иосифович Штейнберг. Интересовал искренне. Алла хотела знать о нем как можно больше: каким он был? Как он думал? Как чувствовал? Какие книги читал? Как учился в школе? Дрался ли с мальчишками? Какую еду любил? Как относился к родителям, к младшим братьям и сестрам?

«Всем нужен адвокат Орлов, — признался себе Александр Иванович. — И никому не нужен Мишка Штейнберг. Никому, кроме Аллы. Те, кто помнил бы меня, мои одноклассники и сокурсники по мединституту, давно выбросили меня из головы. Если кто-то даже и вспоминал и хотел найти, то получил ответ: ополченец Штейнберг пал смертью храбрых в 1941 году при обороне Харькова. После этого обо мне и думать перестали. Семья вся погибла, родственников не осталось, разве что очень дальние, которые тоже получили известие о моей гибели и благополучно меня забыли. Меня нет ни для кого. Меня, с моим характером, с моими детскими и юношескими воспоминаниями, мечтами, стремлениями, радостями и огорчениями; меня, с моими, может быть, неправильными решениями и глупыми поступками; меня, с моей болью, каждый раз раздирающей меня изнутри при мысли о том, как расстреливали моих близких, — меня нет. Я есть, и в то же время меня ни для кого нет. И думает обо мне — настоящем — только Алла. Именно это меня и притягивает к ней. Шрейтеле, шрейтеле, домовенок шрейтеле... Я предал тебя, милый добрый шрейтеле, как предал всю свою семью и память о ней, как предал самого себя, свою душу, свой разум, как предал свою судьбу. Можно ли назвать трусостью то, что я сделал? Или это была хитрость в целях выживания? Не знаю. Но теперь, пожалуй, точно знаю одно: я предатель».

Ему стало тошно. Тяжко. Холодно. Ему хотелось напиться, а еще лучше — уйти в долгий запой. Но Александр Иванович не переносил алкоголь, и когда он выпивал больше, чем просто «чуть-чуть», физическая дурнота одолевала его задолго до того, как наступало изменение сознания и приходило облегчение.

Неутешительные итоги, подведенные Орловым, выглядели устрашающе.

Он — предатель.

По его вине разрушена семья.

Он потерял любимую жену.

Он обречен на пожизненное одиночество, потому что ни с кем не может быть полностью искренним и откровенным.

Искусственно созданный Александр Орлов и потерянный навсегда Михаил Штейнберг не породили новую личность. Они породили только пустоту. Он, Орлов, — ничто. Его не существует.

* * *

Орлову казалось, что он превратился в кусок ржавого железа. Он почти ничего не чувствовал, когда они с Люсей объявляли сыну о совместном решении разойтись, и потом, когда помогал жене собирать вещи и перевозить их на дачу, и даже тогда, когда врал Алле, что не знает, с кем Люся завела роман. Судя по вопросам и искреннему удивлению дочери, она и не подозревала пока об измене мужа. Алла так горячо сочувствовала Орлову, так старалась его утешить, поддержать и чем-нибудь развлечь, что ему становилось стыдно.

Шли дни, которые складывались в недели, недели превращались в месяцы, наступили морозы, Люся перебралась на теплую дачу к каким-то знакомым, а Алла по-прежнему ни о чем не догадывалась, простодушно предлагая Орлову:

— Хочешь, мы с Андреем придем к тебе в гости завтра? Я что-нибудь вкусненькое приготовлю, посидим...

— Мы с Андреем идем на день рождения, пойдем с нами, а? Ну что ты дома сидишь один, как сыч!

— Ты говорил, что можешь достать путевки в Вороново, говорят, там шикарные условия! Давай поедем все вместе на выходные, Мишку возьмем, на лыжах покатаемся...

«Мы с Андреем»... Стало быть, Люся от мужа ушла, а вот ее сердечный друг уходить от жены пока не намерен. Хотя это вполне объяснимо: Андрей Викторович Хвыля после первого успешного спектакля поставил еще две пьесы, обе работы получили весьма высокую оценку и критиков, и зрителей, и — что самое главное — правящих верхов, и сейчас решался вопрос о назначении его главным режиссером довольно популярного театра, художественный руководитель которого пользовался особой любовью Брежнева и после смерти генсека в минувшем ноябре был немедленно отстранен от должности. Претендентов на освободившуюся вакансию оказалось множество, почти все — именитые и заслуженные, и при такой конкуренции адюльтер и развод были бы члену партии Хвыле совсем некстати.

«Если я прав, — думал Александр Иванович, — если Андрей не уходит от жены именно из карьерных соображений, то есть надежда, что все еще может обернуться хорошо. Коль дело в назначении на должность, Хвыля постарается сделать все возможное, чтобы ничто этому назначению не помешало. Он не только не уйдет пока от Аллы, но и отдалится от своих приятелей-диссидентов и этим автоматически обезопасит не только себя, но и Люсеньку. Конечно, Люся вряд ли вернется ко мне, но у нее хотя бы не будет неприятностей. Если Андрея назначат главным режиссером, то в самое ближайшее время дадут квартиру, тогда можно будет и разводиться, и обменом заниматься».

Орлов механически, ни во что не вникая, делал свою работу, принимал в консультации граждан, приходивших с разными вопросами и бедами, вел защиту по уголовным делам, покупал продукты и кое-как готовил нехитрую еду для себя и сына. Если Борька ехал после работы к Танечке, то Александр Иванович обходился бутербродами и чаем.

Однажды за таким скудным ужином его застала Вера Потапова, явившаяся, против обыкновения, без предварительного звонка. В последнее время, несмотря на давнюю дружбу и грядущее родство, они виделись совсем редко: Вера Леонидовна занималась подготовкой к защите диссертации, проходила обсуждения на кафедре и собирала многочисленные документы для представления работы в Ученый совет. И все это — параллельно с основными обязанностями старшего научного сотрудника, то есть с командировками, отчетами, написанием аналитических материалов и статей.

— Специально не стала звонить, — строго сказала она, оглядывая кухню, — чтобы ты не подготовился. Решила проверить, как вы тут справляетесь без Люси. Борька, конечно, утверждает, что у вас все отлично: чистенько, постирано-поглажено, и еда есть. Но я уж хочу, знаешь ли, своими глазами увидеть.

Оглядев то, что стояло на столе, Вера усмехнулась.

— Бутерброд, значит? А сыр этот ты когда покупал?

— Не помню, — признался Орлов. — На прошлой неделе, кажется.

— Вот оно и видно, что на прошлой неделе. Он уже весь закостенел от старости.

Вера провела пальцем по поверхности плиты, заглянула в духовку, проверила холодильник и кухонные шкафчики, потом быстро осмотрела комнаты.

— Действительно, чистота у вас, не соврал твой сынок, — констатировала она. — А вот с питанием полное безобразие. Скажу Танюшке, пусть хотя бы два раза в неделю приезжает и готовит что-нибудь горячее на два-три дня, а то вы без женской руки быстро превратитесь в двух язвенников.

— Да пусть бы она уже насовсем к нам переезжала, — предложил Орлов. — Все равно ведь дети поженятся, так какая разница, когда они съедутся: до свадьбы или после?

— Тоже верно, — согласилась Вера. — Пока... Ну, пока с Люсенькой все это не случилось, мы с Танюшкой как-то настроились, что молодые будут с самого начала жить отдельно, чтобы отношения ни с кем не испортились. Ну, разве что первое время Таня пожила бы у вас. Сам знаешь, сноха и свекровь — это всегда проблемы, даже с Люсиным характером. Две хозяйки на одной кухне. Вот и привыкли думать, что пока обмен, пока то-се... Когда Люся уехала, ты сказал, что надо подождать, пока Хвыля жилье получит. А ведь и в самом деле, пусть Танюшка уже здесь с вами живет. И тебе полегче будет, и Борька перестанет между двумя домами мотаться.

— Тогда и женятся пускай сейчас, — оживился Александр Иванович. — Чего ждать-то? Поживут пока со мной, потом разменяемся и разъедемся.

— Ну, насчет «женятся» — это пусть дети сами решают, — улыбнулась Вера. — Мало ли какие у них планы...

— А у них есть какие-то планы? — удивился Орлов.

Вера вздохнула.

— Не знаю. Со мной они не очень-то делятся. Но у меня же мышление следователя, и я всегда помню, что если я о чем-то не знаю, это не значит, что этого нет.

Александр Иванович налил ей чаю, высыпал в блюдце остатки крекеров из купленной когда-то пачки.

— Извини, больше угостить нечем, — развел он руками.

— Ничего, вот Танюшку на тебя напущу — она быстро порядок наведет, она у меня девка рукастая и хозяйственная.

Они поговорили об общих знакомых, обсудили кадровые перестановки в прокуратуре, последовавшие после смерти Брежнева.

— МВД пока не трогают, — сказала Потапова, — никаких разговоров не слышно.

— А что с подготовкой к защите? Еще не все документы собрала?

Она расхохоталась.

— Саня! Документы были собраны еще месяц назад. Теперь начался период их бесконечной переделки. В Академии такой ученый секретарь Совета, что с первого раза еще никому не удалось документы подать. Он их берет лично, через какое-то время вызывает и вручает длиннющий листок, такой узенький, и весь исписан мелким четким почерком по пунктам: в документе таком-то такое-то слово надо писать с заглавной буквы; в документе таком-то поля сделать на три миллиметра больше, и так далее. Переделываем по десять раз. Вот я сейчас в самом разгаре процесса такой переделки. Если хотя бы с третьего-четвертого раза получится сдать весь пакет, то есть надежда, что защиту поставят на март или апрель. Все-таки Люся твоя молодец, вовремя защитилась, а я, видишь, как затянула...

Вера произнесла привычное «твоя», осеклась и виновато посмотрела на Александра Ивановича.

— Прости... Тяжело тебе, Саня?

Орлов смотрел в окно. Темный ветреный вечер начала декабря, колючая снежная крупка при каждом порыве стучит в стекло. Тоскливо. Пусто. Но... Когда Люся ушла, он испытал облегчение. Пусть горькое, отдающее привкусом полыни, но именно облегчение, природу которого он себе так и не смог объяснить в тот момент.

— Ничего, — слабо улыбнулся Орлов, — справлюсь. Привыкну. Танюшка переедет к нам, начнется новая жизнь. А там как-нибудь... Как-нибудь...

Вера уехала, а Александр Иванович так и сидел на кухне: у него не было сил встать. За последний месяц такие приступы слабости делались все чаще, и каждый новый приступ казался Орлову сильнее и дольше предыдущего. Надо бы встать, убрать со стола, вымыть посуду...

Он все сидел и сидел, думая о том, что произошло и правильно ли он поступил. Предчувствие его не обмануло, Комитет госбезопасности и в самом деле начал «закручивать гайки»: новый председатель комитета, Федорчук, сменивший на этом посту поднявшегося до генсека Андропова, в первые же дни после назначения направил в ЦК КПСС записку «О браках деятелей советской культуры с иностранцами из капиталистических государств». Разумеется, записка была секретной, но у адвоката Орлова было достаточно много знакомых, через которых подобная информация просачивалась к населению. Ведь почти у всех, кто принадлежал в партийной и советской элите, были дети и внуки, и эти дети и внуки проходили и трудный подростковый возраст, и наполненное соблазнами юношество, так что без уголовных дел тут не обходилось. Разумеется, подобные дела старались прикрыть и спустить на тормозах, а то и вовсе не возбуждать, но удавалось это не всем и не всегда. А где уголовное дело — там суд и адвокат. Адвокат надежный, крепкий, уважаемый, с хорошей репутацией.

Суть поданной председателем КГБ записки состояла в том, что советские граждане, вступившие в брак с иностранцами из мира разлагающегося капитализма, подолгу проживают за границей, и это способствует как пропаганде в нашей стране западного образа жизни, так и утечке негативной информации о положении дел в СССР. Именно слова об «утечке негативной информации» заставили Орлова еще раз увериться в том, что диссидентства власть не потерпит. А это означает, что если Люся не остановится, то над ней начнут сгущаться тучи. Но она ведь не остановится, пока она с Андреем!

Александр Иванович чувствовал себя совершенно беспомощным. Он не понимал, как нужно поступить и что предпринять, чтобы обезопасить одновременно и бывшую жену, и сына. Хотя почему «бывшую»? Они ведь развод не оформляли, просто разошлись, разъехались...

В замке клацнул ключ: вернулся Борис, который в свое удовольствие проводил вечер с невестой, пока мама невесты инспектировала быт Орловых. Увидев сидящего на кухне отца, Борис нахмурился.

— Что? Опять приступ? Пап, ну сколько можно? Почему ты не идешь к врачу? Почему не лечишься? Ты хоть понимаешь, чем это может кончиться?

Обычно помогал крепкий сладкий чай, и Борис об этом знал. Он налил отцу большую кружку, щедро насыпал сахару, размешал, сел напротив него.

— Мама звонила? — спросил Орлов-старший.

Люся с Борькой общались по телефону каждый день, и о том, как дела у его бывшей жены, Александр Иванович регулярно узнавал от сына.

— Звонила. Все в порядке.

Борис помолчал, словно что-то обдумывая.

— Пап, Вера Леонидовна сказала, что ты не будешь возражать, если Танька к нам переедет.

Орлов молча кивнул, сделал осторожный глоток.

— Но если ты плохо себя чувствуешь и чужой человек в доме будет тебя раздражать, то, может, мы бы подождали еще... Ну, пока квартиры разменяем...

— Все в порядке, сынок, пусть Таня переезжает сюда, — ответил Александр Иванович. — Так будет лучше для всех. И распишитесь уже, не тяните, вам детей надо заводить.

— А куда торопиться? — удивился Борис.

— Тебе-то, конечно, некуда, — слабо усмехнулся Александр Иванович. — А вот Танюшке пора рожать, пока молодая.

— Ну, пап, это не разговор, — решительно ответил сын. — Танюшка должна была в своей дыре отработать три года по распределению, вот эти три года как раз и закончились, ей нужно искать другую работу, получше, поинтереснее. А куда ее возьмут, если она будет беременна и с перспективой ухода в декрет? Сначала нужно найти эту работу, закрепиться на ней, стать ценным специалистом, а тогда уж можно и в декрет.

«Не понимает Борька, что после двадцати семи лет женщина считается «старой первородкой», — грустно подумал Орлов. — До двадцати семи идет самый расцвет женского здоровья, а потом чем дальше — тем выше риск проблем. Да и откуда ему это знать? Это Мишка Штейнберг хорошо понимал, что такое беременность: я был старшим в многодетной семье, и все братья и сестры росли в мамином животе и вынашивались у меня на глазах».

Носила Руфина Азиковна всегда тяжело, с сильным токсикозом, с пищевыми причудами и резкими перепадами настроения. Насмотрелся он... Маму было почему-то очень жалко и все время хотелось ей хоть чем-то помочь, облегчить ее страдания. А вот отец только посмеивался и говорил: «Мама не страдает, мама гордо и радостно выполняет великую миссию, и помогать ей в этом — пустая затея. С возрастом вынашивание становится все более трудным, но наша мама будет рожать всех детей, каких Бог пошлет, поэтому ты, Мишенька, должен быть готов к тому, что каждый раз маме будет все тяжелее и тяжелее». Разве Александр Иванович может все это рассказывать

Борьке? Считается, что Саша — единственный сын Ольги и Ивана Орловых, и никаких маминых поздних беременностей этот Саша отродясь не видал.

— Решайте сами, — он устало махнул рукой и ушел в свою комнату.

Комната эта, самая маленькая в квартире, раньше была их с Люсей спальней, здесь стояли широкая кровать с тумбочками по бокам и платяной шкаф, больше на маленькую площадь ничего не поместилось. Теперь Люси нет, и такая большая кровать одному Орлову не нужна, и вторая тумбочка тоже не нужна. Надо бы купить новую мебель и обставить комнату по-другому, тогда в ней станет и удобнее, и просторнее. Раскладной диван позволил бы даже освободить место для письменного стола, который сейчас стоит в большой комнате. Но это самое просторное помещение, наверное, придется отдать молодоженам, а если ребенок родится до того, как они разменяют квартиру, то в нынешней Борькиной комнате можно будет устроить детскую... А если Люся вернется?

При мысли о возможном возвращении жены у Александра Ивановича неприятно засосало под ложечкой. Он вдруг почувствовал, что не знает, хочет ли снова жить с Люсей. Стало тревожно и почему-то стыдно.

Надо пойти умыться, почистить зубы и принять душ. Но даже на эти простейшие действия у Орлова недоставало сил. «Прилягу на полчасика, — вяло подумал он. — Может, отпустит». Он, не раздеваясь, лег поверх красивого покрывала и совсем некстати вспомнил, как Люся бегала по всему городу в поисках ткани и как радовалась, когда ей удалось найти то, что она хотела. Ткань отдали знакомой портнихе, которая сострочила вместе узкие полотнища, сделала подкладку и обшила воланами. Люся, Люся... Ее больше нет в жизни Орлова. Теперь вот и Борька уходит. То есть он пока еще здесь, рядом, но все равно уже строит свою семью, а это неизбежно повлечет отдаление от родителей.

Скоро Новый год... Александр Иванович вспомнил свои мечты: они все вместе встречают праздник, в комнате стоит живая высокая, под потолок, пахнущая хвоей елка, сверкающая нарядными игрушками, а за столом сидят они с Люсенькой, сын Борька с молодой женой и маленьким ребенком, дочь Аллочка с мужем и с Мишей. Вся его семья. И пусть Алла и Хвыля считались бы просто друзьями, которых пригласили на новогоднюю ночь, пусть, все равно сам Орлов знал бы, что все эти люди — его большая дружная семья, его родня. Он стеснялся этой своей мечты, но в то же время в голове нет-нет да и проскакивала радостная мысль: а разве так не может быть? Пройдет совсем немного времени, Борька женится на Танечке Потаповой или на ком-то другом, но все равно ведь рано или поздно и жена у него появится, и детки. А уж после этого пригласить в гости Аллу и Андрея — совершеннейший пустяк. Если Борька женится на Тане, то для полноты картины хорошо бы и Веру позвать, чтобы за столом были все родственники и свойственники.

Люся ушла. В любой момент и Андрей может уйти от Аллы. Борис отдаляется. Никогда не сбыться этой мечте.

Александр Иванович Орлов остается совсем один.

* * *

Спустя несколько дней Александр Иванович проснулся среди ночи от сильного сердцебиения, включил свет, чтобы накапать в мензурку лекарство, и внезапно поймал себя на мысли: его семья, его родня — это ведь не только те, кто живут сейчас. Это и все те, кто жил раньше и давно уже умер. Люсенька никогда не понимала, почему он не интересуется своими предками и не хочет ничего знать о них, а он, в свою очередь, не понимал, откуда этот интерес взялся у его жены. Люся старательно искала любые упоминания о Раевских и каждый раз пыталась рассказать ему о своих находках, а он уклонялся, переводил разговор на другие темы, ссылался на занятость... Конечно, они не ссорились из-за этого, они вообще, насколько помнил Орлов, не ссорились, но он видел, что жена обижается и недоумевает, не находя объяснений такому равнодушию. Что может расколоть дружную семью? Нет, не страстная любовь и измена, а именно вот эти накапливающиеся мелкие обиды и маленькие непонимания. Они, как травинки, пробивающиеся сквозь асфальт, прорастают и вызывают трещины.

Орлов вылез из-под одеяла, накинул на пижаму халат и вышел в большую комнату, где стояли книжные стеллажи. Достал единственный альбом с фотографиями, обнаруженный когда-то в комнате, куда свалили все вещи Раевских. Еще тогда, в 1948 году, обустраиваясь в своем новом жилище, полученном в обмен на ту комнату, он намеревался даже выбросить альбом, но в последний момент рука не поднялась. Люся в период активной работы в архивах часто рассматривала фотографии, на которых стояли логотипы ателье и фотографов, но не было ни единого указания на личность самих изображенных. Орлов к альбому не притрагивался.

В комнате было очень холодно, несмотря на обжигающе горячие батареи: на улице мороз, и из щелей в оконных рамах мощной струей тянулся ледяной воздух. Каждый год они с Люсенькой, как и все, заклеивали окна на зиму: в щели напихивалась вата или поролон и сверху все покрывалось липкими бумажными лентами или просто широким лейкопластырем. В этом году Александр Иванович об окнах не позаботился. Не хотелось одному этим заниматься, без Люси. Да и сил не было. В Борькиной комнате тоже холодина, но сын приходит домой только переночевать и утеплением помещения себя не утруждает. А вот в кухне и в комнате самого Орлова, их с Люсей бывшей супружеской спальне, было на удивление тепло, вероятно, оттого, что окна выходили на другую сторону и ветер в щели не задувал.

Сунув альбом под мышку, Орлов вернулся к себе, снова залез под одеяло и принялся разглядывать снимки. Фотографии были и портретные, и групповые. Вот две девочки, подростки: одна постарше, с капризно сложенными губами, другая помладше — с лукавым веселым личиком. В углу логотип фотографа Буханевича и дата — 1883 год. Кто эти девочки? Дочери кого-то из Раевских? Кого? Того, чьим прямым потомком стал Саша Орлов, или кого-то из его родных? Вот групповая фотография: в глубоком кресле сидит крепкий широкоплечий мужчина с приятным лицом, за его спиной — невзрачная женщина с добрыми глазами в строгом простом платье, по бокам — два мальчика в форме гимназистов, ателье то же самое, и дата та же. «Наверное, вместе ходили, — догадался Александр Иванович. — Такой семейный выход к фотографу».

Он всматривался в лица, отыскивая фамильное сходство, и пытался на фотографиях начала двадцатого века угадать тех детей, которых запечатлели на снимках двадцать лет назад. Вот этот мужчина, кажется, старший из двух мальчиков, но теперь рядом с ним нарядная, но на редкость некрасивая женщина, а на руках у него маленькая девочка лет трех-четырех в кружевном платьице. Что стало потом с этой малышкой? Судя по дате на фотографии, ее юность пришлась как раз на пору Первой мировой войны, революции и еще одной войны, Гражданской. Как она это пережила? И пережила ли? Или она принадлежала к той части семьи, которая уехала в эмиграцию?

Лекарство подействовало, сердцебиение понемногу успокоилось, Александр Иванович закрыл альбом и выключил свет.

Теперь он знал, что должен сделать.

* * *

На даче, где жила Людмила Анатольевна, телефона, разумеется, не было, поэтому для связи с ней нужно было либо звонить ей на кафедру, либо ждать, когда она позвонит сама.

Услышав в трубке голос мужа, Людмила Анатольевна не столько удивилась, сколько встревожилась:

— Саня? Что случилось? Что-то с Борькой?

— Нет-нет, все в порядке, — быстро ответил Александр Иванович, прикусив язык, чтобы не сказать по привычке: «Все в порядке, милая». — У меня к тебе вот какой вопрос: помнишь, ты собирала материалы о семье Раевских?

— Конечно, — усмехнулась тут же успокоившаяся Людмила Анатольевна, — я ведь не в маразме, и склероза у меня нет.

— Ты их забрала с собой?

— Нет, они дома остались. А в чем дело?

— Подскажи, пожалуйста, как мне их найти, — попросил Орлов.

Папок с материалами и рукописями у Людмилы Анатольевны за годы научной работы скопилось великое множество, и при переезде на дачу она взяла с собой только то, что может понадобиться в ближайшем будущем. Все остальные папки остались в квартире, но разобраться в них могла только сама Люсенька.

— Зачем тебе эти материалы? — удивилась Людмила Анатольевна.

— Хочу ознакомиться, — уклончиво проговорил Орлов. — Это возможно?

— Разумеется.

Она вздохнула и добавила:

— Видимо, мне придется приехать и самой все найти. Ты не разберешься. Если не хочешь со мной встречаться — скажи, когда тебя не будет дома. Ключи у меня есть, так что твое присутствие не обязательно.

— Ну что ты, — он чуть было снова не сказал «милая». — Я с удовольствием с тобой повидаюсь. Расскажешь мне, как ты, как живешь. А то все с Борькой общаешься, меня совсем забыла.

— Тебя забудешь! — она снова усмехнулась. — Я могла бы приехать завтра часов в восемь вечера, у меня занятий нет.

— Договорились. Спасибо тебе.

* * *

Почему-то Орлов был уверен, что Люся сильно изменилась и он ее не узнает. Как говорится, другая жизнь... Он слышал, что женщины, начиная эту новую жизнь, очень часто кардинально меняют стиль одежды и прическу. Нечто подобное он и приготовился увидеть, когда на следующий день ждал жену.

Он почти не волновался. Только одиночество ощущалось острее, чем обычно. Орлов сделал в квартире тщательную уборку, пропылесосил полы и ковры, до блеска надраил все металлические поверхности в кухне и ванной, сходил в магазин за вафельным тортиком — Люсиным любимым. Позвонил сыну, убедился, что тот не забыл о своем обещании не задерживаться на работе. «Скоро они придут, — думал Александр Иванович, — и мы будем сидеть втроем за этим столом и разговаривать, и получится такая иллюзия семьи. Но семьи все равно нет. Вся моя жизнь — иллюзия. Не надо себя обманывать. Семьи у меня нет. И меня самого тоже нет. Я — фикция».

Людмила Анатольевна не стала открывать дверь своими ключами, воспользовалась звонком. Она стояла на пороге — точно такая же, какой Александр Иванович ее помнил: с той же прической, в той же шапочке, что носила в прошлые годы, в той же короткой каракулевой шубке, которую Орлов подарил ей пару лет назад. Совсем не изменилась.

Она заметно нервничала, и это не укрылось от Александра Ивановича. Он ожидал, что Люсенька первым делом начнет проверять, как мужчины справляются без ее хозяйской руки, то есть поведет себя так же, как Вера. Но она не проявила ни малейшего интереса к состоянию кухни и сантехники, не проверила качество выглаженности сорочек и не стала инспектировать холодильник. Просто сняла шубку и сапоги, сразу прошла в комнату и стала вынимать и складывать на стол лежащие в закрытых секциях стеллажа папки.

— Борька скоро придет, — сказал Орлов.

— Да, — кивнула Люся, не поднимая головы, — он мне звонил, обещал постараться освободиться пораньше. Тебе нужны все материалы или что-то конкретное?

— Все.

Александр Иванович решил не стоять у нее над душой и отправился ставить чайник и резать торт. Скорей бы сын пришел! Какая-то невыносимая неловкость возникла с появлением Люси, а ведь раньше в ее присутствии он чувствовал себя спокойно и уютно. Что изменилось? Она полюбила другого и ушла от мужа? Да, но это означает, что неловко должно быть ей, а не ему, Орлову. Она чувствует свою вину, именно поэтому и ушла из дома. Брошенный муж должен, по идее, ощущать себя хозяином положения, имеющим право на упреки и претензии, а Александр Иванович ощущал совсем другое: презрение к самому себе.

Снова навалилась слабость, ноги задрожали. Он присел в кухне на стул, перевел дыхание, прислушиваясь к доносящимся из комнаты шорохам — Люся листала бумаги в папках.

Вот придет Борис — и станет полегче, он регулярно встречается с матерью, и такого напряжения между ними быть не должно. Но пока сына нет, надо бы поговорить с Люсенькой о Хвыле. Александр Иванович тяжело поднялся и вернулся в комнату, пытаясь не обращать внимания на перебои в сердцебиении. Люся сидела за столом, перед ней лежала стопка библиографических карточек. Она что-то записывала на чистой стороне и прикалывала их скрепками к пачкам исписанных от руки листов.

— Смотри, я тебе все разложила, — сказала она деловито. — Вот это — официальные сведения о Раевских и Гнедичах, выписанные из документов. На карточках я все пометила, тебе легко будет разобраться. Вот в этой пачке — упоминания о Раевских и Гнедичах в мемуарной литературе. Здесь — упоминания в дневниках опубликованных, здесь — отдельно — в неопубликованных. Вот тут упоминания в частной переписке опубликованной, тут — в неопубликованной. В этой стопке упоминания в официальной переписке. Вот здесь выписки из газетных и журнальных статей...

— Как много! — искренне удивился Орлов. — Я не думал...

— А ты вообще об этом не думал, Саня, — сухо произнесла Людмила Анатольевна. — Ты не хотел об этом думать, тебе не было интересно.

— А что с Хвылей? — спросил он, резко меняя тему: ему надо было успеть до Борькиного прихода.

Людмила Анатольевна долго молча смотрела на него.

— С Хвылей? — медленно переспросила она. — А что с ним должно быть?

— Я имею в виду: он с тобой? Он собирается уходить от Аллы? Или как?

— Ты хочешь знать, когда твоя возлюбленная обретет долгожданную свободу? И подберешь ее, брошенную и несчастную, готовую прильнуть к любому мужскому плечу, лишь бы не оказаться одинокой и покинутой? Я так понимаю, Алла тебя не сильно любит, а может, и вовсе не любит, иначе вы бы уже были вместе, ровно с того момента, как мы с тобой разъехались. Странно, что она до сих пор здесь не живет. Или ты сына стесняешься?

Это было зло и несправедливо. И так непохоже на его прежнюю Люсеньку... Александр Иванович вдруг почувствовал, что неловкость ушла, уступив место хладнокровию.

— Еще раз повторяю, — твердо проговорил он, — между мной и Аллой никогда не было ни любовных, ни даже просто романтических отношений.

Людмила Анатольевна устало вздохнула.

— Знаешь, Орлов, я могла бы поверить, если бы не знала тебя почти тридцать лет. Ты никогда не был бабником, это правда. И ни разу за все эти годы не давал мне повода для ревности. Я тебе благодарна за это. Но ты никогда и ни на кого, в том числе и на меня, не смотрел такими глазами, как на Аллу, и не было ни одного человека, рядом с которым у тебя бывало бы такое лицо, как в присутствии этой актрисочки. И это тоже правда. Может быть, я плохая жена, но я не слепая и не глухая. Когда ты разговаривал с ней по телефону, я слышала такое тепло, такую нежность, которыми ты никогда меня не баловал. Поэтому не надо клясться мне в верности и пытаться обмануть.

— Раз ты мне все равно не веришь, я не стану тебя переубеждать. Но на мой вопрос ты так и не ответила. Хвыля намерен пусть не уйти от Аллы, но хотя бы поставить ее в известность?

Люся смотрела на него отстраненно и одновременно насмешливо.

— Орлов, ты вообще когда-нибудь видел мужчину, который сказал бы своей жене: я тебе изменяю, но жить пока буду с тобой? Ты как с Луны свалился, ей-богу. И, кроме того, я считаю для себя унизительными вести с ним подобные разговоры.

Уйти от тебя было моим решением, Андрей меня об этом не просил, и я не имею никакого права ничего спрашивать у него или на чём-то настаивать, а уж тем более требовать. Если тебе так хочется, чтобы Алла поскорее кинулась в твои объятия, тебе ничто не мешает самому открыть ей глаза. Удивительно, что ты до сих пор этого не сделал.

— Люсенька, тебе прекрасно известна моя позиция: нельзя лезть в чужую супружескую жизнь. Но спасибо, я тебя понял.

Она снова вернулась к документам, объясняя, где какой материал находится. Орлов открыл альбом с фотографиями и попросил её прокомментировать снимки.

— Судя по всему, девочки — это дочери Николая Владимировича Раевского, Екатерина — старшая, Александра — младшая. Александра — приёмная дочь, она носила фамилию Рыбакова...

Хлопнула дверь: пришёл Борис. Люся быстро поднялась из-за стола и почти побежала ему навстречу.

— Будем ужинать? — весело спросил сын, входя в комнату вместе с матерью.

И только в этот момент Александр Иванович сообразил, что ужина-то и нет. Есть только привычные бутерброды. Да и с ними не все просто: ни свежего хлеба, ни колбасы или сыра он сегодня не купил. Почему-то во время похода в магазин в голове засела мысль о вафельном тортике, который так любит Люся, и ни о чём другом Орлов уже не думал. Кажется, в холодильнике есть пара сосисок, а на гарнир можно открыть какую-нибудь банку с помидорами или огурцами.

Характер у младшего Орлова был покладистый, и, услышав, что вместо полноценного ужина ему предлагается чай с тортом, он довольно улыбнулся:

— Тортик — это хорошо, это мы с удовольствием. А что это у вас тут за Армагеддон на столе? Прямо как при обыске!

— Мама документы разбирает, — уклонился от прямого ответа Орлов.

Но отвязаться таким способом от Бориса оказалось невозможно: при всем своем миролюбии и неконфликтности он обладал настойчивостью и железной хваткой. Он сразу заметил открытый альбом, подошел к столу и пробежал глазами по надписям на карточках.

— Я так понимаю, что мама решила снова заняться изучением папиного генеалогического древа, — констатировал Борис. — И с чего вдруг?

— Это я попросил маму найти и подобрать мне все материалы, — признался Александр Иванович.

— Зачем?

— Хочу их изучить.

— Зачем? — снова повторил Борис. — Происходит что-то, чего я не знаю?

— Ничего не происходит, сынок, — вмешалась Людмила Анатольевна, — просто отцу стало интересно.

— Да-да, — тут же подхватил Александр Иванович, — мне просто стало интересно. Наверное, подошел тот возраст, когда хочется узнать побольше о своих корнях. В молодости об этом обычно не думаешь. Пока молод — полагаешь, что все важное только впереди, а к старости начинаешь понимать, что все важное — в прошлом. Впереди-то уже мало что остается, вот и оглядываемся назад.

Больше сын ни о чем не спросил, но по его лицу было видно, что ни матери, ни отцу он не поверил.

Они уселись пить чай на кухне, и Александр Иванович подумал, что мечты, даже самые простые, очень часто разбиваются из-за обычной непредусмотрительности. Вот он представлял себе, как они втроем будут пить чай с тортом, сидя в комнате вокруг стола. И совершенно не подумал о том, что если Люся будет разбирать папки, то стол окажется занят. Надо было с самого начала предложить ей раскладывать бумаги не на обеденном столе, а на письменном. Хотя на письменном столе намного меньше места, он весь завален книгами и папками Орлова...

Маленький переносной черно-белый телевизор, стоящий на кухне, показывал очень плохо, но его все равно включали хотя бы для того, чтобы послушать. Как раз началась программа «Время», и Орловы только-только успели разложить куски торта по тарелкам, когда диктор сообщил, что министр внутренних дел Щелоков отправлен в отставку, а на его место назначен председатель КГБ Федорчук. Тот самый Федорчук, который три недели назад направлял в ЦК секретную записку об опасности браков между представителями советской культуры и иностранцами.

— Ни фига себе! — выдохнул Борис. — Ничего, как говорится, не предвещало... И что все это значит, пап, как думаешь?

— Я думаю, это конец, — очень серьезно ответил Александр Иванович. — Федорчук — человек негибкий и нешироких взглядов, кроме того, он ничего не понимает в проблеме преступности и общественного порядка. Для него общественный порядок — это только единомыслие, причем в правильном русле. Никаких других мнений у этого человека нет.

Орлов действительно так думал, но говорил эти слова, главным образом, для Люси. Пусть она его услышит и, может быть, призадумается и станет осторожнее в своих контактах. О том, какие последствия сегодняшняя кадровая перестановка повлечет для МВД, адвокату Орлову не могло присниться даже в самом страшном сне. В тот момент он, разумеется, понимал, что последствия будут серьезными, но прозорливости Александра Ивановича не хватало на то, чтобы изначально оценить весь масштаб грядущей катастрофы.

Борис сразу забыл об оставшемся непроясненным вопросе о предках Орлова и начал со злостью и нескрываемым раздражением жаловаться на введенные при Андропове новшества. Пришедший к власти генсек объявил крестовый поход против нарушителей дисциплины труда: ему показалось, впрочем, небезосновательно, что в рабочее время по Москве ходят тысячи бездельников, которые сидят по парикмахерским, стоят в очередях в магазинах или встречаются с друзьями.

Было дано указание устраивать облавы на тех, кто в рабочее время находится не на рабочем месте. Исполнителем указания назначили, конечно же, милицию, придав ей в помощь дружинников. Как будто милиции нечем заняться!

— Вечером и ночью еще так-сяк, — сердито говорил Борис, — а днем не только патрульно-постовую службу, но и оперов не сыщешь, все по кинотеатрам и магазинам ошиваются, нарушителей ловят. Участковых тоже припахали. Я на днях на место происшествия выехал по дежурству, надо людей на поквартирный обход отправлять — а некого. Мы, честно говоря, ждали, что наш министр даст Андропову поиграть в эти игрушки недельку-другую и спустит все на тормозах, все-таки Щелоков милицейскую работу понимает. А теперь... Два сапога — пара.

— Подожди, сейчас власть ополчилась на сотрудников НИИ и мелких чиновников в основном, а пройдет немного времени — и они кинутся укреплять дисциплину в правоохранительных органах, — прозорливо предупредил Александр Иванович. — Вот тогда вам мало не покажется. Сынок, пожалуйста, будь осторожен.

— Да мы-то что! — фыркнул Борис. — Мы дисциплину не нарушаем, у нас работа такая: когда надо — на улице, а когда надо — в кабинете. Что ж теперь, на место происшествия не выезжать? А операм как свою работу делать? Про участковых вообще молчу: даже если его поймали в магазине стоящим в очереди за колбасой, то поди докажи, что он для себя эту колбасу покупает, а не присматривается к работе продавца на предмет обвешивания. Не, пап, это ты перестраховываешься, нас не тронут. Даже если бы и захотели — не за что.

«Я перестраховываюсь всю жизнь, — ответил про себя Орлов. — Может быть, я трус? И я не прав? Но ведь антисемитизм жив до сих пор, хотя за что евреев ненавидеть? Тоже вроде бы не за что».

Конец второго тома

Том 3

1983—1997

(отрывок)

ЧАСТЬ ТРЕТЬЯ

...вы ужаснетесь невосприимчивости человеческой природы к правде, когда правда ясна и очевидна.

Из защитительной речи
Н. П. Карабчевского в судебном
процессе по делу Мироновича

Самонадеянность всегда слепа. Сомнение же — спутник разума.

Из защитительной речи
Н. П. Карабчевского в судебном
процессе по делу братьев Скитских

Глава 1
1983 год

По борьбе с преступностью новый министр внутренних дел Федорчук нанес несколько сокрушительных ударов. Первый был «пробным»: главный милиционер страны заявил, что никакая научная деятельность, кроме разработок криминалистической техники, в МВД не нужна, а те, кто этой самой наукой занимается, просто-напросто проедают государственные деньги и просиживают штаны. Сразу же вслед за этим заявлением последовало указание существенно сократить ВНИИ МВД, а также ликвидировать Научный центр в Академии, где работала Вера Леонидовна Потапова. Ликвидировать полностью. Без малого 300 человек — офицеров с высшим образованием и, в большинстве своем, с учеными степенями — надо было где-то трудоустраивать, причем именно внутри системы, потому что уволить их было нельзя.

И, как назло, в этот момент на стол министра легла очередная докладная записка с предложением перечня мер, необходимых для повышения эффективности исправления и перевоспитания осужденных, имеющих аномалии психики. Министр не потрудился вникнуть в суть, увидел два знакомых слова — «осужденные» и «психика» — и сердито прервал того сотрудника, который докладывал материал:

— Что за бред! В наших колониях невменяемые наказание не отбывают, и никаких психических заболеваний у осужденных быть не может.

Этого оказалось достаточно, чтобы на следующий день Веру Леонидовну вызвали в Ученый совет. Ее диссертация с защиты снималась.

Совершенно растерянная, она позвонила научному руководителю с вопросом: что теперь делать?

— Писать новую диссертацию, — невозмутимо посоветовал маститый профессор. — Материалов у вас более чем достаточно, измените название, уберите из текста все упоминания об аномалиях психики и сделайте акцент на устойчивых индивидуально-личностных особенностях, уйдите в пенитенциарную психологию. За пару месяцев справитесь.

За пару месяцев! Конечно, текст она отредактирует, частично перепишет, но ведь на этом проблемы не заканчиваются. Надо утверждать на Ученом совете новую тему, предварительно обсудив ее на кафедре. Надо напечатать новый текст, написать новый автореферат, снова пройти обсуждение на кафедре и мучительную процедуру сбора и подачи нового пакета документов для представления к защите. И все это при том, что она, как и все сотрудники Научного центра, находится «за штатами»: в течение двух месяцев им будут платить зарплату полностью — должностной оклад плюс надбавка за звание и выслугу лет, потом еще два месяца — только за звание и выслугу, и еще два месяца они могут числиться на этой службе уже без всякого денежного содержания. Полгода на то, чтобы найти другую работу в системе МВД. Как разгребать эту кучу проблем — Вера представляла плохо.

Тем временем всех выведенных за штат офицеров стали по очереди приглашать в отдел кадров для решения вопросов их трудоустройства. Начали, разумеется, с начальников отделов и их заместителей: им предлагали места получше. Затем пришел черед ведущих научных сотрудников, после них взялись за «старших» и «просто научных», которые обеспечивались должностями уже по остаточному принципу. Подполковнику Потаповой предложили место начальника инспекции по делам несовершеннолетних в одном из районов Калининской области.

— Вы же работали в отделе предупреждения преступлений, вот и займитесь профилактикой на практике, примените свои научные знания, — ехидно улыбаясь, сказал молоденький кадровик.

— Я могу подумать?

— Конечно, только недолго. Часа два вам хватит?

Он издевался над ней и упивался своей властью так неприкрыто, с такой детской радостью, что Вера даже разозлиться на него не смогла. «Мальчишка, — подумала она, выходя из кабинета и торопливо поднимаясь по лестнице на тот этаж, где располагалась кафедра криминологии. — Ладно, пусть порезвится».

На этой кафедре Вера писала диссертацию и проходила все обсуждения; начальник кафедры — известный ученый, автор учебников и множества монографий — пообещал Потаповой взять ее на должность старшего преподавателя, а сразу после защиты сделать доцентом. Разумеется, если будут вакансии. Вакансия старшего преподавателя должна была со дня на день освободиться: занимавший ее сотрудник оформлял пенсию. Вера была уверена, что начальник кафедры выполнил свое обещание и предупредил кадровиков, что подполковника Потапову нужно направить именно в его подразделение, и сегодняшний разговор с сотрудником отдела кадров ее изрядно озадачил.

— Ничего не получается, Вера Леонидовна, — развел руками начальник кафедры. — Сами знаете, в министерстве идут кадровые перестановки, министр приводит своих людей, прежние сотрудники вынуждены искать места. А они же там все без ученых степеней, так что их ни доцентами, ни профессорами не назначишь. Только старшими преподавателями. Хорошо, если офицер молодой, тогда можно и просто преподавателем. Но в основном все в возрасте... Мне очень жаль. Но мне приказано взять на эту вакансию человека из министерства. Если бы вы были кандидатом наук, у меня были бы аргументы, почему я хочу взять именно вас. А так у меня аргументов нет, у человека из министерства выслуга и опыт работы в МВД намного больше.

«Глупость какая! — сердито твердила себе Вера, возвращаясь в свой, теперь уже бывший, то есть практически не существующий отдел. — В Академии надо своих сотрудников трудоустраивать, а они все вакансии министерскими людьми позанимали. Впрочем, я сама виновата, затянула с диссертацией, надо было сразу, как только перешла в Академию, браться за дело, а не откладывать. Тогда бы все вопросы решались намного проще».

В отделе царило уныние, отдававшее запахом плесени. Получившие новое назначение потихоньку приводили в порядок дела, чистили сейфы, уничтожая ненужное, дописывали статьи, обещанные в сборники и журналы. Те, кто новую должность еще не получил, почитывали газеты, играли в шахматы, разговаривали по телефону, пили чай... Атмосфера царила гнетущая и в то же время нервно-взвинченная. Все знали, что Веру вызвали в кадры, поэтому, как только она переступила порог, все взгляды устремились на нее.

— Ну что? Что сказали?

— Предложили инспекцию по делам несовершеннолетних в Калининской области. И проживание в общежитии, без предоставления квартиры.

Один из сотрудников, в прошлом — начальник Управления внутренних дел одной из областей, с недоверием посмотрел на Потапову.

— Тебе? Да они что, с ума сошли? Ты же была следователем-важняком в Генпрокуратуре!

Вера пожала плечами. Ему легко удивляться: сам-то получил должность заместителя начальника кафедры на спецфакультете, где обучались иностранцы — работники правоохранительных органов из дружественных стран.

— Кого теперь это волнует? У меня нет ученой степени, а нашему Баранову, кандидату наук, тоже подполковнику, вчера предложили пойти работать участковым. Да, кстати, если кто не знает: на все свободные должности в Академии и в нашем ВНИИ идет министерский десант. Так что тем, кто еще не трудоустроен, вряд ли что-то обломится.

Надо сказать, что никто из сотрудников особо не суетился с поиском новой работы. Как-то не укладывалось у людей в голове, что их могут вот так просто взять и выбросить за борт, направив в какую-нибудь дыру на самую низовую должность. Так не может быть! И так не будет. Все как-нибудь разрулится, уладится, в министерстве спохватятся и издадут какой-нибудь «хороший», «правильный» приказ... Ну ведь не может же быть, чтобы неожиданно возникшая ситуация закончилась полным прекращением научной деятельности! Это же абсурд!

Очень велик был соблазн забрать домой книги и бумаги, в Академию не ходить и спокойно работать над переделкой диссертации. Но страшно... А вдруг где-нибудь освободится должность и вспомнят про Потапову, начнут ее искать, не найдут — и тут же вспомнят про кого-нибудь еще. Надо из кожи вон вылезти, но до истечения этих клятых шести месяцев успеть защититься или хотя бы представить диссертацию к защите, потому что неизвестно, что будет потом, а ученая степень — это хоть какое-то подспорье. И работу, если она вдруг появится, упускать нельзя: два месяца с урезанной зарплатой Вера, конечно, протянет, с голоду не помрет, но за ними последуют два месяца вообще без зарплаты, значит, нужно будет создать хоть какой-то финансовый задел. Никаких других источников дохода у нее не было.

Ах, если бы вопрос стоял только о том, чтобы прокормиться! Перед Верой Леонидовной маячила необходимость куда более существенных трат. Во-первых, свадьба Танюшки и Бориса Орлова, назначенная на начало мая: в феврале дети подали заявление во Дворец бракосочетания. И во-вторых, как только Танюшка перед самым Новым годом переехала к Орловым, Вера решилась наконец сделать ремонт в своей однокомнатной квартире. Привести в порядок стены с длинными некрасивыми трещинами, появившимися от усадки дома, поменять обои, перестелить линолеум на кухне, побелить потолок, положить в ванной новый кафель взамен частично отвалившегося старого. Весь январь она активно готовилась, обдирала старые обои, скалывала плитку, искала и покупала материалы, договаривалась с мастерами. И вот теперь оказалось, что всех этих трат она позволить себе не может.

Квартира стояла разоренная и неуютная, Вера постоянно натыкалась на ведра с краской или белилами, рулоны обоев и пачки с плиткой; мебель сдвинута; ее жилище, еще сосем недавно удобное и любимое, превратилось в сарай, в котором невозможно провести лишнюю минуту. Сперва это не казалось страшным, ведь ненадолго же! Теперь выяснилось, что не просто надолго, а вообще неизвестно на сколько. Вера то и дело подумывала о том, чтобы все-таки разобрать вещи и книги, сваленные на стол в комнате, и заниматься диссертацией дома, но каждый раз пугалась: отсутствие на рабочем месте могло обернуться потерей работы. Господи, всего три года до пенсии, надо както устроиться и протянуть, и потом можно будет с чистой совестью сидеть дома и нянчить внуков, которые, Бог даст, к тому времени уже появятся.

Сотрудники давно разошлись, а Вера Леонидовна все сидела за столом, внимательно читая собственный текст и прикидывая: вот этот абзац можно оставить, вот этот надо выбросить, вместо него написать совсем другое, а вот здесь можно ограничиться редактированием... Когда затренькал телефон, она взглянула на часы и удивилась: начало девятого, кто может звонить в отдел в такое время?

В трубке завибрировал перепуганный голос дочери:

— Мама, Александру Ивановичу плохо, я вызвала «Скорую». Борька на сутках, я одна, мне так страшно! Ты можешь приехать?

Вера тут же все бросила, запихнула материалы в ящик стола, заперла помещение отдела и помчалась ловить такси. На той улице, где располагалась Академия, найти «бомбилу» было малореальным, нужно добежать до Ленинградского проспекта, где поток автомобилей намного интенсивнее и шансы уехать куда выше. Саша, Саша... Допрыгался со своим нежеланием лечить сердце. К врачам ходит редко, никакого постоянного наблюдения, курить не бросает. В больницу не уложишь, в санаторий не загонишь. Хорошо хоть не пьет. Только бы ничего серьезного! Только бы не инфаркт!

В восемь вечера центральный вход в Академию закрывали, приходилось пользоваться КПП, выходящим на узенький темный проезд, где парковали машины сотрудники: перед центральным входом разрешалось ставить только служебные автомобили руководства. Едва Вера сошла с крылечка на тротуар, ее окликнули из медленно отъезжающих темно-синих «Жигулей».

— Вера! Потапова! Ты в какую сторону? Подвезти?

Она прищурилась, пытаясь в мартовских сумерках рассмотреть лицо водителя — это оказался давно знакомый сотрудник редакционно-издательского отдела, с которым ей пришлось плотно общаться, пока готовился к печати ее так и не пригодившийся автореферат. Обрадовавшись неожиданной удаче, Вера назвала адрес.

— Садись, — кивнул коллега, — мне примерно туда же, сделаю небольшой крюк.

Машину он купил совсем недавно, от вождения получал колоссальное удовольствие, и Вера Леонидовна знала, что этот человек не только никогда никому не отказывал в просьбах подвезти, но и сам всегда и всем предлагал воспользоваться своими услугами в качестве водителя.

Возле дома, где жили Орловы, Вера оказалась через пятнадцать минут. У подъезда стояла машина «Скорой помощи».

— Это к твоему приятелю? — понимающе спросил коллега.

Вера вздохнула, сердце сжалось от недоброго предчувствия.

— Наверное. Дочка, бедная, перепугана насмерть.

— А если в больницу заберут? В машину могут только одного человека взять, двоих не посадят.

— Значит, я поеду в «Скорой», дочку дома оставлю.

Коллега покачал головой.

— Одну? Она с ума сойдет от тревоги и страха. Вам надо обеим ехать. Вот что: я подожду здесь, не буду уезжать. Если твоего друга заберут, я вас с дочкой хотя бы до больницы довезу. А если обойдется, ты просто выйдешь и скажешь мне, что все в порядке.

— Тебе же домой надо, — засомневалась она. — Мне неловко так тебя припрягать.

— Ерунда, — весело ответил тот. — Я водитель-новичок, мне надо наезд часов обеспечить, так что чем больше я за рулем — тем лучше. А домой я не спешу, жену в санаторий отправил, дети у тещи обретаются. Вот воспользовался ситуацией, на работе сижу подольше, все долги разгребаю, чтобы не стыдно было дела передавать, если нас сокращать начнут.

— Думаешь, начнут? Вы же не научное подразделение, вы кафедры обслуживаете.

— Наверняка начнут. Раз наука не нужна, значит, она и на кафедрах не нужна. Станет меньше монографий, сборников статей, сама понимаешь. Издавать будем только учебники и методички. Короче, беги, если что — я здесь жду.

— Спасибо тебе!

Дверь в квартиру Орловых была притворена, но не заперта. Вера Леонидовна быстро скинула пальто и сапоги, тапочки надевать не стала и прошла в комнату, из которой доносились голоса. Александр Иванович с закрытыми глазами лежал на кровати, врач — молодой мужчина лет тридцати — считал пульс, девушка-фельдшер разговаривала по телефону:

— Да... Полных лет — шестьдесят... Нет... Подозрение на инфаркт, ИБС... Ага, поняла, в восемьдесят седьмую. Спасибо.

Значит, все-таки госпитализация...

Татьяна стояла в сторонке, вжавшись в стену, дрожащая и растерянная. Увидев мать, бросилась к ней, обняла и заплакала.

— Ну, тише, тише, солнышко мое, тише, успокойся, — прошептала ей в ухо Вера Леонидовна, поглаживая дочь по голове. — Все живы, все обойдется.

Врач отпустил руку Орлова и повернулся к ней.

— Здравствуйте. Вы жена?

— Нет, я... Мать невестки.

— Близкие родственники есть?

— Только сын, но он на дежурстве до утра.

— Понятно, — кивнул врач. — Нужно в больницу везти. Кто-то из вас поедет?

— Мы обе поедем, — решительно ответила Вера. — Вы не беспокойтесь, мы сами доедем, вы только скажите, куда.

— Сегодня в восемьдесят седьмую отправляют, это в Бескудниково. Найдете?

— Найдем. Внизу нас водитель ждет с машиной, мы за вами следом поедем.

Доктор уселся заполнять какие-то бумаги, а Вера с Татьяной стали торопливо собирать сумку со всем необходимым для пребывания в больнице.

— Ты Борьке сообщила? — спросила Вера.

— Не дозвонилась. В кабинете никто трубку не берет, я уж и в дежурку звонила, говорят: на выезде. Я попросила передать, что у отца сердечный приступ, но не знаю... Может, передадут, а может, забудут.

— Ясно. Надо Люсю найти, сказать ей. Все-таки не чужой человек.

— Ну как я ее найду, мам? — с досадой отозвалась девушка. — Она же на даче живет.

— Ничего, я найду, — усмехнулась Вера Леонидовна. — Собирай вещи, я пока позвоню.

В институте, где преподавала Людмила Анатольевна, трубку не сняли, что для девяти вечера было и не удивительно. Вера открыла длинную узкую записную книжку, лежащую в гостиной рядом с телефонным аппаратом, нашла запись: «Андрей и Алла, вахтер». Запись сделана рукой Люсеньки, видимо, еще в те времена, когда обе семьи только-только познакомились и начинали тесно общаться. Сама Вера Леонидовна с режиссером Хвылей и его женой никогда не встречалась, знала их только по рассказам Александра Ивановича и Люсеньки.

Хорошо бы Андрей оказался в общежитии. Потому что если он сейчас с Люсей, то совершенно непонятно, как их искать. Она, Вера, конечно, заявила дочери, что найдет жену Орлова, но это было сказано больше для того, чтобы успокоить Таню. Сама Вера Леонидовна отнюдь не была уверена в успехе.

Но ей повезло, вахтерша согласилась позвать Хвылю к телефону, и уже через несколько минут в трубке зазвучал мужской голос. Услышав, что нужно срочно найти Люсю и привезти ее в больницу, Андрей Викторович заверил, что все понял и постарается все устроить. Голос у него при этом был напряженный и недовольный.

«Кажется, я сделала глупость, — подумала Вера, — Андрей дома, значит, дома и его жена. Как он ей объяснит внезапное решение куда-то ехать? Тем более что машины у них нет, и чтобы сейчас быстро добраться до дачи, ему нужно искать кого-то, кто его отвезет, или, опять же, ловить «частника». А какой «частник» в десятом часу вечера согласится пилить за город? Если сказать Алле правду про Орлова, она может вызваться ехать вместе с мужем. Ей-то нормально, а вот Люсе и самому Хвыле каково придется? Если решит соврать, то наживет кучу проблем, потому что Орлов постоянно общается с Аллой, и она не простит, когда узнает, что его забрали в больницу, а ей ничего не сказали. Короче, напортачила ты, Вера Леонидовна. Как слон в посудной лавке... Но с другой стороны, нельзя не поставить Люсеньку в известность. А вдруг что? Вдруг самое плохое?»

Фельдшер сбегала вниз, привела водителя, Орлова осторожно вынесли на носилках и загрузили в «Скорую», Вера с дочерью сели в темно-синие «Жигули», стоявшие рядом.

Дорога, волнение, плач Танюшки, оформление больного в приемном покое, бледное бескровное лицо Александра Ивановича — все слилось в единый вязкий поток, в конце которого стояло так пугающее Веру слово «реанимация». О порядках в больницах Вера Потапова была неплохо осведомлена и по-настоящему испугалась, когда врачи не стали отправлять ее домой, а разрешили посидеть в коридоре возле приемного покоя. Значит, медики не исключают «самого плохого» развития событий.

Татьяна уселась рядом, приткнула голову к плечу матери.

— Зря ты поехала со мной, — сказала Вера Леонидовна. — Тебе завтра на работу. Может, вернешься домой, пока автобусы еще ходят и метро не закрылось?

— Метро закрывают в час ночи, я еще посижу, может, какая-то ясность наступит, — пробормотала Таня. — Пусть хоть тетя Люся приедет, тогда я буду спокойна, что ты тут не одна.

Так они и сидели, обнявшись и тихонько переговариваясь, пока не появилась Людмила Анатольевна. Увидев ее, Вера тут же выпроводила дочь, взяв с Татьяны клятвенное обещание дома сразу же выпить горячего чаю и лечь спать. И ни в коем случае не плакать.

— Ты тоже поезжай, Веруня, — устало проговорила Людмила Анатольевна, выслушав отчет о ситуации: по результатам ЭКГ пока нет ясности — то ли приступ стенокардии, то ли все-таки инфаркт. — Что тебе здесь высиживать?

— Ну как я тебя одну оставлю...

— Мне одной легче, поверь. Хочется помолчать, подумать, а если кто-то рядом, то я буду чувствовать, что обязана поговорить с человеком. Он же остался ради меня, значит, я должна соответствовать... Правда, Веруня, поезжай домой.

Вера взглянула на часы: пять минут первого, еще можно успеть на метро, если повезет с автобусом. Ни на каких «частников» в такое время и в этой части города рассчитывать уже не приходится. «В крайнем случае вернусь сюда, побуду с Люсей, если не получится уехать вовремя», — подумала она.

Ей пришлось долго петлять между домами в темноте, то проваливаясь в непролазную грязь, то оскальзываясь на еще не растаявших обледеневших участках. Пару раз она чуть не упала, но удержала равновесие и в конце концов добралась до автобусной остановки.

Возле шеста с табличкой топтались двое: девица лет 17—18, пританцовывающая в такт какой-то музыке, видимо, звучащей у нее в голове, и мужчина средних лет с зажженной сигаретой. Девушка показалась Вере случайным человеком, а вот мужчина больше походил на местного жителя, хорошо знающего транспортные особенности района.

— Как вы думаете, есть шанс успеть на метро? — обратилась к нему Вера.

Мужчина равнодушно пожал плечами.

— Не в курсе. Я здесь в первый раз. Вот девушка уверяет, что должен пройти еще один автобус. Говорит, что всегда на нем уезжает и успевает до закрытия метро.

Значит, Вера ошиблась и постоянным пассажиром оказалась именно девушка...

— Я уже почти полчаса жду, — продолжал мужчина, выдохнув дым после очередной затяжки, — так что, наверное, скоро автобус все-таки будет. По теории вероятности.

— Теория вероятности с нашим муниципальным транспортом не срабатывает, — усмехнулась Вера. — То за целый час ни одного автобуса, то три-четыре подряд, чуть ли не колонной идут. Говорят, водители в автопарке чай пьют, в карты играют, а потом дружно встают, рассаживаются по машинам — и в рейс. Не знаю, правда это или нет, но судя по тому, как ходят автобусы, — очень похоже.

Мужчина сделал несколько шагов в сторону, чтобы бросить окурок в урну, и Вера невольно улыбнулась: не швырнул на землю, как делает большинство, сознательный, уважает чистоту и чужой труд.

Минут через пять пришел почти совсем пустой автобус, Вера вошла в салон и села у окна. Мужчина садиться не стал, ехал стоя, и теперь она могла при свете как следует рассмотреть его. Приятное лицо, но очень обыкновенное, ничего выдающегося. Недорогая куртка, такие во всех магазинах продаются, мохеровый шарф в красно-синюю клетку. Мужчина перехватил ее взгляд, улыбнулся, подошел и присел рядом.

— Вы явно расстроены, — заметил он, — и столь же явно, что вы впервые уезжаете из этого района в такое позднее время. Позвольте, я угадаю: у вас недавно начался роман, сегодня вы приехали к своему возлюбленному, но что-то не сложилось, вероятно, вы поссорились и решили не оставаться у него на ночь.

— Почему обязательно поссорились? — удивилась Вера.

Ей почему-то было приятно, что она выглядит как женщина, с которой еще можно завести роман. Да, она всегда была красивой и знала об этом, и выглядела моложе своего возраста, но все равно пятьдесят два года не спрячешь под маской двадцати пяти лет. Ей можно было дать сорок семь, ну, сорок пять, но уж никак не меньше.

— Если бы не поссорились, он бы вас проводил, и вы не стояли бы на остановке в такое время в одиночестве. Ну что, я угадал?

— Нет, — рассмеялась Вера. — Совсем не угадали. Но в одном вы, безусловны, правы: ситуация действительно сложилась неожиданно. Провести вечер я планировала совсем не так.

— В нашей жизни вообще много неожиданного. Вы когда-нибудь задумывались над тем, какая тонкая, практически незаметная, невидимая грань отделяет один период нашей жизни от другого? Вот только что наша жизнь была такой, и вдруг происходит некое событие, которое мы даже не осознаем как решающее, и только спустя какое-то время вдруг понимаем, что после него наше существование кардинально поменялось.

«Да уж! — подумала Вера. — Когда-то Андропов не нашел взаимопонимания с Брежневым. В результате я осталась без работы. Как там было в миниатюре кого-то из юмористов? «Болит голова, а укол делают в ягодицу. Подумать только: какая связь?»

— Согласна, — кивнула она собеседнику. — Причем событие это может происходить даже и не в нашей жизни, а в чьей-то другой.

— Ну, это уже философский вопрос о роли личности в истории. Так высоко я не замахиваюсь. Я сейчас говорю о самых обыденных вещах. Например, о беременности в результате случайной связи. Или о внезапной тяжелой болезни кого-то из близких.

«Насчет болезни — это точно, — мысленно ответила Вера Леонидовна. — Особенно остро это начинаешь понимать, когда привозишь кого-то в больницу. Еще полчаса назад жизнь была совсем другой, человек строил планы на отпуск или, как я, думал о ремонте и свадьбе дочери, а теперь вынужден думать о возможных похоронах».

Она сама не заметила, как легко втянулась в разговор, который показался ей спасительным. Думать о Саше Орлове было больно, о ремонте — муторно, о Танюшкиной свадьбе — тревожно, о грядущем безденежье и туманных перспективах трудоустройства — страшно. Опомнилась Вера Леонидовна только в метро, услышав из динамика: «Осторожно, двери закрываются, следующая станция «Павелецкая». Оказывается, они с неожиданным спутником проехали половину Кольцевой линии.

Что происходит? Почему она все еще разговаривает с этим незнакомцем? Ему с Верой по пути? Или он ее провожает?

Вера Леонидовна уставилась на мужчину непонимающими глазами. Он только что сказал что-то о Шопенгауэре, а она отвлеклась на свои мысли и прослушала. Да, верно, они говорили о свободе воли, а до этого — о соотношении социального и биологического в поведении человека.

На «Павелецкой» Вере нужно было делать пересадку. Попутчик вышел следом за ней, не прерывая разговора о том, насколько генетическая предрасположенность может повлиять на способность человека выполнять принятые решения. Вера собралась было спросить, до какой станции ему нужно доехать, но внезапно поняла, что не хочет этого знать. «Если ему по пути со мной, то и хорошо. А если выяснится, что он меня провожает, то мне придется как-то отреагировать, дать понять, что мне это нравится или не нравится. Не хочу. Надоели эти игры. Все надоело. Диссертация оскомину набила, меня от нее уже тошнит. Разоренная квартира надоела. От подвешенного состояния на службе — судороги. От мыслей о деньгах — паника. Не хочу. Пусть будет мужчина, который решил поздно ночью проводить меня домой. Умный, интеллигентный, приятный. Пусть. Даже если окажется, что ему всего лишь по пути. По идее, я должна его бояться. Мужчина, в ночное время втирающийся в доверие к одинокой женщине, вполне может оказаться грабителем или аферистом. Насильником — маловероятно: одно из преимуществ моего возраста состоит в том, что риск стать жертвой изнасилования многократно уменьшается. А вот риск стать потерпевшей от грабежа, наоборот, возрастает: преступники стараются обычно выбрать жертву, которая не окажет существенного сопротивления. Но даже если так — что у меня возьмешь? В кошельке три рубля. В квартире тоже ничего ценного, разве что стройматериалы, но они грабителей интересуют меньше всего. Им нужны деньги и ювелирка. Этим у меня, пожалуй, не разживешься. Не хочу об этом думать. Не хочу. И не буду. Здесь и сейчас я просто красивая женщина, с которой разговорился симпатичный незнакомец».

Она так ничего и не спросила, просто продолжила обсуждать работы академика Дубинина, на которые опиралась в своей диссертации. Вагон поезда был совершенно пуст, ни одного пассажира, кроме них. Из-за грохота колес приходилось или повышать голос, или разговаривать, сблизив головы. Вагон качало, они то и дело касались друг друга плечами, и во всем этом Вере чудилась некая интимность, которая почему-то раздражала. Она даже поймала себя на том, что начинает сердиться.

Доехав до нужной станции, поднялись на эскалаторе, вышли на улицу.

— Куда теперь? — спросил мужчина.

Значит, все-таки провожает... Ну и славно. И очень кстати: во втором часу ночи Вера не рискнула бы ходить по своему району одна.

— Теперь пешочком минут двадцать, троллейбусы уже не ходят.

Тротуары были скользкими, и Вера ждала, что незнакомец предложит взять его под руку, но он не предложил, просто шел рядом, увлеченный беседой. Внезапно в голову пришла мысль: если этот человек живет не здесь, а в другом районе города, то как он собирается попасть домой? Надеется поймать такси? Но если у него есть лишние деньги, то почему он полчаса мерз в Бескудниково на остановке с риском опоздать на последний поезд метро?

Вера Леонидовна не успела додумать мысль до конца, потому что они подошли к ее подъезду.

— Пригласите? — спросил незнакомец.

И Вера с ужасом и растерянностью вдруг поняла, что именно этого и ждала. И хотела этого. Потому и сердилась, и раздражалась. Не на попутчика этого она сердилась, а на саму себя, на свои странные и такие неуместные побуждения и скрытые желания. Нет, ей не нужен был мужчина, и гормоны тут совершенно ни при чем. Ей не нужен был секс, от которого она изрядно подустала за годы своего последнего романа. Костя был замечательным, но ему нужна была жена, он хотел полноценную семью и детей, а Вера Потапова в роли его супруги себя не видела, да и детей рожать поздно. С Костей они расстались мирно, и сейчас он уже живет с молодой женщиной, которая готова стать его женой и матерью его деток.

И даже душевное тепло — это не то, ради чего она готова впустить в свой дом незнакомца.

Ей нужна ситуация. Обстоятельства. Другая картина мира. Другая сторона жизни. Что-то совсем не похожее на диссертацию, работу, болезни и больницы, безденежье. Ей нужно хотя бы на два часа перестать быть подполковником милиции

Верой Леонидовной Потаповой, старшим научным сотрудником, матерью невесты и хозяйкой неотремонтированной квартиры.

— Приглашу, — кивнула она. — Если вы не боитесь разрушенного жилья. Я ремонт затеяла, но пока все застопорилось.

— Мы никого не побеспокоим?

Вера насмешливо посмотрела на него: опомнился! Раньше надо было спрашивать... Ну что ж, если он и вор или грабитель, то ему ясно дали понять, что брать в квартире нечего, кроме ведер с краской и обоев в рулонах.

— Вы ведь и без того уверены, что я живу одна, — ответила она, открывая дверь подъезда. — Между прочим, я даже имени вашего не знаю, а вы — моего.

Он шагнул следом за ней, взял за плечи, развернул к себе и крепко обнял.

— А так даже лучше, — прошептал он Вере в самое ухо. — Познакомиться мы всегда успеем.

«Ну вот, — подумала Вера, — все быстро и просто. Я совсем ничего о нем не знаю: ни как его зовут, ни чем он занимается, ни где живет. В Москве? Или приезжий, которому негде переночевать?»

Пока поднимались в лифте, она прислушивалась к себе, пытаясь уловить признаки возникновения той самой «химической реакции между мужчиной и женщиной», о которой так много написано в книгах. Никакой химии, никакой тяги к нему она не ощущала. Только огромную усталость и оглушительное желание убежать из повседневной серости в яркую картинку.

Она не зажгла свет в прихожей: едва они переступили порог квартиры, Вера оказалась в его объятиях. Она вдыхала чужой запах тела, чувствовала на себе чужие руки, торопливо, но довольно ловко раздевающие ее, слышала чужое дыхание и не переставала удивляться своему безразличию. Она впустила в дом незнакомого мужчину, она позволяет ему себя обнимать и целовать и даже собирается лечь с ним в постель, не зная о нем ровно ничего, кроме того, что он умный и интересный собеседник. Она что, с ума сошла? А если он маньяк, специализирующийся как раз на дамах предпенсионного возраста? Тогда он ее просто убьет. Ну и пусть. Как будет — так и будет. Хорошо, что темно. Света из окон вполне достаточно, чтобы дойти до дивана и ни обо что не споткнуться. Хорошо бы, конечно, принять душ, но тогда придется включать электричество и все разрушится.

Продолжение следует

Содержание

Литературно-художественное издание

А. МАРИНИНА. БОЛЬШЕ ЧЕМ ДЕТЕКТИВ

Александра Маринина

ОБРАТНАЯ СИЛА

Том 2

1965—1982

Ответственный редактор *Е. Соловьев*
Художественный редактор *А. Сауков*
Технический редактор *О. Лёвкин*
Компьютерная верстка *О. Шувалова*
Корректор *Д. Горобец*

ООО «Издательство «Э»
123308, Москва, ул. Зорге, д. 1. Тел. 8 (495) 411-68-86.

Өндіруші: «Э» АҚБ Баспасы, 123308, Мәскеу, Ресей, Зорге көшесі, 1 үй.
Тел. 8 (495) 411-68-86.
Тауар белгісі: «Э»
Қазақстан Республикасында дистрибьютор және өнім бойынша арыз-талаптарды қабылдаушының
өкілі «РДЦ-Алматы» ЖШС, Алматы қ., Домбровский көш., 3«а», литер Б, офис 1.
Тел.: 8 (727) 251-59-89/90/91/92, факс: 8 (727) 251 58 12 вн. 107.
Өнімнің жарамдылық мерзімі шектелмеген.
Сертификация туралы ақпарат сайтта Өндіруші «Э»

Сведения о подтверждении соответствия издания согласно законодательству РФ
о техническом регулировании можно получить на сайте Издательства «Э»

Өндірген мемлекет: Ресей
Сертификация қарастырылмаған

Подписано в печать 19.07.2016. Формат 84х108 $^1/_{32}$.
Гарнитура «Garamond». Печать офсетная. Усл. печ. л. 18,48.
Тираж 72 000 экз. Заказ 5376.

Отпечатано с готовых файлов заказчика
в АО «Первая Образцовая типография»,
филиал «УЛЬЯНОВСКИЙ ДОМ ПЕЧАТИ»
432980, г. Ульяновск, ул. Гончарова, 14

ISBN 978-5-699-91171-4

16+